消失的乡村

耿立 著

天津出版传媒集团
百花文艺出版社

图书在版编目（CIP）数据

消失的乡村 / 耿立著. -- 天津：百花文艺出版社，2017.1(2020.12重印)
（"记忆乡愁"散文丛书）
ISBN 978-7-5306-7143-6

Ⅰ. ①消… Ⅱ. ①耿… Ⅲ. ①散文集-中国-当代 Ⅳ. ①I267

中国版本图书馆CIP数据核字(2016)第304759号

消失的乡村
XIAOSHI DE XIANGCUN
耿立 著

出 版 人：薛印胜
选题策划：杨进刚 徐丽梅 封面设计：郭亚红
责任编辑：徐丽梅 刘佩莲
出版发行：百花文艺出版社
地址：天津市和平区西康路35号 邮编：300051
电话传真：+86-22-23332651（发行部）
+86-22-23332656（总编室）
+86-22-23332478（邮购部）
网址：http://www.baihuawenyi.com
印刷：天津兴湘印务有限公司
开本：787×1092 毫米 1/32
字数：182 千字
印张：9.75
版次：2017 年 1 月第 1 版
印次：2020 年 12 月第 2 次印刷
定价：39.00元

如有印装质量问题，请与天津兴湘印务有限公司联系调换
地址：天津子牙循环经济产业园区八号路 4 号东区 A-4-1
电话：(022)68855116
邮编：301605

目 录

死是死的证明

在这平原的深处，人们有时把死看得很重，有时看得又很轻，父亲还在世的时候，就早早地为自己打制了泡桐的棺木，当父亲死后十年母亲死去，当给这吵闹了一辈子的人合葬时，把父亲的坟墓挖开，那泡桐的棺材还是完整如初。

我记得很清楚，当父亲健在的时候。我每到老家看望父亲的时候，总是看到父亲的白色棺木。停放在鲁西老家东屋的一侧，那是厨房兼放杂物的房子，当初我哥哥就在这所东屋结婚，后来分家另住。当下午的阳光穿过窗棂，照见棺木那光洁舒畅的表面，阳光的照射下，那泡桐的棺木就散发着一种树木的楚楚清香。

当时父亲才六十出头，但他却像要被收割的庄稼一样，为自己准备储藏过冬的地方。每当割麦子的时候，每当收玉米的时候，父亲都是死死地看着那些被撂倒的庄稼，他那时准是想到了自己的归宿。

人都有老的那一天，如庄稼。

但贫穷和悲哀一直没有离开我的家庭，父亲挣扎了一辈子，但还是老了。他储藏的那些酒和揣在怀里的锡制的咂壶，好像再也温暖不了父亲的心。

记得当时母亲说：今年为你父亲打一口棺材，明年再为我打一口。

这一切都是这么的淡然，你能想到什么呢？想到了苍穹下的阳光和雨水？黄土默默的积蓄与损耗？想到了在它们之上或之下的人类命运，就像一粒麦子随手弃在地上长大了，长成了一穗麦子，当我们面对它们团结而成的面包的时候，你还会产生某种感恩的心情以怀想它们？

我知道，这时的父亲再也不能庇护你，苍老了，他却有自尊，他不依靠你，耻于用一口棺材来麻烦儿子。这就是父亲，你一直消耗的父亲，但这样的父亲，他使你想到延续、挣扎、血汗和泪水。然而当我面对的父亲不是一个词汇，也不是一群词汇的时候，我的心里有着不是苍凉不是悲哀不是旷达不是冷静却兼有容之的东西，我想到了沉默后面的那种深刻的冷峻。

我的父亲是个木讷的农民，就像一穗普通麦穗子，在我回家见他把一车公粮和交提留的麦子送到什集粮站的时候，我首先还是想到普通麦穗子的物象。多年了，我的家和我出去读书时也还没有什么变化，一进门就见着院子里散乱的麦秸窝、地排车和一口压水井，靠近院角的地方，有个粪堆和一棵榆树。

这就是我的家。从我当年走出这个院落直到现在，它仍旧是一如既往，除了土坯墙，还是土坯墙。我的父亲已经垂垂老暮了，毫无再振兴的可能了，而我却在外面漂漂泊泊，是不愿意再回到这地方，其实，走出了，你就无法回来。但“家”这个概念还存在，温暖还在，血气还在，我的父亲和母亲还活着。虽然我每次回家都感觉到他们有点陌生，不再是那么一对东奔西忙的老夫妇了，不知是哪一次我从外归家的时候，发现父亲和母亲的身子已不再壮健，我心里一阵压抑，这就是我童幼时遭到委屈和欺凌的时候，时时拥抱的那样一团支持、骨肉、血性和光热的力量么。记得在我刚刚放下包裹还未暖热床板就要离去的那次，母亲问我能不能再多耽几日，我没有想到母亲的心境，脱口而出：“外面挺忙。”惹得母亲非常难过，说我人大了，再也用不着父母了，再也想不到父母了。

我当时正迷恋写作，虽然当成当不成作家我不管，但我要写作，这是我的一个梦，我无法和母亲交谈，谈了她也听不懂，她还是要求我好好过日子，别和媳妇生气，把自己的儿子看好，一辈一辈人，母亲对延嗣后代看得重，我说外面挺忙，是敷衍，但母亲没有愤怒，她一辈子不会愤怒，只有承受，也许在母亲看来，我是中了邪魔，写作能吃么？

过后我悟到了母亲话中的寂寞。在雪季里或是每个普通的黄昏抑或是深秋的夜里，这一对老夫妇想些什么做些什么呢？不知什么时候了，户外没有了秋虫在灶旁在枕箪上唧唧复唧唧，只有风溜到窗下蹲着听一会儿，然后耸起身子用手捅一下窗纸，跑到别户的房屋上，在那茅草顶上吼着叫着。

整个村子都熄灭了。

我知道，这一对老夫妇在深秋的屋里准睡不实觉，这并非人老卧伏的机会就少了，他们肯定是在似睡非睡的假寐，已仄听户外的秋风，渐渐迷离于淡远的往事了。

他们会磨磨叨叨地诉说起儿子么，说他在几十里外一个小城里怎样地生活。小时候，每一次户外秋深的夜风把我惊醒，我总是躲在惊恐里听着父亲的脚步，在满是残霜和牛粪的地上移动着，踏踏地走出村外，离村不远处有一座孤零零的白杨树林，父亲把树林里的叶子扫回家，用作柴烧于秋深无边的寒冷中。父亲的扫帚声使我心碎，那使人心碎的扫帚声最后就凝固成一块铁板那么硬朗，就像那声音来自平原的深处，急急地唤你唤你，催促你，使你容不得半点吝惜。

还是灿然的老老的黄土，还是灿然的老老的黄屋，面对鲁西无尽洒脱的麦天的旷野，背靠至少有三百年历史的村落，母亲把麦子倒进院里架起的一个笸箩里，那时明媚的阳光照射着晶澈明亮的东屋一侧那口充满忧伤的棺材，你不能不感到生命的进程就是这么平静地、不动声色地流逝了。

鲁西南平原，黄土屋。父亲之前的祖辈就这样生活过了。面对着父亲的棺木，我悟出了生命在挣扎的时刻同样也有一种坦然的表现，或许因为，苦难滤尽了所有的奢求，便生出了自然的怡静和澹泊？

母亲连续几日冲洗麦子，然后让父亲交上公粮或到一个远远的打面机坊里去磨成面粉。母亲用湿布擦洗麦子，手在麦粒中间搅动翻起一股隐隐的尘雾，有点呛人口鼻，仿佛使人闻到旷野里的土地散发出微微的温热，直到一颗颗的麦粒被还成了原生的那种浅褐如土的质朴和忧伤。

浑圆的麦子使人忧伤。

但这种深深的与生俱来的忧伤，这里的农民是无法表述也不屑于表述了。

于是一天，当我把装麦子的麻袋搬上借来的毛驴和排子车，朝打面机坊行驶的时候，我和父亲坐在车上，那时候时间尚早，驴子踢嗒踢嗒踏在地上的声音很动听。有时路上没收拾干净的一茎草叶或一穗麦子，在车辆中间，草叶或麦穗轻轻地拨弄着车轮，发出很响的“刺棱刺棱”的声音，旷野里很寂静。父亲漫不经心地唱起歌来。

往前望白茫茫是沧州道，
往后看不见我的家门。

曲调是古老的《林冲发配》，节拍很缓慢，歌声悲壮苍凉，这悲壮的歌声在坦荡的旷野上缓慢地爬行着，空气在歌声里起伏，没散尽的雾也在飘散。

雪纷纷洒酿难消解心头怨忿，
泪涟涟我再打望一下行路的人。

从父亲轻轻唱出第一个音节时，我就把头扭回来，面向着父亲。父亲的脸木木的，没有表情，连眼睛也是丝丝缕缕的茫然，就在这丝丝缕缕的茫然中竟能有两个很亮的光点，我紧盯着这两个光点，似乎感到某种温暖和安慰。父亲是一个在现实生活中彻底失败的人，我想在他歌唱的时候，他大概把我，把驴车以及广袤原野也忘却了吧？那驴子的踏踏声，那麦子，那歌唱的回响声都与他无关。

我听到了自己咚咚的心跳，我对这架驴车充满了少有的依傍和信赖。这就是这个黎明的时刻唯一可以让我在旷野中感到坚硬的东西了。好些年啦，我没有手握镰刀割过麦子，平原里的事，都是父母日夜躬身的操劳，我却独自在外边吃着自己的“工作饭”，每次归家，我都有楚楚的凄凉充盈在心里，常想该把自己全部榨干像阳光奉献给树木一样奉献给父母双亲，让家里的日子过得暖和些，光彩些。偏是这些年立了别样的目标，总想做成一些更紧要、更崇高的事情，就在这些自慰自欺的前行里，父母都老了，这每一次回家，我不得不面对老家东屋一侧冷冷的棺木了。

这是父亲最后的床，当我和父亲坐在车上向打面机坊驶去的时候，父亲说有一天的夜里，他梦见了他的父亲和他说话，他觉得自己一天比一天更趋近于梦中的那个人，越来越酷似他模仿他，直到有一天彻底成为另一个他。父亲在麦收之后让木匠为他打了这口棺材，说等他咽了气，就把他装进去悄悄地埋掉，就省了做儿子的许多事情。

父亲说,做棺木的是你的同学呢。

我明白了,父亲不是为了他,而是为了我不再在他忙乱的后事上再为一口棺材奔奔波波。

那天早晨在打面机坊里,我感到很疲乏,我看到我们的麦子在钢铁的挤压下一点一点被咀嚼被粉化,变成没有性格没有性别的面粉。早晨的阳光照在磨坊的窗纸上,涂抹着最初的一抹润红,有一种明丽的安详在我父亲的眼中悄悄蠕动了。他已经离开了磨坊,在院子里的大石碾上,想吸一支烟。

这就是父亲。

我望着轰隆轰隆响声的磨坊,看到那些新鲜的、带着琥珀色光芒的麦子在重浊的隆隆声中被粉碎了。我想到了那口棺木,父亲已经不行了,再往前紧走几步他就会躺在那口最后的床上,无声无息地在泥土里像一穗麦子被粉碎,最后变成细碎的壤粒,再生出一茬茬的麦子,然后再播种、成熟、收割,被粉化。在父亲打制棺木七八年后,父亲死去了。我曾把几瓶白酒放进他的棺木。

父亲不识字,他不知道世上还有他儿子所从事的写作,他不知道有所谓的诗歌小说散文等文体和称谓,他不会说话,最终上苍也剥夺了他说话的权利。

我也知道世道的变幻,人将老去。我也知道墓草何苍黄!

世间没有所谓的"龙种",有的只是野心;世间也没有所谓的成功,有的只是机遇。这些父亲都不具备,他只有默默地承受,他不是勇者,亦非智者,他不是一个人生的表演论者,也非一个人生的目的论者，有时他分不清世间的直道善行与怙恶悛丑，他上当，他受骗，他是一个最忠实的承受者，就像一再表述过的一个意象：土地，农民是土地，所有像父亲一样的农民构成了土地。

土地万有，土地亦无言，土地养活了谷物，土地养活了炊烟，土地养活了我们和历史，土地最低贱，无数的人扭曲了它、塑造了它，但最终塑造它的人都不见了，最后我们活着的一切都不存在了，只有它还存在。

每个人都是要死的，有的人思考过死去了，太多的人来不及思考也死去了。死，对某些人可说是一种苦痛的结束，对另一些人来说，无疑是一场永久的休息。

自然，在父亲死时，因为怕火葬就悄悄在冬日的夜间埋掉，当他逝去三年，我们那里的风俗是要办一下，招呼亲朋邻居同学故旧参加"过三年"。

那时是要有响器的，要热闹一番。不管人生前是多么委屈，那死后的唢呐、笙箫、锣鼓、鞭炮，还有纸扎的侍女、摇钱树、阁楼，是一样都不能少的。

不管人死的时候，是多么的猥琐，我们那里的人出殡时候，那棺材和棺材下的架木，都是实木的，很重，需要十个壮劳力才能抬起，当追魂炮响起，主事的人喊一声：起！

那棺木就应声起来，在人们的瞩目中向着在田野里早已挖好的墓穴抬去，往往半道要换几次抬棺木的壮汉。我不解为何要这样重的棺木和架木，有朋友解释了，这是因为老家的人一辈子太轻飘，人们给这些劳作一生的灵魂配重，让大家记着他曾在这片土地上走过。

小时对我们这里的鲁西南唢呐的吹奏乐十分着迷，因我曾有一阵子喜欢唱歌，每到谁家出殡，我就会站在人群里如痴如醉地听那些演奏的唢呐曲。当然，还有就是娶亲时候，那也吹唢呐，但接新媳妇，吹的是《抬花轿》，要的是高亢是喜庆。一杆唢呐，要的是有阳光那样的冒尖的气势，特别是壮小伙儿吹，带给人的是力量和美。

响器也讲究班子，我们那一代著名的是洼里庄的响器和旗杆刘的响器，特别是旗杆刘的响器，里面吹唢呐的是一个年纪十八九岁的闺女。

在我们那里，人们根深蒂固地把吹响器看作下九流，女性吹响器更是惑人心魄。

一天，我们村里有两个老人死去，恰巧都是同一天出殡，一个下帖找洼里庄的响班，一个下帖找旗杆刘的响班，那天真是有好戏看。

死老太的那家灵棚外，摆了八仙桌，上面好烟好酒，八个盘子八个碗，还有果碟。

死老头的那家灵棚外，也是八仙桌子，上面好烟好酒，八个盘子八个碗，有果碟，并且还用纸封了五百块钱。不用说，除掉下帖时候给的五百块，你要是出力，吹得好，那这五百就是面子钱，是赏钱。

于是那天，死老太的那家先吹的是《秦雪梅吊孝哭灵》。霎时间，哀哀婉婉，人的心像堵到嗓子眼，天是昏的，地是暗的，那唢呐模拟的秦雪梅就像跪在大家的面前，身穿孝服，楚楚可怜，虽然秦雪梅吊孝，祭奠的是商公子，主家今天出殡的是老婆婆，但大家要的是那气氛，那种悲悲切切，那种揪住人的哀痛。

最神的是，唢呐模拟人读出了那祭文：

> 维大明成化十一年四月十二日，未婚妻秦氏雪梅致祭于亡夫商林之灵曰：呜呼，商郎，才华出众，志气轩昂，文章不亚韩柳，书法胜过苏黄。倘天假永年，寿不夭亡，何难攀丹桂于蟾宫，宴琼林于朝堂。雪梅幸得佳偶，盼鸾凤早日成双。谁知书馆一会，引出祸殃，若父生怒，逐出东床。郎怀怨恨，染病卧床，因积怒而莫解，为相思难偿而殇也。呜呼哀哉，君今去世，妾有何望？想昔日钟情留爱，竟成万世永伤。从此君为亡魂，妾作孤孀。恨皇天之无情，愿恶地之不良。呜呼痛哉，闻君讣讯，断我柔肠。扶柩一恸，血泪千行，清酒沥地，纸灰飞扬。灵其不昧，权作齐眉奉敬。死而有知，再作同穴鸳鸯，呜呼哀—哉—尚飨。

于是那看热闹的人都聚集到老太出殡的这家来，人山人海，忘记了是丧礼，都拍手喊好。于是老太灵前外的八仙桌上，摆上了六百元的赏钱。等六百赏钱刚上桌，人们却像潮水涌动，大家开始向旗杆刘的响器班奔去。那是大家熟悉的曲调，是唢呐模仿申凤梅的越调《诸葛亮吊孝》，这是一个女娃子吹得唢呐，却激越高亢，是沉郁顿挫，她模拟的诸葛亮对周瑜的祭文，比秦雪梅的清晰入耳，是知音之悲，也是知音之感：

> 呜呼公瑾，不幸夭亡！修短数天，人岂不伤？我心实痛，酹酒一觞；君若有灵，享我蒸尝！
>
> 吊君幼学，以交伯符；仗义疏财，让舍以居。吊君弱冠，万里鹏抟；定建霸业，割据江南。吊君壮力，远镇巴丘；景升怀虑，讨逆无忧。吊君丰度，佳配小乔；汉臣之婿，不愧当朝。吊君气概，谏阻纳质；始不垂翅，终能奋翼。吊君鄱阳，蒋干来说；挥洒自如，雅量高志。吊君弘才，文武筹略；火攻破敌，挽强为弱。
>
> 想君当年，雄姿英发；哭君早逝，俯地流血。忠义之心，英灵之气；命终三纪，名垂百世，哀君情切，愁肠千结；惟我肝胆，悲无断绝。昊天昏暗，三军怆然；主为哀泣，友为泪涟。
>
> 亮也不才，丐计求谋，助吴拒曹，辅汉安刘。掎角之援，首尾相俦；若存若亡，何虑何忧？呜呼公瑾！生死永别！朴守其贞，冥冥灭灭。魂如有灵，以鉴我心；从此天下，更无知音！呜呼痛哉！伏惟尚飨。

当时我随着人群两边跑，一直到上午也分不出输赢，最后是双方都站在桌子上，唢呐里像坐着一群孝子贤孙，这是主家要的效果，但是事情要有个结局，最后是谁输谁先下桌子，那赏钱没有，下帖的钱也没有。

男的忽然使了阴招，他把汗褂子脱了，光着脊梁吹，一边吹，一边拿眼乜斜看着女唢呐那一桌，女唢呐的声调一下子蔫下来，那女的，气得骂了一句：不要脸，要流氓。

大家开始起哄，嗷嗷地叫着，女唢呐脸红了，但接着，女唢呐却吹出了从没有的高亢和悲壮，如山洪奔泻，如冬日开河的冰块，那声调堆起来，仿佛唢呐口里飞迸的是血，是眼泪，是不甘。这时候谁也想不到的一幕出现了：那女的把外罩竟然也脱下了，只剩下贴身的红兜肚。人们一下子傻眼了，谁见过这阵势啊。那女唢呐站在八仙桌上，唢呐对着太阳，汗珠子从脸颊流下，顺着红兜肚淌下，大家都被震住了，木呆呆地望着。

这时，那男唢呐口喷一口鲜血，跳下桌子，把唢呐一摔，跑到灵棚里，对着老太的棺木咚咚地叩了三个响头，然后走出灵棚，拱着手：老少爷们儿，人外有人，天外有天，我今天丢丑了。

然后在人们的惊愕中，哭着走出了村子。人活着争一口气，人死了，他的后代还在，还要争口气活着，其实，多数人在活着的时候，是没有多少尊严可言的，他们受尽了侮辱，你看那些父老的眼神就知道，胆怯、猥琐，说话时不敢正面与人相视，说话也嗫嚅，即使在他们少有开心的时分，也是痛苦长久于心的原因。还记得父亲去世几年后，我回平原深处的什集看望母亲，那几天里对邻居家所发生的事，使人感到了一种悲抑、无奈，甚至愤怒。说愤怒，我不知把愤怒发泄给谁？这么多年，这样的悲剧还在代代上演，其实悲剧的导火索就是一只青山羊羊羔。古英格兰有一首著名的民谣:“少了一枚铁钉,掉了一只马掌;掉了一只马掌,丢了一匹战马;丢了一匹战马,败了一场战役;败了一场战役,丢了一个国家。”这是发生在英国查理三世的故事。查理准备与里奇蒙德决一死战,查理让一个马夫去给自己的战马钉马掌,铁匠钉到第四个马掌时,差一个钉子,铁匠便偷偷敷衍了事。不久,查理和对方交上了火,大战中忽然一只马掌掉了,国王被掀翻在地,王国随之易主。

这片土地的人不知道那些国外的人事,他们最大的愿望就是活着,但生活得闭塞,灵性的缺失,使他们的心理狭窄和执拗,他们的眼前利益就是最大的可感知的存在,眼前如果有了塌方,那他们就会茫然或者绝望。我有时觉得,我的故乡就像悲剧里的一只羊羔。

是的,有时候一只羊,竟然惹出了一个惊天的悲剧来。正月十五过完,村里的小学就开学,到二月二还会放假,这是惯例。每到下午放学后,一些小学生就会在家里牵出自己家的羊到村头的河沟放羊,我们那里称为米羊,这也许是个古语,让羊吃饭?我没考证。

这活儿小时候我也干过,经过一个冬天羊都是吃一些干的树叶,或者是地瓜的秧子、干草之类,这时呢,虽然草才发芽,甚至还没冒出来。但是河沟里的去年的枯草和老草的根却不再苦涩,而是多了一些水分与甘甜,有时羊也很聪明,瞅主人不注意,会跳到附近的麦田里饕餮。有时你跑到麦地,赶紧拽着羊绳,因为那是麦子发青的时候,羊一啃,就会减产,如果让别人看到，就会破口大骂，或者举起手里的铁锨，照着羊的脊骨猛拍，那一下就会把羊拍瘫痪。

但你即使抓住羊绳，但羊看到麦苗，就如苍蝇见血，羊还是拧着脖子往外挣，把绳绷得很紧，那时你手里的绳子就勒得你的手生疼。那时你就会骂羊："你挣吧，不管你啦，来人喽拍你的脊梁骨!"

也许羊就害怕，就乖乖从麦田里出来，随着你到河沟里喝水，虽然河水里还有些冰碴子，但羊们却喜欢，如嚼冰激凌。

如果是夏天，那河沟旁的草茂盛，往往在米羊的时候，就会挎着荆条篮子或是背着粪箕子，篮子里放着一把割草的铲子，那时羊吃饱了，还能割一篮子一粪箕子草，有时还会拿着一个塑料袋子，把羊屎蛋捡起，一个上午或者下午，能捡一塑料袋羊屎蛋，这是黄瓜最喜欢的肥料，上到黄瓜架下，那黄瓜花也开得格外的黄。

但在今年的开春，还有两天就是二月二，村东头的满娃下学去米羊，是一只母羊和三只羊羔，当时满娃、母羊、羊羔都在河沟里，满娃把母羊拴在杨树上，母羊就以杨树为圆心，转圈吃草，而三只羊羔，也随着母羊吃草。

当时麦田里很多人家正给麦子施化肥，地里的荠菜开始发芽，河里的水很平缓，有的人在浇水，一切都是这么平静。

满娃背着书包，他静静看着羊安然如初，就拿出了一本漫画书，时间就这样不知过了多大一会儿。

忽然，一个女人拿着铁锨，大骂着："谁家的羊，啃俺家的麦苗？”当时满娃的母羊还在河坡上啃草，而三只羊羔则嗅到麦苗的香气，禁不住诱惑就到了麦田。

也许是满娃太专注漫画书，没听到那女人的叫喊。

“谁家的羊？没人答应？砸死个狗日的！”

这女人就用铁锨去拍那三只羊羔，有两只机灵，嗖地跑开，一只被铁锨砸中，当场口里吐血，趴在地上。

满娃这时醒来，看见满脸怒容的女人，他认得，是街里的留根媳妇，长得黑黑大大。

留根媳妇站在麦地里，仍是骂着：“你这熊羔子，咋不好好看着你的羊，光啃俺的麦子，给你爹说，赔我家的麦子！”

当时满娃吓得不敢吭一句，直到留根媳妇骂着走了，他才飞跑着去麦地抱起那只口中吐血的羊羔，但羊羔已经死了。

事情在这时发生了逆转，要是满娃把羊羔抱着回家，顶多被家里的大人大骂一顿，也就算了，但满娃却恐惧，不敢把死羊抱回家，他就抱着羊羔一直坐在河沟里，到天黑了，听到家里的大人一声一声的呼唤，他还是不答应，最后，他竟抱着羊羔跳进河里。

等家里人到了河边，捞出满娃和羊羔，满娃也已经断气。

第二天，天还不明，留根家的院子里就传出留根媳妇的大吵大闹，留根媳妇披散着头发，衣衫不整，露出多半个乳房，她的两眼冒火，嘴角吐着白沫，双手拍着大腿，“亲娘啊，你们这是讹死赖，你们的孩子死了，死了，也赖不着我们，我是点一指头啦，还是拍他一巴掌了？”

天不明的时候，满娃的家里人，拿着木棒、铁锨围在留根家，把满娃的尸体放在一张灵床上，灵床放在留根家的院子里，正争吵着往堂屋当门抬！

留根媳妇一看这阵势，就躺在灵床前，那灵床就搁浅在留根家的大门外。

这时，一个男人一下子走到灵床前。

满娃爹干啥？

这男人是满娃的爹，他走到灵床前，一下子拎起满娃，断气的满娃如同木偶，胳膊垂着，满娃的父亲跨过留根媳妇，一下子冲到留根家的堂屋里，把满娃放到了留根家床上。

这时留根媳妇跳起来，“你们这是把人往死里逼？”

满娃家里的人嚷着，你们等着坐监狱吧，杀人偿命！就有几十口的人，跑到留根家，有抱电视的，有抬沙发的，嘴里嚷着，不偿命，赔四十万。

拉东西，伐树，钱不够，扒屋子。

有的人则在留根家搭起灵棚。

这时留根家的堂兄弟也提着钢管、七节鞭来了，两支队伍在留根家的胡同碰面了，那些搬电视的抬沙发的，都慢慢放下。

村里问事的人来了，想说和，是私了还是公了。

大家在夜里还没有商量出结果，天明了正商量喝碗鸡蛋水，一会儿再说的时候，忽然，留根跑过来，说，别喝了，我媳妇喝药死了。

天明的时候，谁也不知道留根媳妇在哪里摸出一瓶农药，她跑到满娃家，推开满娃家的堂屋，就在当门喝药了。

当我回家的时候，母亲告诉我，留根媳妇喝药，也没救过来。当时我沉默了，也许在留根媳妇的意识里，只有死可以抵挡死。

因为一只羊，是的，就因为一只羊，夺去了两条命，就像把生死看得轻，这里的人不把命当成命，我们怎么论证这些死因？有什么逻辑关联，让我得出死的理由？

我知道，当下奇怪的死很多，比如有的人可能“睡梦死”“躲猫猫死”“鞋带自缢死”“从床上摔下死”“睡姿不对死”“洗澡死”“做噩梦死”“激动死”“上厕所死”“喝开水死”……这些“死”之前无非就是睡觉、从床上摔下、睡姿不对、洗澡、上厕所、喝开水等等一些吃喝拉撒的平凡得不能再平凡的事情。这些人都可以死，那么对家乡的人，因为一只羊的死引出无数的死，也就令人无话可说了。我知道这是土地的不幸，如果你的周围都是废墟和冰凌，那种无边的寂寞和恐惧，怎能让你内心安详？

母亲站在门口，她说要给我烧水做午饭。我摇摇头，母亲不知我为何吃不下。

我看着没有父亲的院子，那压水井还在，那棵榆树快要环抱，我低下头，怕母亲看到我掉泪，我用脚踩一下滴在地上的泪，嘘了一口气。

月下的事

现在如果要问你见过真正的月夜么？那种如白夜一样的月夜，我敢说，很多的人会嗫嚅无语。

那种唐朝才有的、宋朝才有的月夜，才是无渣滓的夜和月，王维《山中与裴秀才迪书》，干净得不染一丝渣滓：

> 近腊月下，景气和畅，故山殊可过。足下方温经，猥不敢相烦，辄便往山中，憩感配寺，与山僧饭讫而去。
>
> 北涉玄灞，清月映郭。夜登华子冈，辋水沦涟，与月上下。寒山远火，明灭林外。深巷寒犬，吠声如豹。村墟夜舂，复与疏钟相间。此时独坐，僮仆静默，多思曩昔，携手赋诗，步仄径，临清流也。
>
> 当待春中，草木蔓发，春山可望，轻鲦出水，白鸥矫翼，露湿青皋，麦陇朝雊。斯之不远，倘能从我游乎？非子天机清妙者，岂能以此不急之务相邀？然是中有深趣矣！无忽。

因驮黄檗人往，不一，山中人王维白。

这是写王维去看老朋友，但朋友正在读经，便不去烦扰，径直就到山里去，夜间的月下山景令人感到悠远，“深巷寒犬，吠声如豹”是我独喜的句子。老远访友，却又不见友人，把对老友的情感放进自然月色，寒山远火，真是知己。而苏轼的《记承天寺夜游》呢，是白银打制的篇章，在历史的书页里漏出：

元丰六年十月十二日夜，解衣欲睡，月色入户，欣然起行。念无与为乐者，遂至承天寺寻张怀民。怀民亦未寝，相与步於中庭。庭下如积水空明，水中藻荇交横，盖竹柏影也。何夜无月？何处无竹柏？但少闲人如吾两人者耳。

在元丰六年十月十二日夜里，苏轼解开衣带，脱衣躺下来，正想入睡，忽见月光从门缝中挤进来，洁白如雪，如掌如拳，不由得心中一跳，兴致忽来，就寻人同赏，这样的不敢独私的境界不是一般人所能达到的，现代诗歌里最喜余光中的《梦李白》中“酒入豪肠，七分酿成了月光，剩下的三分啸成剑气，绣口一吐，就半个盛唐。”还有曹阿瞒《短歌行》里的句子“月明星稀，乌鹊南飞，绕树三匝，何枝可依？”如果在历史的书页中稍一环视，月的文字真是万千气象，如涌如堵，古时的月清澈明洁，幽美宁静，一片空灵，像照在墨上与纸上。想我与友人在秋天的夜月下，翻越像枪刺的铁门，夜深，从小城的胡同森森的黑影中送来送去，徘徊久之，月亮就在头顶悬着似是在笑，清冷的天气，心是如沸如汤。明代张大复在《梅花草堂笔谈》里说：“邵茂齐有言，天上月色能移世界。果然，故夫山石泉涧，梵刹园亭，屋庐竹树，种种常见之物，月照之则深，蒙之则净；金碧之彩，披之则醇；惨悴之容，承之则奇；浅深浓淡之色，按之望之，则屡易而不可了，以至河山大地，邈若皇古；犬吠松涛，远于岩谷，草生木长，闲如坐卧；人在月下，亦尝忘我之为我也。今夜严叔向，置酒破山僧舍，起步庭中，幽华可爱，旦视之，酱盎纷然，瓦石布地而已，戏书此以信茂之语，时十月十六日，万历丙午三十四年也。”是啊，月亮移易了我们的世界。第二天再到夜间走过的小巷，也只是瓦石布地而已。

但现在的月夜呢，成了一种珍罕，古时的月夜没有现在所造成的污染，化学的，燃料的，现在的夜是神经功能紊乱，不再称之为夜，也没有了月和星。现在很多的人，连一次真正的黑夜真正的月夜都没见过，都是在霾里埋葬，古时的月是黑夜的火把，现在的夜没有了火把，月被淹没，大地成了严肃的不苟言笑，黑夜像是涂上了鬼脸，所有古代的那些月亮的描述，在现代无处可寻，所有的月只有在古代晃荡，身份都有了问题。

我想到了儿时，那时的乡下，有月，也有夜，更有故事与传说；月是故事的背景，无论鬼怪，无论花妖，还是吊死鬼，好像有了月就有了间离效果，不再阴郁。记得母亲亲口说过的月夜老鼠出嫁借蒙头红的故事，母亲是坚信那种故事的，她说是她奶奶亲口说的，也许，是真的。

这是一个雪后的月夜，天地银银的，如玻璃，这应该称作白夜。村里的石桥上覆盖着雪，雪上是有点蓝幽幽的月光；黑黢黢的屋瓦也没有了，也是一层的白。再看看街上，铺着石板的街道，也是一色的蓝白，天上地上，整个的融成了白白银银的一世界。

在这个白夜里，村头的老奶奶在做重孙子的虎头鞋，快要年关了，城里的孙子要来老家拜年。老奶奶就趁着月光，坐在灯下做针线，屋里的灯光还没有外面白亮，老奶奶就索性吹熄了灯，让月光从窗口挤进来，屋里屋外都是白夜了。

老奶奶年纪已经很大了，发白如雪，皱纹如线，她绣完了一根绿色的线，那是老虎的胡须，正要用红线绣老虎的眼珠，可是她的手怎么也不能把那根红线认进针鼻儿，老奶奶借着月光，把针鼻儿对着窗棂，针眼儿里也透出了银银的月色呢。

白夜下的乡村，像古代的山水画，那远处的积雪，树林间的积雪，柴垛上的积雪，多么雅致的，虽不煊赫，但是生动的一幅雪境的乡村画，老奶奶觉得，今夜的月光是水，可以听到月光流动的叮咚。老奶奶拿着针线，想着她嫁到这个平原的小村，也是有雪的季节，靠近年关，那时家家户户开始杀猪，猪的叫声，好像也是那么柔和，她又想着孙子的儿子该是怎样的虎头虎脑。

平原的小村静谧着，只听见老奶奶的针线呲呲从布里穿过的声响，偶尔有狗在远处吠叫，然后是脚步的踏踏声，接着是贩卖炒花生的商贩“要焦花生”的声音，显得渺远无边。

这时的白夜，就像是把小村裹在了梦里，不知是真还是幻，也许老奶奶就是坐在梦的边缘，也说不定呢。

就在这时，笃笃地，有了拍门板的声音。

老奶奶疑惑了，什么时辰呢，还有邻居来敲门，自己的眼睛花了，但耳朵还好使，她侧起身子，看是否起风了，还是狗在门板上挠痒儿。

不是风呢，风早息了，也不是狗儿，外面只是银银的白夜。

然而雪里传来了沙沙的脚步声，老奶奶听到了一个声音自言自语：

“这雪好大啊。”

老奶奶疑惑地站起，那个黑影儿就到了窗户的边上，站在屋檐下的银银的月光里。是谁呀，这么晚了，有急事？

一个声音，哑哑地喊：“老奶奶，老奶奶。”

老奶奶把针线放下，那老虎的眼珠还剩一半没有绣完。老奶奶打开窗子，这比点灯还要亮，把月光和雪的蓝放进来，屋里就如白昼。

屋檐下站着一个小姑娘，头发长长的，还有一个现在很少见的辫子，姑娘用手钩着辫子，显得害羞，又有点紧张。

姑娘脸红红的，好像憋足了气力来到了窗前，老奶奶问：“小姑娘，这么晚了，到我家有事吗？”

小姑娘点点头，“老奶奶，我求你一件事，行么？”

“哦，你是谁家的孩子呢？”

“我——我——老奶奶，我是你的邻居呀。”

"邻居？"

"是的，我就住在你的附近，我是晚上才出来，每次我都看到你在窗口绣东西。"

老奶奶相信了，村里的年轻人她有很多都不认识了，每次到街上，都有很多的人喊她老奶奶，她点头答应，然后说老了，老了，在人前走过。

"孩子，你有事，给奶奶说吧！"

"老奶奶，我想借你的红布，一块四四方方的红布啊。"

"哦，红布？"

"我们要做一个游戏，娶亲少一块蒙头的红布，快要年关了，就凑着这白夜，大家说，我们借一下唢呐啊，喇叭啊，锣鼓啊，红布啊，在今天的夜里娶亲呢。"

"哈哈，这么小，亏你们小黄毛想得出，红布，红布——奶奶去找。"

老奶奶站起身，走到了一个黑黑的老式的木柜子前，开始翻起来，一会儿是小小的鞋，一会儿是破旧的衣服，在柜子的底部，老奶奶终于找到了一块红红的绸布，见到这绸布，老奶奶的嘴角开始挑起，荡漾出了笑意，这是老奶奶出嫁时的蒙头红，在唢呐声里，一顶轿子把她抬到了小村里，一连六十年都没离开村子。在今夜，老奶奶把年轻时的蒙头红找出，就像心口砌个蜂箱，里面储满了花和蜜。

老奶奶把红布递到窗外，"记着，这是奶奶的宝物，要爱惜。"

“是的，老奶奶，天亮了，就还你！”

小姑娘接过红布，眼睛里快要冒出了泪水，在月亮下，闪闪的亮，小姑娘给老奶奶深深地弯下身子，鞠了一个躬。

小姑娘走了，刚到大门口，就有很多的人蹿上来，把蒙头红给小姑娘蒙上了，老奶奶探出身子，仔细一看，看到，这些孩子的身后，都拖着一条细细的尾巴呢。

哦，老奶奶想到刚才的小姑娘虽然腼腆，但是伶牙俐齿的模样还是印在了心里。知道了，在年关来临的时候，也是老鼠娶亲的时辰。老奶奶想起一张年画。画上是一群老鼠抬着轿子，举着花灯，扛着彩旗，吹吹打打走着，鼠新娘微微掀开轿帘羞涩张望，新郎戴着礼帽手挥折扇，骑着蛤蟆洋洋得意，还有一箱满载嫁妆的红箱随轿而行。老奶奶小时就听说，年关是老鼠娶亲嫁女的吉日，人要早早上床睡觉，不可以开灯，不然影响老鼠办喜事。

奶奶想到她小时候她奶奶告诉她的，黑夜不能开灯的话。已经是七十多年前的事，还像昨天一样真切。

她当时问自己的奶奶。

“这是真的吗？”她瞪大眼睛，老鼠娶亲，多么奇妙的事。

自己的奶奶怎能骗自己的孙女。“当然是真的”，自己的奶奶一本正经地说，“半夜老鼠就要娶亲了，你要把鞋藏好，不然老鼠就偷走当花轿啰。”

老奶奶想到这里笑了，老鼠成不了亲，那一代代的就无法延续了，十二生肖也就断了，那麻烦的事也就多了，老奶奶想重孙子到家里来的时候,她也把这亲眼看到的一幕讲给他。

门外热闹起来,唢呐响了,好像呼呼的风声,在白夜里,老鼠的娶亲在进行,真是值得庆贺的事。

这时村子静极了,好白的夜啊,好白的月!

老奶奶发白如雪,皱纹如线,“我还有一根线绣完,老虎的眼睛就睁开了。”

老奶奶关上窗子,但关不住的月光还是缕缕地挤进来了。

哦,这种有月亮的夜,人与老鼠或者花妖是该有故事的,月来到人世,不只是朗照,还有一种朦胧的遮蔽,是隐私,也是给故事一个幕布。

在城里久了,在雾霾天久了,就格外怀念儿时的天幕和夜。那时的夜,只有乡村的夜才显出厚实的浓黑来,那些脚趾就像舒适的排排小猪躺在黑夜的被子深处,觉出安眠。而乡下的月光呢,才称得起月光。

等晚饭时辰,把刷碗筷的脏水朝猪圈不规则的石槽泼去,做姐的或是做母亲的把湿濡的手正拟往衣物上靠近,常是一声的惊恐:“呀,哪里这样明啊?”(乡下人不懂得王维的诗句,但月亮出来的时候,总是有鸟儿啪啪地扇动翅膀,遽乱飞去。)

于是惊恐间,大家疑惑地抬起头,抑或从房门和窗里探出半个身子,不注意的时分,那月光默然地删减了黑夜,刷新了古旧,像如掌大的雪那般纷纷地洒落下了。

院子里的柴垛隐没了,如一堆的霜,银银的亮。房瓦呢,也是银银的亮，从空中到地下，兼之村巷胡同，整个被月光濡湿了，融成了一片的白。

而对于月光我却是充满着遗憾，那时我只十岁，麦天的假期里，学校的一只羊轮流放养，那天羊就牵到我的家里。在秫秸苫顶的厨房里，一个木橛和一段绳索把这个生灵拴住，给它喂草喂水。羊，一副谦逊的模样，不挑剔，也不讲话；到了黝黑的晚上，隐隐听得远处有狗叫，声如远豹。我，就想着羊是否也闭着眼睛睡觉，但最终也没考究出所以。其时前院土一样黑实的得宝来拍门，的的笃笃地叫我，得宝是在四川大山褶皱里当兵退役的军人，按辈分排序，应该是唤我爷的，但只因年龄的悬殊，得宝把我当成一个刚醒事读书的孩子。

得宝一脸的兴奋，明天他要娶亲，偏僻黄壤的鲁西平原深处的风俗，讲究娶亲前的一夜，男方家庭要喊一个孩子“压床”。娶亲前一夜的床是不能空掉的，那床的底下还需放上枣和花生一类的东西，一般压床要找属相为龙的孩子，须是男孩。我便从家里的床上转换到了得宝的新房，睡在了他的床上，那床上全是新的被褥，一叠一叠的粗布被子里，透着新弹制棉花的香气和雨水与青草的味道。

是西屋，刚好，月亮的光已经从天上溢出来了，房门也闩不住的月光便从窗棂中透过，莫名地睡不着，就看月光，想我的羊是闭着眼睛还是睁着眼睛，抑或睁着眼睛抑或闭着眼睛。得宝的鼻翼哼哼地翕动，在夜里，像是吸取新制棉被里的那些香气。得宝不和我说话，覆盖在同一被子里，只是他的脚不时触动我的下巴，而我的脚只能蹬到他肩胛的地方。这是一个极美丽的月夜，乡下里的月亮。四周静静的，窗棂上的那个“喜”字在月光下，迷迷蒙蒙的一片中就浮动着微红……

得宝媳妇在第二天月亮下去太阳未出的时候就娶过来，那女子有着姣好的秀韵，就记着了她进洞房时粲然的一笑，绽出着一颗虎牙，幼小的我立时便感到了童年的温热和朦胧的美丽，在鞭炮声里，我从送嫁人手里得到一个麦面与糖做就的“火烧”，火烧的中心处，是一个红红的朱砂印记，圆圆的，那女子非常勤谨，婚后的翌日，就踏着月光和鞭炮的纸屑到了生产队的麦田里。

麦天。夏天。接着是秋天。正是农历的八月十五，好像能闻到月光的味道了，我和母亲到生产队的场院里分取谷物。

秋天的场院毕竟最像场院，谷子、玉米、大豆，都堆码在那里，牛、驴和碌碡或站或卧，队长指挥着人翻动场院里的稼穑。春耕，夏耘，秋收，冬藏。劳碌的人们盼着领取冬季的口粮，像要冬眠的动物一样能蜷缩在寒冷的日子里过活。

生产队里用磅秤分取谷物，得宝的媳妇站在谷堆上，谷子，灿黄黄的，饱满，圆润。得宝媳妇负责用簸箕从谷堆里量取，然后再一家一家往秤上的口袋里倾倒谷子。劳作中，那女子的面目还是异常的姣好，沉静。一下一下，那么专注。

一簸箕有几十斤，那女子就立在高处，她双手举着簸箕，谷子如水流从簸箕里奔赴口袋，一家一家，在机械中显得利索，谷子从簸箕口散开，就像竹子做成的帘幕，谷子倒进口袋的时候，那女子的上身和胸脯有规律地耸动，一颗虎牙还是那么粲然地绽着，沉静静的。谷子散出尘土般的雾气，有点呛人，阳光透过雾气照在那女子有着异样油彩的脸上，感觉毛茸茸，简直不是一个在劳作的模样，像一尊塑像，显得在旷野上有点高远。倏地，那女子再次向口袋里倾进谷子时，就收腹，就高举，就胸部高耸，那簸箕就达到头顶处，上身与胸部还是有规律耸动，这时也许腰带太松，也许腰肢太细，总之，一下，就是一下，下身的衣裤便从臀部尴尬地滑落，委顿在谷子里，农村女人一般是不穿短裤的，那女子也不穿，于是她就白白的两条大腿，银银地直戳在灿然晕黄的谷子里，只是那一刻，想必人们惊呆了，队长发痴。那女子只宛如一尊塑像，一幅剪影：在谷子扬起呛人尘土的雾中，她的丝丝黑发，她的下肢月光一样耀人，于是就有了那刹那永恒的静，呆呆木木的，人们好像在梦境中没有醒转过来。

一切都是那么猝不及防。

那女子手中的簸箕从头顶滑落了，谷子从她的黑发，脸部，腹部滚落，只是一刹，她的衣裤便忧伤地回复到本然，她从谷堆上逸下，那样怨诉，那样哀婉，端庄姣好的脸上有泪溢出，一路哭泣着遁走了。

碌碡还是在那里转着，吱呀吱呀，直到黄昏从西天漫出，才将那吱呀吱呀的声音完整覆住。

真的，那个黄昏使人尴尬。

到了燃灯吃夜饭时，家家熬了舂去谷壳做成的米饭，在馨香浓浓扑鼻中，我还想着得宝的那个女人，乡下的八月十五啊，等待着父亲能把月饼分给我，那年家里就买了一斤的月饼，“一家都在秋风里”，我想着学校的羊，明天就要轮流到我家吃草。

天已经黑透了，乡村的有线广播中放《国际歌》，那雄浑的声音还在空中未能散尽，月亮已是在东屋的房脊爬得有一尺高，月光把房屋和树木都画在空无旁依里，十分清晰，好像一根根对生活敏感的神经。

“秀秀，秀秀——”

外面有嘈杂的人声。

这时我姐姐从外面回来，她说得宝的媳妇上吊了，正喊人抢救。

我到了前院得宝的新房，人们还没有多少，得宝不在，人们说他去喊医生了，那女子吊在新房的房梁上，像一个倒悬着的感叹号，哀哀的，但她的双手似乎努力地争取着滑落的衣物，裤子一如在场院里一样，因为收缩吧，衣物已经滑落在脚踝的地方，月光从窗棂里透过，八月十五的月亮，像一方方手掌的月光，照在那女子的身上，就像执着的追光一样，那时我开始诅咒月光，开始替月光遗憾，它该迷茫些，或者在今晚索性不出来，人们看着她那双月光下的大腿，白的和黑的。

两天后，她在土里埋掉了，是夜里，还有月光，医生说，得宝媳妇怀孕已两个月，我一直替那女子遗憾，她吊死在有月光的夜里。

我还记得那夜的月光啊，好白的月光啊，一地的月光，能盈尺盈丈的厚！如母亲给我讲过的老鼠借蒙头红的月光，但这时的月光添加的是缠绕是泪，注定月光下有出嫁有新生，也注定有死亡有哀歌。

我知道，不一定身处黑暗就一定发生悲剧，身处暗夜也一样传递温暖和光亮。在月夜，也一定时时有灾难窥视，月亮照义人也照不义的人。但我还是渴望那种乡下的月亮，铭记着她们，用她抵御我们现在雾霾沉沉的夜，我想在暗黑的时分要有火把，是月亮，让这样的夜醒来，让人有安慰。

木镇与什集

一

在我的文字中，常有一个名词的指代：木镇，是曹濮平原黄壤深处的一个村镇。其实，在地图上是找不到这个木镇的所在，她只是我的心里的图示，她的原本的名字：什集。什集的“什”人们常读作什么的“什”，其实这是一五一十的大写，什集的“什”，也是数目字“十”，是几百年前十户移民在此落脚。五天一集，十天一会，就有了这个名字。

在这个地面上，曾有我的族人近六百年的足迹，在两个坟地里，我知道高祖、曾祖、祖父的两个哥哥，在祖父另立的坟地里，有我的祖父祖母、伯父及两个大娘、父亲母亲，堂哥和堂侄。他们的坟也如那里的庄稼，有时茂盛有时焦枯，那就是后人在清明的时候，多培几锹土，多扯几把野草。外人不会在意，并且，这些坟地多在别人的责任田里，那些庄稼就和这些坟地争空间。

我曾写过：我居住的木镇，房子所有的烟囱朝上，所有的屋檐向下，房檐下鸟巢所有的鸟雀头朝外。是的，在冬季，最避风寒的就是在黄昏时回家找一个栖身的屋檐。早先木镇的人死了，坟墓里脚都对着村口的方向，好像翘向屋檐，伸到屋里去。

每次从外面回来，我都感到木镇局促与狭小，连挂在白杨树梢的月亮也是一半，瘦瘦的清癯，好像另一半被城里夺去了。我真的觉得木镇很小，如废弃的卷角起毛的邮票，有时又真的觉得它是那样的敏感，如一只刺猬窸窣在平原的深处里，一有响动，就胆怯地蜷缩起来。

其实木镇是我的精神的符号，我记得，在冬日的夜间埋葬父亲的时候，最后一个程序是调整父亲棺木的"走向"，我们那里简称：向，是按照风水和祖制，父亲的棺木是头朝西北，脚朝向东南，父亲的脚并不对着什集的村口。

我知道我早已成了一枝世间的无根浮萍，自己早成了一个漂泊在故乡的异乡人，但骨子里所谓的乡愁，其实是一种孱弱的病，也算是一种入骨的浪漫，其实是一种媚俗而已。前些年米兰·昆德拉《不能承受的生命之轻》在知识分子中间流行的时候，书中的一个词尤其爆棚：媚俗。是的，"媚俗的根源就是对生命的绝对认同"，而生命是作为肉身而存在的。人的肉身的存在，需要很多的营养和肥料，也需要一些事物作为参照系来确认。这参照物和肥料除了食物、睡眠、性交之外，当然也包括对价值或信仰的认同，比如乡愁。

我也曾提醒自己，田园牧歌的伪善，我已是一个衣冠楚楚的“城里人”，所谓深陷乡愁，甚至悲悯，这是一种病，而不是药，这还是一种流传了数千年的悯农病和归去来兮病，我曾对某作家的散文有个说法，还是一个站在农民之外的二流子，是一个浪荡的游吟诗人的写作，没有接触到乡土的底层真实。

所谓的回望与怀旧，就是一种知识者优雅的伪装，哈佛的俄裔女学者斯维特兰娜·博伊姆给“怀旧”一词下的定义是“对于某个不再存在或者从来没有过的家园的向往”。你在城市的书写，只是一种美丽的幻象，是在现代的都市居高临下的书写。鲁迅说小时候的罗汉果好吃，只是一种儿时的记忆，他《故乡》里所写的现实，一样是尖锐地刺得他彷徨无地，你只是一个过客，你是一个回不去故乡的异乡人和旅客而已。

田园和诗意的背后其实是悲怆啊。我想到在集市上半乞讨半做面饭生意的父亲，我在这片土地上长到 20 岁离开，我曾写出很多木镇的诗意，比如，我曾写过诗意的屋檐和小学的风琴：

在城市无端的失眠，被那些夜里的肆无忌惮的光弄得心惊肉跳。失眠久了，时不时想起乡村，总有一个词突显——“屋檐”。是啊，有屋檐，你就感到温暖，在那乡村被子里，无边黑夜里新棉花被子下的脚指头如一个个小猪在安恬地趴着睡。

平原深处，黄壤深处的乡村的屋顶是如缓坡一样的耸立，如三十度的夹角。那是水和泥土柴草烧制的灰色的瓦，在陕西的阿房宫旧址的土地上，我曾看到秦代的瓦，与现在的模样简直是兄弟，有着同样的基因。灰色的瓦排列起来，一片压着一片，如鸟羽，下面是草是房梁是檩条，就这么简单支撑起一片温暖。夜里，曾有几次惊叫把家人吓醒，被问是否有梦魇，我说看到乡村的瓦片如鸟的翅膀在夜空里翻飞。那些瓦片也如钢琴的琴键在奏着谁也不懂的曲子。

该如何形容乡村的那一排排瓦呢？真如钢琴或者手风琴的琴键呀。在还有生产队的时候，从城里下放的马老师，为大家演唱《红星照我去战斗》，那是我第一次看到挎在胸前的手风琴。那黑键白键在老师的手下，如风触到了瓦片，触到树的枝丫，触到了水面，各种声音都一齐汇聚到乡村牛屋旁边的“完小”。

第一次看到那黑键白键，就想到乡村屋顶的瓦，那是雪后的瓦，微微露出黑黑一角的瓦，或者是霜降夜里的瓦，凹的地方是白，凸的地方是黑，那霜降的夜，睡不着的人，看到了有一只黑猫，在屋顶十分诧异地看那霜，它不明白，就用脚一下一下划那霜。猫的爪子如印戳，盖出老猫到此的阴文和阳文。

是啊，那时的我觉得老师演奏起手风琴来，就像把手伸到河里伸到溪里，在那些荷叶底下淤泥中摸鱼——孩子在木镇后的河里，用肚皮紧贴浅浅的河床，张开手摸鱼，不经意间就摸出欢乐，如老师在手风琴里摸出的音符。

这样的屋檐何止是能为劳作的人遮蔽风雨，还是一种隐喻与象征，但我要说的是，在土改的时候，我们家从东街被转房到十字口的隅首处的一家地主的房子。母亲说，她不想搬家，已经是大年三十的早上，那家地主的家人搬着铺盖卷跪在我们家，央求换房搬家，如果我们不搬家，那地主一家就会在冬天的野外度日。我们家从土坯房搬到了有点砖和土的瓦房，谁知到了公私合营的时候，房子又被征用了，我们又回到了东街，但这次没有了地方，父亲只是盖了两间房子，在贴着地的地方有几层砖，其余都是黄土砌墙。在我初中的冬天，我去学校晚自习，我睡觉的那面墙倒了，我放学回家，屋里和屋外一样寒冷。我体悟到了什么是荒寒，好在是我去晚自习去了，否则会被土墙压在底下，后果可想而知。父亲用高粱打的箔放在塌了的土墙下挡住北风。整个冬天，我们都是在寒冷中度过，早晨起来，我的牙骨都冻得疼。

那时我家还在泥水和血水里蹚着，父亲在集市上，靠半夜起来扫大街，白日在集市上摆摊赚着五分五分的收入。我还记得当时，天不明，父亲就穿着一件我哥哥从河南濮阳买来的半截的有血迹的羊皮袄去扫街，那个场景很清晰，在恍恍惚惚的油灯影下，父亲起来，在竹皮暖壶里倒一碗水喝下。穿上那件羊皮袄，却是光着头，手里拿着扫帚和铁锨。

那个在灯影里的剪影一下子被融入黑暗，我又睡去了，等再次惊醒，父亲和北街的马新胜——与父亲一起扫街的我叫作二哥的人回来了，他们年龄相仿，马新胜没有儿子，只有三个闺女都出嫁了。他们在我家的屋当门开始用棉花柴烤火，有时就温二两酒喝。

多数的冬天，都是他们两个人，但有时二哥病了，父亲会拉上我去帮忙，就是用铁锨挖坑，栽上木头，然后用绳子绑成单杠的样子，让卖猪肉的羊肉的人挂在上面卖。

那时的冬天是真冷啊，耳朵都冻得有裂口成了冻疮，而大地也满是裂口，那裂口上有白的边，是霜，上冻了，这时水缸也结冻了，早晨人做饭，就先用铁锤或者砖头敲开水缸里的冰。

我一边跟着父亲绑肉架子，一边跺脚，龇着牙，哈着寒气，一面说："恁冷，恁冷！"

卖菜的人拉着地排车和满满的菜来了，这时菏泽城边刘小鬼庄的种菜的，棉帽子上都是霜花，用兔毛做的耳护子也是白的霜，"像小刀子割耳朵！"

也是那时，我喜欢上唱歌，多是可着嗓子号，内心感到土地的压抑，于是对从菏泽城里来的被打成"右派"的马老师那架手风琴就特别着迷。

当时能到学校跟着马老师唱歌是一种荣光，我们胡同三户人家，在我家前面是叫刘四的人，在阴雨天就纠集几个人，弹扬琴唱，多是曹濮平原黄壤深处流行的《大锔缸》的节奏，后来，刘欢为电视剧《水浒传》片头唱的《好汉歌》，那个调就是我少年时代熟悉的调，咳呀伊儿呀咳咳伊儿呀。

但家庭的贫寒彻底击碎了我的音乐梦，在小学时代，每到放学后，马老师就组织十多个孩子练歌，到了一年的元旦前夕，我们学校接到通知，要到县城去合唱《红星照我去战斗》。

只有唯一的一个要求，每个同学不能穿农村肥大臃肿的家织布的棉裤，而必须穿毛裤，这样站在台上才更有精神。

当时的我立志要做一个歌唱家，四处追着电影《闪闪的红星》看，在幕布下，张着嘴跟着唱，我就是声音洪亮可着嗓子吼，我觉得声音洪亮就是我的成功的第一步，我也弄了一根笛子，笛膜不好弄，就到沙河（也就是木镇常写的泥之河）把苇子的内瓤的薄膜当作笛膜，吹不大会儿，苇膜就透。一次回家的路上，一条狗，嗷嗷着扑来，我就用笛子当作棒子，不用说，笛子的一段被打得开裂，狗尖叫着遁去。我用姐姐的头绳缠住笛子的一段，吹起来声音有点怪怪的。

家里人看着我这么热爱唱歌，其实是不大高兴。在什集，唱戏的是不入流的，是属于下三烂下九流的，我不管不顾。我知道，我们乡间有练习吹唢呐的，白天是在红薯窖里吹，怕外面的人嫌吵闹，夜里是对着星星吹，但他三年走出红薯窖，在娶亲或是丧礼上吹唢呐，一村的人都惊呆了。娶亲时吹《抬花轿》，那抬花轿的人就像身上有虱子，浑身上下地拽起来；而丧礼上吹《起灵》，那孝子的脚步像踩了棉花垛，无力而轻飘，欲跌欲倒。

当我把去县城汇演需要穿毛裤的事说给家里人时，一家人无言了。当时我们什集农民的孩子没有一个有毛裤的，只有供销社和粮所职工的子女才有毛裤。

我也无言，在夜里，我把笛子扔到了井里，对着井，大吼三声，从此绝了当歌唱家的念头。

因为贫穷，扼杀了多少孩子的梦，因为人为的农业和非农业，因为这背后的资源，然后就是这差异的一条毛裤，扼杀了梦。

当时是父亲人生最背时的时候，他从非农业的供销社的一个职工被劝说回家，说国家困难，等形式好了再回来，但父亲再也没有回去的机会了，他承受了，他接受了，他本身是农民，又回到农民，这个最早把自己的木轮车子和做面饭的一切无私拿出的人，这个为了配合政策和地主转房，最后却没有自己居所的人，这个在“文革”中，被人在集会拉出唱《东方红》，他却只会从“呼儿嗨吆”唱的人，被人起了绰号“呼儿”——这是我童年最刺耳的绰号——任谁都可以侮辱他，喊他“呼儿”。这是一个卑贱到底的位置，我小时候，最羡慕非农业人口，我们叫吃国粮的，即使不吃国粮，能和国家沾上边弄个临时工合同工，也能凭粮票吃上馒头。

当时农民一年四季吃地瓜干窝窝，像牛皮筋一样，再加上窝窝和辣椒一起吃，当时农村的胃病特别多。每到春天的夜里，除掉猫的叫春，都是人们反胃的咯咯声。

一年到头只有正月初一上午吃上馒头，其余都是地瓜做的窝窝与糊涂（粥）、疙瘩汤、面条，母亲有时就把地瓜面给我做成麻嘎子（喜鹊）状，但我总是吃不下去。

每当看到供销社或者粮所的学生拿着馒头吃，心里的口水总抵挡不住那麦面的勾引，总想上去说，我吃两口行不？但看着那些高傲的喉咙，年幼的自尊还是压抑下那念头，当时就想，他娘的，不就是你们吃国粮么？老子以后也要吃国粮，娶媳妇还必须是烫发的。

一次课外活动，我从低我一年的班级过，发现察名山正坐在课桌上吃馒头，他的腿搭在桌子的腿上。是秋天，他的鼻子下挂着很长的鼻涕，一伸一缩的，也顾不得擦，两眼看着窗户，腿一下一下地荡着，悠闲而满足。当时我感到整个教室都是那馒头的香气。我的脚自然地停住了，那腿也好像被馒头的香味绊着了，再也无法挪。

察名山的父亲是拖拉机站的一个汽车司机，是公社的合同工，也是可以有馒头吃的。他父亲一出车，就把饭票给了名山，于是上学的时候，就可看到他坐在课桌上荡着腿吃馒头。当时阳光照过来，馒头成了金色的，连名山的鼻涕也好似金色。

在我不自觉伸头看时，名山喊我，给你一个馒头，你让我看你的画书。

如果没有要我的画书换，我可能也会心口不一地说，我不饿！

但我接过了馒头，因为他渴望得到我的画书看。

以后，每到有空的时候，我就拿着画书找名山，他也会拿着馒头找我。

当二十多年后，我在一所大学做了中文系主任，名山找到我，他接他父亲的班，开汽车跑运输。我把他领到一家饭馆，说，你想吃什么就点什么，想喝什么酒就喝什么酒。

那天，我喝多了。我对名山说，感谢你的馒头。

二

我从叫什集的地方走出，却走不出"木镇"。

什集是肉体的多一点，木镇是灵魂的多一点。对什集的痛感多来自那种家乡的破败，人伦的沉陷，人性的幽暗；而对于一些看不见的怀恋，我放到了木镇，比如那种风声，那种芦苇的花飞的激动。

被虫子是什集的，在夜间不寐或者哭醒，想来路和归途是木镇的，木镇在什集之上，木镇不满足于什集，于是就有了那些萃取的美，诗意的集合，她是我现实之上的理想国，也许会蛊惑我一生，但我愿意。我曾这样写过木镇：对故土时时反顾，有时又觉得，无论你离开土地多久，从乡间走出多远，总能感到隐隐有一根脐带连着你和乡村，这脐带如输液管一样，给你温暖和营养。

在外地，常会无端想到——夜里，窗外有风，父亲常在风里早起，那时风吹动窗棂上的纸，噗噗响，父亲走出篱笆门拿着扫帚，把落叶和枯枝弄到一起，然后背到灶下。到了晚间，灶头的火照红了母亲，而墙上筷笼子里的筷子，也成了红的，一根根如铅笔。在灶下，母亲用火的灰烬埋下一块红薯，到了夜半，在惺忪的梦里，你接到烤得焦焦的红薯，觉得乡村的柴草和炭火烤出的红薯，那才叫烤红薯——这不是手艺，是乡下母亲们天生的绝技，这里面有母亲的体温，有父亲收拢的枯枝落叶，更有大风把漫天的星星吹落后，父亲走在风里的踉跄。

确实是狭小局促的木镇，每当夜里风起之时，我总有一种担心，怕那像草绳一样的羊肠小路，那上面无尽的落叶，不会把路淹没吧？或者路也会被风吹断，一截被风吹到另一个村子？

我是从什集那片地方提着一支笔走出的，自小，我有买画书和买书的嗜好，我隐隐觉得只有书，才可给我走出黄壤深处的可能。我有好长时间，把《约翰·克利斯朵夫》放在枕边，我知道外面还有更辽远的所在。

当时村子里也流行几本书，比如《烈火金刚》《大八义》《小八义》《三侠剑》《三侠五义》，农民喜欢听坠子书，也是公案故事，麦天，在村头一唱就是一个月，这是乡村的文化生活。

在初中的时候，我有一个同学在公社院子里住，他父亲是干部，我在那里看到了冯梦龙的"三言"，当时感到这样的文字好像离真的文学有点远，乡村多的是好奇猎奇。

而外国作家对这片土地无疑是阳春白雪，离得很遥远。但有一天，我知道了《约翰·克利斯朵夫》。

江声浩荡，自屋后上升。

这是初中时第一次读到《约翰·克利斯朵夫》的第一句话时，给我的震撼，这声音，到现在还在回响，还在笼罩，成为一种暗物质在我的骨髓里生长，这是一种向上的力，奔涌如血液，从脚趾到发际直达头顶。

对一个平原深处的孩子来说，虽然离黄河才三十里，但初中以前一直没有机会亲临，何况大江的涛声。但那刻，它就在我心中奔腾起来。

那是三十多年前发生在故乡的事。1980年的春天，我正读初中二年级。一天我在镇上供销社的玻璃柜台看到一套四册的《约翰·克利斯朵夫》。

我怯怯地让女售货员拿出来，翻开书页，第一眼，“江声浩荡，自屋后上升”破空而来，一下击穿了我，对一个乡间的孩子，在快板书和民间故事中成长的人来说，我知道外面还有一种有别于我们组合习惯的文字，还有一种有别于我们生活的别样的人生。

那时农村僻陋偏远，是没有多少闲书可言的。父亲不识字，母亲不识字，哥哥有一本绣像本的《三国演义》，被我快要吃下了。那种精神的饥渴，在物质匮乏的年代更加让人窒息。

那天在课堂里老师讲的什么我一点都没听进去，晚上在家也只是草草吃点东西。母亲问我：冻着了？凉着汗了？

细心的母亲看出我的不对劲，我的倦怠，以为是春天忽冷忽热感冒了。接着母亲又问：和人怄气了？被谁欺负了？

我摇摇头，就躺下睡了，当时家境贫寒，我和父母还在一个床上睡觉，床的下面，拴着的是一群羊，而屋子的梁上则是宿窝的鸡。

我想到“江声浩荡，自屋后上升”，但只是想象那大江的模样。

我知道父母的不易,父亲靠在集市上半夜起来扫街,半劳作半乞讨地和来赶集的人一次要上二分钱补贴家用,有时还要遭到斥骂和白眼。

五天一个集,每次下集,我就看见父亲在家里一分一分地点钱,然后交给母亲。那时哥哥刚结婚,姐姐也要出嫁,家里有时就断盐。

一次母亲上集,被小偷偷去了五块钱,我看到母亲从集市上哭泣着回来了。当时我中午正放学,同学说:你娘哭了,在街上走呢。

我悄悄地跟着母亲,看她从集市上哭着走过,那泪从她的眼里流到嘴角,流到脖子里,流到衣襟上,母亲用手去擦,眼泪又流到了她的手上,我怯怯地抓住母亲的手,母亲的泪也在我的手背上流。我也哭了,我们母子哭着从集市到供销社、到水煎包铺与鸡蛋市。人们不知道我们为什么哭, 很多人窃窃私语:“这娘儿俩,哭得像泪人似的。”

后来,我想起“江声浩荡,自屋后上升”这样的句式可以形容我们贫寒的母子——“哭声浩荡,在母子脸颊上升。”

黎明,屋梁上的鸡开始鸣叫,母亲早早唤我上学,问我身体好点没有。

我没言语,在学校晨读的课堂上,我扯破喉咙喊:江声浩荡,自我家屋后上升——江声浩荡,自我家屋后上升——

放学吃晚饭,在端碗的空隙,我同母亲说:老师要我交学费,两块钱!

母亲没问，从衣裳的口袋里，在手巾包裹的里三层外三层的中间，找出一块五，然后又去邻居家借了五毛。

我到供销社的玻璃柜台，买下了《约翰·克利斯朵夫》。这是我骗母亲的唯一一次。三十年来，我一直压在心底，母亲去世多年了。我想到我们娘儿俩哭泣着走过的路：哭声浩荡，在母子脸颊上升！

我后来走向写作，确实要感谢母亲还有父亲，他们给我的恩情，或许是不知如何指导孩子读书的重要。在书里我得到乐趣，并且有时拿着一本新的画书在村里四处炫耀。

其实，我在父亲那里继承的是喝酒。某一年在北京曾因喝酒胃出血抢救，当时曾写诗记事，诗前有文字：

> 某所好无多，不抽烟不打牌，唯好饮酒及读书，酒不求粗细，书不求甚解，只求快意。曾把宁伤身体不伤感情作为口头禅，酒品即人品，多年来，把煮书下酒作为境界，不效魏晋时人读汉书痛饮酒成名士。2010 年 7 月 31 日赴京，8 月 1 日痛饮酒，8 月 2 日胃出血住进北京空军总医院，辗转床榻 5 日，农历立秋日出院。

曾经豪饮看空盅，
座中顾盼为谁雄？
诗仙斗酒诗百篇，
情重虹吸情似虹；
十八碗后拳碰虎，

呕吐夜半觊流星；
此般景象成追忆，
只写散文摹人生。

胃部出血后，人们告诉我，养胃的最好的东西是老家的粥。确实，即使喝醉了酒，第二天，喝一碗粥，那胃就舒帖。我曾在木镇的文字里写过，那有现实的影子，但诗性的更多。

回家，有一次远远地看到村口的父亲，戴着一顶老式的芦苇编的草帽，那尖尖的模样，就如乡村的屋顶。父亲说，刚割了麦子，有用石磨磨开的麦仁，那是幼年十分盼望而不易得的熬麦仁啊，到了嘴边是植物的清香，还有母亲在草垛里用豆秸捂到长白毛的酱豆，乡村的酱豆是故意发酵到长白毛，到时再配上辣萝卜。在麦天，儿子戴着爷爷的草帽，喝了一碗麦仁，接着又喝下一碗。乡下的饭食养人，我那时知道了根系在这片土地，连儿子也莫能除外。

父亲老了，他走过多少乡村，真的不好说，但他触摸过木镇的每个角落，他的脚也踏过这里的每一寸泥土。泥土有记忆，哪片地方父亲踏了一遍，踏了两遍，泥土都保存着。有时在夜里，在城里的夜里，父亲仅有的几次住到城里我的楼房里，我听到父亲的梦话，虽然不清晰，但我知道那是与一辈子厮守的泥土的对话。木镇有多少户人家，有多少房子，有几口井？这些父亲都知道。

乡村远离了我住的城市，但故乡却潜伏在我血液的深处，骨髓的深处。有一天，一位诗人朋友说，你头上隐隐的有东西。我说，那是故乡的屋顶。朋友说，你眼里的东西呢，还没到生白内障的年龄呢。我说，那是木镇的屋檐。

那夜，朋友醉了，为自己没有一处眼里的屋檐，故乡的屋檐！

其实木镇的屋檐，就是避免我们精神淋雨的屋檐。我曾在什集破旧的屋檐下见过父亲，在父亲去世的前一年的冬天，快临近黄昏的时候，我无端的焦躁，就坐公共汽车回到二十公里的什集，当踏向天要黑的家的时候，屋檐下站着的父亲，我几乎看成是竖着的一捆棒子秸秆。待那秸秆有声音了，问我咋这时回来了。我才知道，这如庄稼一样的农民，在风里霜里，雷里电里，劳作失望，醉酒，最后是越来越和庄稼的面目贴近。

还是狭小的院子，红砖土墙的灶屋有白色的炊烟，人与槐树一样孤独，我跟着父亲走进屋里。我对这低矮的屋檐有一种信赖，在我精神委顿归家的时候，它给我坚实的依靠。我知道只有这里的狗才不对我发狠咬我，别的楼房华屋，我踏进去是要看脸色，这什集的屋檐和房门，我可以随时进入，即使不咳嗽一声就可以躺下睡，起来吃。

没有脸色的屋檐，是什集的屋檐。

三

十九岁之前，我一直就在什集这个山东西南部贫穷卑微的一个乡村生活，我的小学初中高中，一直是在以我家为圆心，以我的脚步一千到一千五百步为半径画圆读书。小学初中在镇子北头的寺庙的遗址上，高中在镇子南面的田野里。那是一个叫什集的小镇，先是公社所在地，后来是乡政府镇政府所在地，属于鄄城县，就是曹植从洛阳回来写《洛神赋》的鄄城。初中升高中的时候，曾报考地区和县城所在的高中，皆因为数学成绩的瘸腿而败北，到镇子外求学的愿望就一次次落空，也就一次次在夜间仰望星空，面对浩瀚，心情一直压抑，在自己居室的墙壁上，用毛笔刷下"闻鸡起舞"来砥砺自己，无论春天秋天，我都是从田野里穿行，不走高中的大门，直接翻墙进入学校，即使是在冬季，天将甫明，戴着棉帽，穿着肥臃的棉袄、棉裤上学，我也是从墙头翻过。那时的冬天，好像格外像冬天，冷得凛冽肃然，于教室的一角，是夏秋割来的青草，堆拥在那里，散发着炽烈的太阳炙烤后尚未散去糊味，直透鼻翼的清香。

如果是有雪的冬季，从教室里跑出，脚踏干爽"喳渣"做响的雪，兴奋地呼唤着：欲渡黄河冰塞川，将行太行雪满山。

回到家里，就在墨水瓶改造的煤油灯下开始了读课外书，当时读的是《世界文学》《收获》。当时的高中，有两间图书室，图书管理员是一位女老师，恰巧是我同桌的亲戚，我就能多借几本书。在《世界文学》上，我第一次读到了博尔赫斯，记得是一篇叫"玫瑰街角的汉子"，感到非常的新奇。

我家距离鄄城县城 17.5 公里，这地面上有一处拖拉机站，有几辆洛阳产的东方红牌拖拉机和两辆破旧的解放牌汽车，就是察名山父亲开汽车的拖拉机站，而拖拉机汽车所用的汽油柴油却是在县城才储存，也可能是动用机车到县城发成本高，于是拖拉机站的汽油柴油就由我家用地排车从县城拉回，地排车上装四个铁桶，每个桶满满的油是200公斤。从我上小学开始，有时在夏季或者冬季就和姐姐到县城拉汽油柴油。

常是鸡叫的时候，拿着窝头和一瓷葫芦水，姐姐拉着我和空的铁桶到县城，在油站上班的时候，我们就到了，然后装油，然后吃窝头等待。

在装油的时候，我就一路跑着到位于县城北大街的新华书店买书，油站离书店五里，我必须在一个小时来回，于是到了书店就匆匆买了书，然后折回。《飘》《欧也妮·葛朗台》《芦青河告诉我》《月迹》都是在初中高中那时买的，但是书买回来了，却错过了吃窝头，于是姐姐架着车辕，我在边上套上绳子拉偏套，有时就低头吃窝头，在喘息的时候，就拿出新买的书，于是也就忘记了劳顿。

现在能在书房读书了，但我还想到少年时拉着地排车到书店买书回来的那种兴奋，但现在好像遥远得有点不真实，但我却想到那一幕，这是一种怀念？抑或是一种失落，那样的心境竟不再出现于生活中，随着成年与人生的历练与缺憾，我觉得这徒步买书的可贵。

其实在乡下，是书开启了求知的闸门，由于眼界和贫困，读的书多有偏差。在开始写作时，模仿的诗歌都是甜腻的形式，自己一下笔就是油滑浮薄。在1984年秋天，我高中毕业，准备到一所师专报到的时候，一天，在新华书店发现了一本刊物：《文学家》的创刊号，上面是昌耀的组诗，那次我读到了他的《高车》：

是什么在天地河汉之间鼓动如翼手？……

是高车。是青海的高车。我看重它们。但我之难忘情于它们，更在于它们本是英雄。而英雄是不可被遗忘的。

从地平线渐次隆起者
是青海的高车。

从北斗星宫之侧悄然轧过者
是青海的高车。

而从岁月间摇撼着远去者
仍还是青海的高车呀。

高车的青海于我是威武的巨人
青海的高车于我是巨人之轶诗。

这是一个巨人的诗行，周涛曾说王昌龄的弟弟王昌耀，那时我知道以前接触的诗，是算不上诗的，我从昌耀这里知道了何谓诗，诗又是何为？从昌耀，我开得了新面，后来昌耀先生死去，我曾著文哀悼《老昌耀》，此文于《散文海外版》刊出，算是馨香一瓣，献与死者的灵前，那是对文学的招魂吗？抑或是对身边的文学招魂，我的墨水的脐带真的接通汨罗江？从这点我是感激书店的，在那个时候，在那个地点，让我认识了诗歌，也认识了自己的局限。

在读高中的时候，我曾借过一本《日本短篇小说选》，是中国青年出版社出版的。当时是冬天，我抄写了上面一篇三浦哲郎的小说《忍川》，这也是日本的电影演员栗原小卷的成名作，写的是年轻人情感的纯洁，上面写的“我”，一个卑微的来自乡间的大学生与一个同样卑微的菜馆的招待志乃的故事。那种气味，那种故事，那种格调深深地吸引了我。我也是一个屈辱的存在，我坐在一个阴冷的屋子里，一连抄写了三个晚上。当最末的一天，天竟下起了雪，我有点喜极而泣，泪流满面，情感的共振何计东西、南海北海，何计肤色民族，绝对不可以“萧条异代”来说。

我是来自农村的，我知道底层的纯朴和哀痛，最后“我”带着志乃回到也是农村的老家完婚，走向神圣的婚礼时的场面，是留存我记忆和影响我文学记忆最深刻的事件。当时我还未婚，没有女性朋友，只是在文学里转移自己的情感与注意力，寻找拯救的力量，但我记得小说里的话：“我们虽然寒微，但是要坚强地、精神饱满地生活下去，这就是我们的信念。”也许是这信念，也许是文学给我以疗救，虽然当时像所有的农民的儿子一样，灾苦多难的生活培养了一种孤傲、腼腆羞涩而又时时感到委屈的心灵，那时学校里的女生稀少，而最怕的就是与女同学对话，是结巴和嗫嚅，是脸红得如红布，一个底层的农民的儿子，孤傲的背后也渴望一种自由的表达。像卢梭，躺在高贵的华伦夫人怀里，有母亲和情人的关怀的爱情，幻想如《红与黑》的于连一样爱上德瑞扶夫人，获得有身份女性的青睐，通过爱来弥补身份的差异，纤弱，苍白，想法是如此的可笑。于是想到《忍川》，想到雪夜"我"与志乃，那最后的描写，简直是黄金打制的，饱满光辉，有磁力，我曾和我的极为少数的朋友讲述过这个细节，衡量文学钻石的分量是看它的恒久的悸动与感慨，这是金子与铜的分别：

雪乡的夜晚如同在大地深处一样宁静。就在这样的宁静中，传来了清脆的铃响声。铃声慢慢由远而近了。

"这是什么钟声？"志乃问道。

"马橇上的铃。"我回答说。

"马橇？马橇是什么？"

"就是马拉的雪橇。大概是有些农民到镇上喝多了烧酒，这时候才回村去的吧。"

"我想看看呢。"志乃说。

两个人用一件棉袍裹起赤裸的身子，钻出了房间。把廊子里的防雨板拉开一道细缝，剑一般凉飕飕的月光，几乎是白糊糊地照射在志乃裸露着的身上。在像白昼一样明亮的雪路上，马橇拖着阴影，叮叮当当地过去了。马橇上面，驾车的人裹着毛毯，抱着双肘熟睡了。那马是自己在归路上疾驰的吧，马蹄铁在月光下闪闪跃动。正看得入迷，志乃微微发抖了。

“好啦，该睡了。明天还得坐火车哪，睡一会儿吧。”

“嗯，在还听得见那铃声的时候就入睡吧。”

一钻进被窝，志乃就把她那冻凉了的身子挨到我的胸前，把咔嗒咔嗒打颤的牙齿轻轻地贴到了我肩上。

铃声远去。骤然间听不见了，只觉得余音缭绕。

“还听得见吗？”

志乃没有吱声。我把自己的嘴唇贴在她的嘴唇上。志乃却已酣然入眠了。

这个细节，我曾在一篇散文《风雪黄昏》里有过追忆，那是一篇发表在2004年夏季《文艺报》上的散文，寄寓了我对抄书的怀念。在我抄写《忍川》完毕的时候，老家也下起了漫天的大雪，如鹅羽的雪，后来我在电影《日瓦戈医生》里看到雪夜的西伯利亚的森林小屋里，日瓦戈在写诗，烛光摇曳，外面是狼的长嗥。多么相似，还犹如《三套车》的场面：冰雪覆盖着伏尔加河，冰河上跑着三套车，有人在唱着忧郁的歌，唱歌的是那赶车的人。

也许这小说和我当时的心境有关，我愈来愈信，你接触某个文章也是讲究机缘的，这机缘可以是天气心情，也可能是年龄，但那年的冬天，是文学和《忍川》这小说温暖了我，给我精神的滋养，给我以后文字的节奏。我知道了人类发展的元素：爱、尊严、自由与平等。

我知道，人应该有两个故乡：精神的与现实的。现实的故乡是一个地址空间；另一个故乡是收留我看不见的精神和感情元素多一点，什集和木镇，也许对我就是如此吧。

宰了他，狗日的

有人说这片土地水土硬，多戾气，是使狠拼命的地方，这里的命不值钱，不管是动物生灵植物草木还是人，人常说的都是早死早托生。

骂人时，总是恶狠狠地说："宰了他，狗日的！"

在黄壤深处，我见过很多的宰牛啊宰羊啊，杀猪杀狗啊，手段都是血淋淋的，那屠夫的心态却是平常的很，像割庄稼刨树一般。

总是一条命啊，母亲常这样说。

我曾读过一首诗，纯白描的手法，写杀狗的过程，一刀一刀，直击现场，"这应该是杀狗的／唯一方式"，破空一句而来，让人心里一凛。其实我们那里杀狗的样式也很多，用绳索把狗吊起来吊死，用木棒把狗击死，一条狗连皮在开水的锅里烫死，还有偷狗的贼，用馒头泡上药毒死或者酒醉死，最直接的就是以尖刀找准狗的脖颈处，一刀子下去直插心脏。

但诗人把时间地点告诉我们，这是纪实的：

今天早上十点二十五分
在金鼎山农贸市场三单元
靠南的最后一个铺面前的空地上
一条狗依偎在主人的脚边，它抬着头
望着繁忙的交易区，偶尔，伸出
长长的舌头，舔一下主人的裤管
主人也用手抚摸它的头
仿佛在为远行的孩子理顺衣领
可是，这温暖的场景并没有持续多久
主人将它的头揽进怀里
一张长长的刀叶就送进了
它的脖子。它叫着，脖子上
像系上了一条红领巾，迅速地
蹿到了店铺旁的柴堆里……

红领巾，我们是多么熟悉啊！我小时候为能系上一条红领巾，曾经也是那么的虔诚，这条狗也是为了得到一条红领巾，这么驯服，温情下面有兽性啊，“一张长长的刀叶就送进了 / 它的脖子”。一个“送”字境界全出，但这么看似轻松的一送温柔的一刀却未让狗“送”命，“它叫着，脖子上像系上了一条红领巾，迅速地 / 蹿到了店铺旁的柴堆里……”

红领巾并没让狗长记性啊，“主人向它招了招手，它又爬了回来，继续依偎在主人的脚边，身体，有些抖。主人又摸了摸它的头，仿佛为受伤的孩子，清洗疤痕”。一而再，再而三，狗在主人的召唤下，甘心受戮，是想主人回心转意么？

但是，这也是一瞬而逝的温情
主人的刀，再一次戳进了它的脖子
力道和位置，与前次毫无区别

“但是”。又是一个要命的转折。刀子再次戳进了狗脖子，狗主人的态度和手法也与前次别无二致。

它叫着，脖子上像插上了
一杆红色小旗子，力不从心地
蹿到了店铺旁的柴堆里
主人向它招了招手，它又爬了回来
如此重复了五次，它才死在
爬向主人的路上。它的血迹
让它体味到了消亡的魔力

奴性和麻木，让狗一次一次走向刀锋，这是愚忠么？“它的血迹，让它体味到了消亡的魔力”。读到这里，心唯有滴血。

十一点二十分，主人开始叫卖
因为等待，许多围观的人
还在谈论着它一次比一次减少
的抖，和它那痉挛的脊背
说它像一个回家奔丧的游子

国人常说：狗不嫌家贫。诗重点是狗竟然不嫌刀锋恶，像一个回家奔丧的游子，是的，这游子是为自己发丧。要命的家不要也罢，狗至死未能悟出。

我们这里家家爱养狗，在集镇上也有卖狗肉的，生意自然没有猪肉牛羊肉红火。在我童年的时候，在集镇的西街有家人家宰狗营生，家境富裕竟为我们方圆十里的首户。人们说这人有邪乎的本事，他到各村走动捕狗贩狗，那看家的狗儿嗅到气味，不避远近，常常凑到近前与宰狗人厮磨。待与主人讲了价格，开了钱钞，这屠狗人就从腰中甩出尼龙绳索，绳到狗倒。此人捕狗，见狗故作谦和朴实，与狗亲近，套狗近乎，然后袖出绳索，伸腿一扫，狗"扑"的一声卧伏在地，硬脚准确地践踏狗耳，旋即把狗反背上肩回家。于狗嘶叫声中，用铁钩悬起在家中的一棵楝树上，用尖刀从狗的腿部划开口子，然后拳头伸进，在皮肉间嘭嘭捶打，一张皮子就十分完整地被扯下来。

待到晴天，用竹钉把皮钉在土墙上，晾。

几年后，什集方圆数十里村庄夜间常不闻狗叫犬吠，而鸡驴都照常不误地嘶嚷，全然不顾。

黄壤平原深处的人嗜狗肉，溯源似可追到汉初将军樊哙，这里离樊哙老家沛县一晌的工夫即到，遂就有了后人狗肉上席桌桌必不可少，否则酒不多饮，茶不多啜，口不多谈，谈多必嘴吐秽言，拳脚相加，宁可无酒，不可无狗，蔚然一方风气。

没有了狗，屠夫骤然感到空落。他常常在家坐喝闷酒，倏然听见一声狗叫，拔腿奔出去，鸡叫猫咬，鼠蹬墙头，远近却不见了狗迹。这种现象折磨得屠狗人白日不能安然吃酒，夜里也似睡非睡，欲睡还醒，于是就无聊得紧。

一日，懒懒地在河边走，蓦地抬头见前边苇丛中有狗作人寐态，见他即遁逃，屠人立即扑去，狗的逃路断了，就后腿拱地，前爪越起双爪抚脸，如一洗濯的清洁童子。屠人一步步向狗逼近，以三指频频翻作花样，狗莫解其意连叫数声，吼得河边的芦缨子尽坠肩上，屠人将肩上的芦花拂去，吹吹手，一绳套去，腿疾人到，狗即卧伏在地，屠人哈哈大笑，便挽手将狗掮在肩头，用铁钩倒吊在庭中树下。

腿部划开口子，拳头伸进，再于皮肉间嘭嘭捶打，眼看皮到得铜铸的脑门之上，连饱三次老拳，竟然无动于衷。屠人发狠，双手扯起皮子，回身一挫，皮没挫下，铁钩“当”的一声坠在沙土里。

屠人回望，惊而发呆，见那狗，腿上拉着半截铁钩，头悬一张皮子，浑身血淋淋，一闪一闪，一股脑儿地惶惶而逃。

“哎、哎、哎——”屠人见此狗皮毛黑染，肉头丰满，忽忆歉年时曾养一狗，与它仿佛，屠人想出这定是那狗的儿子或孙子，自己轻声一唤，果然听得出主人的声音，竟回转头而来，前爪耸起，欲想和屠人厮热。

屠人泪就下来了，于是手痒着就又把它缚好再悬于苦楝树上，眼闭着把皮撕下，用竹钉钉在墙上。

过了多日，屠人忽觉手奇痒，搔搔不已，竟至搔出血来，于是血痕处又肿又胖。历三日，屠人便反锁自己于屋中，在墙角掏出一瓦罐的钞票，一边数着一边模拟狗叫，再把钞票从窗棂处撒出。

夜间，数十里村庄上又有犬吠声不绝响于僻地陋巷……这是我童年经历的事，犹如《聊斋志异》，那屠夫后来就死去，人们说杀狗杀多了，狗把屠夫的性命索去。我们这地方的人，强悍归强悍，但信佛的人也多，虽不见拜，但对那些六道轮回总感觉屡试不爽。

我有一年回老家看父母。我后来见过那家杀狗人的儿子，他曾拿一本《金刚经》来找我，上面有不认识的字问我，我也是囫囵吞枣地给他敷衍一下，因我多也不懂，怕得罪了神灵，也就说，听说城里建起了东山禅寺，可以逢初一、十五去上香。我看他口里不停念着，是那么虔诚。

当时我也看一些禅宗的书，主要是把它们当成一种生活的方式而不是宗教，但我知道，那屠狗人的儿子的表情，是那么的急切，也许是他父亲把他们一家吓着了，他要挣扎出这魔咒一样的轮回和报应？母亲告诉我，屠狗人的儿媳妇跟一个木工跑了，还带着他的三岁的孙子，他儿子曾到济南的建筑工地去找他媳妇和木工，在林立的脚手架下的板房里，看到了三岁的儿子，但那女人已经挺着大肚子，看样子媳妇的肚子里有木工的种，他想领回三岁的儿子，但那儿子死活不回，哭着要跟妈妈。

他就走开，到了商店买了一把杀猪的刀，在建筑工地嚷着"宰了那狗日的"。但夺妻之仇未报，他就被拘留起来。在拘留所，他遇到一个难友，那人盘腿坐在拘留所里，面无表情地念《大悲咒》。后来，这屠狗人的儿子从拘留所出来，眼神里好像没有了凶相，在门口，扑通跪在拘留所门口，噔噔噔三个响头，拿着一本《金刚经》走了。

母亲对我说过，拘留所真的有功效，这人现在即使叫他杀一只鸡也不敢，整天吃素，神神叨叨的。当时正流行崔健的《一无所有》，不知谁家的卡式录放机里放着那种嘶哑的歌喉：

我曾经问个不休　你何时跟我走
可你却总是笑我　一无所有
我要给你我的追求　还有我的自由
可你却总是笑我　一无所有
噢……你何时跟我走
噢……你何时跟我走

也是那个时候，一个回家朋友看到城里有人在家的墙壁上挂着牛头和别的兽头，一再缠着我，说我如果回老家帮他弄一个牛头过来，实在不行，收集几只牛角也好来装饰人苍黯的梦境与墙壁。却是在老家,能经常碰到各式殊异的牛角,我们那里是鲁西黄牛的最初的繁殖地,那一双双的坚弧的牛角,有的还杵在各种牛的头上,有的则被制成牛角的梳子或是号角挂在这家那家低矮的房檐,檐外有风,有星有月,却是很少有人吹起……

对牛,我总是怀有一种并非幽邃的偏见,窃疑太初牛之萌生,形体枉为丰隆硕大,进化进化,壮硕的生命竟成了人类俯瞰的一种驯顺的生灵,看到人们喂它以草饮它以水赏它以夜晚的睡眠和片刻的反刍,看到人们怠斥它,奴役它,心里总会产生一种悲哀的怜悯。

我想起了盐车之下的哀哀嘶鸣的骏马和诗人太白笔下:马如一匹练,明日过吴门的句子。那里面绝不是一种对人类争战、杀伐、流血和利用的俯就,它自有一种深层的意义:马不是人的仆役,它是人类的邻居。它在自然里生存,依旧秉持了它原有的本质,与自然浑穆,使你不能随意地轻视它随便它,它的蹄声依然在大地上会叩磕出激越的鼓点,它悲怆苍劲的嘶鸣,那集团军般遽然转移的方队,都使你想到了古战场的肃穆和旷远,它优美温驯却不任人凌辱宰割的精神意象,往往使你一生都咀嚼回味,受用不已。

我是一个极端热爱生命的人,在鲁西平原见到成群成群的牛,总是想到马,想到马给人以勇气,予人以幻想,然而鲁西平原的牛太固执,太优越,它在你没有丝毫准备的情况下,就占领了你的炊烟,你的青草,你的土地。鲁西老家很少有马,天似穹庐，笼盖四野，天苍苍，野茫茫，在鲁西老家度过的那些日子，你面对的是一只只迟钝的牛，便想鲁西无尽一如壮硕女人胸乳膏腴的土地，那画着呆痴线条的缓坡堤岸，那圆浑的土堆豆垛，配上这古朴的牛，是何等的苍颜冷寂！在夕照里犁铧与牛相互拖拽，那袅袅炊烟中牛犊于母亲乳下的亲昵，都使人感到了这种生活的些许陈旧与那时我想奔突出去的内心的忧郁。

哦，鲁西老家的牛，给人一个迟滞的世界！它平和不争、稳重尔雅，却销蚀你，直到你也像它们一样卧伏于地，弄得你夜间或清晨听到它们缓缓的一声长哞，就感到一种亲昵温情。然而，不期一个梦境却重新塑我一个完整的境界。弄得今天我听到《西班牙斗牛曲》有力回旋，还会在屋子里掷笔不宁，生血如沸，直想步出户外看看，是不是我梦幻中的那样一种牛，而且在静夜，我听不得一种古老的牛角吹出的那种悲怆高亢之音，若是断角，再配上霜雪屋檐之上卧伏着的一钩残月，更是不能忍受。一听那声音陡然使我热泪盈眶，高吟太白之诗：仰天大笑出门去，吾辈岂是蓬蒿人！悲壮之举，恸如诀别。

生活在鲁西平原，天一黑暮就要背上床板睡觉，睡不着时眼前就晃动起许多东西，悠然我像望到一个秋日，天刚甫明，衰草黄苍，霜白如绵，那景象来势之快，可以使人的眼睛一下子产生盲点，太阳红得发黑，一刹日光的脚爪，竟一下子就把平原覆盖。就在这日光红红霜色银银之中，我见到了最壮阔的牛群奔突的场幕。仿佛分散在所有村庄里的公牛一下都聚拢到黎明中了，这些牛在阳光倏然一亮中极不适应，就似有隐隐的沉雷一下子刺进了平原。公牛，尚未阉割过的公牛，从无数的沟坡、村口拥出，像流水奔泻似的在平原的霞色中汇聚了，二三个汇成五六个，五六个汇成七八个，小群聚成大群，大群在奔泻中发展，成为一片哞叫、纷乱而快速移动的红的幕布！它们呼唤着、照应着，像去奔赴任务、衔枚疾走，像去踩断那一道道阳光，阳光纠结着、回旋着，绕缠在牛之锦缎般红的身上，那四蹄仿佛被庄严裹住，不再斜逸，不再旁支，尚未被人改造的牛的睾丸，在阳光下燃烧透亮，像是一支支的重锤在那里嘎嘎碰撞，发出隆隆之音，而这一刹，等我定神审视，牛群已逝，眼前仍是暗夜，黝黑一片。

我久久痴在那里，发呆，发愣。然而我终是看到了，见到了这世上鼓荡着生命伟力的牛的形象，它不再是轭框犁车中的一群，它有着自己的另一面的生命。

持续几日，我都沉浸在这种幻想中，但每日早晨起来对视朝阳，见牛还在牛栏里，静静地回味牛粪的味儿，和由它散发的温暖的青草之香，最后父亲起来，用扫帚慰问牛的脊梁，然后牵出去……在阳光明媚的时刻，牛毛显得瓦亮，空气中的尘粒浮在上面，一俟微风，你就会见到那尘粒在牛脊梁上微微振荡。

我看不出牛之模样的冷暖悲戚，但那些光滑的毛却给我一种深深的忧伤。那些鞭痕，那些轭套勒在牛肉长久后结痂的处所，像是一种乡村最沉实的表述。

就有一天，我和父亲起得绝早，把牛套在架子车里，装上棉籽朝榨油房去了。

榨油房在一个河边的林场里，榨床的动力设备是个苏俄式的笨重的柴油机，轮子很大，宛如碾盘，隆隆隆隆，整个河岸都是柴油机的响声与颤动。

油房尚远，牛车宁静，我和父亲坐在车辕前无语。那时我很想让牛抑或牛车弄出一点什么声响，以驱遣平原深处里我与父亲枯坐的寂寞。我知道榨油房的路途还远，而平原的早晨也相当漫长，我们就如缓步在刀法古拙的木刻里：一架孤独的牛车带着自己孤独而抑制的灵魂，在空旷无垠的荒野上低哞而行，远处榆树模糊，太阳像一只神秘的独眼……

父亲似乎并未感到有这么一轴图画，父亲想到了牛，就像我们慢吞吞走进了一个遥远的童话，父亲说："快点儿！"牛说："请稍等！"牛明白父亲说这句话的意思，牛不能让满满的棉籽转化成哗哗喧闹的生活的油层，它只能从轮毂之间干燥的吱吱扭扭里提炼古老的欢乐了。

当时，我和父亲都像感觉到了什么。牛的终极与归宿？我曾固执地以为，牛们没有童年，它们一生下来就是老年壮年，就是轭套和犁杖，当人们不再需要它们的时候，它们就要被宰割了，像麦秸，像豆子，像黄了的玉米，即使以青铜铸它以形象，那也绝不是感恩，它仍是被奴役和呼唤奴役的象征，最后牛们撒手人寰，也以诱人的形象端上人类的盛宴，让牙齿咀嚼和胃部欣赏，最后一张皮也未被扔掉，而是制成昂贵的腰带遮蔽所谓主人的私处，或是做成鞭子，继续召唤制服与它们一样命运与悲哀的同类。

突然我就去想，假设有一天，大地上的牛不再轭车，不再耕田，大地上的牛不再坚韧，不再劳作，而成为诡诈和机警，那会如何呢？我忆起儿时曾有的那幕，有点感动，然后仍是悲伤。

那是什么时候，是在幼时的记忆里抑或幻梦冥想中？生产队要宰牛了，我端着陶钵去领家里应得的一份。在牛栏里，我见到了那最后的牛，就像玉米那样，就像蔬菜那样，成熟了，瓜熟蒂落了。人们开始用寒光砍伐它，收割它，使它们成为养分继续茁壮人类，而后肥沃泥土。那牛太老了，老得在自己耕过千百遍的泥土上不会迈步了。操刀人趋步向前扳着犄角，牛尾下的队长推搡着它的尖瘦如刀的屁股，把它推倒在屠案上。

杀牛。杀牛。当时我也是和别的孩子一样狂叫着，为了一点肉润滑一下贪婪的带皱折的胃肠，倒在屠案上的牛倒是清楚了自己最终的结局，它深塌的两眼，就像植物里含有水分那样，潸然吐出浊稠的老泪，然而它不甘，它也知道自己在血戮中寻不到公正，它把俯就在屠案上的头颅高高昂起，望着灰蒙深沉的蓝天，哞哞孤鸣。

哞哞的牛声很沉闷，悲壮有力，充盈着死的哀伤，我发现人类在这时胆怯了，屠夫沉滞，孩子屏息，时间一下凝固，人们感觉到了对纷尘凡世的依恋与渴望，而对极乐世界无疑满怀了质疑和绝望。

屠夫的刀终是下去了，血光一闪，那牛又是一声长哞，两只深陷的眼还是瞪着灰蒙深沉的蓝天，泪流汩汩而下。

然而在屠夫简洁熟练撕剥牛皮的时候，那些牛栏里关着的牛们，却突然同声长哞，然后扯断了缰绳，撞坼了牛栏，前呼后拥，疯狂地奔出村庄，它们不再沉默，不再沉重，一下子变得那么发狠有脾气。牛们长哞着，呼喊着，在平原碰撞飞奔，一个村庄的牛撞翻了栅栏，十个村庄的牛撞翻了栅栏。在苍穹之下，无数的牛立在平原的河坡上，扬起脖颈面天长哞，宛如全世界的汽笛在这个时刻为一个逝去的伟人哀悼。

时间过去之后，我常思索着这撼人心魄的场面，冥顽的苍穹之下，确实蕴存着某种神秘的东西，人类，不要忽视最卑微的生命，即使蝼蚁、树叶、残枝，也有着灵光和情致，牛被驯服了，但力量没有被驯服，坚硬的犄角没有被驯服，抑或某个暗夜，挂在墙上的犄角会一跃而起，自鸣自唱。

然而这些牛们在宏唱汽轮机歌声的时候，又折回到屠案边，它们绕着血污的牛皮、犄角，渐而卧下去，像一片褐色的石头，后来这些石头又移回了牛栏……屋檐下悬挂的马灯无言地望着这一切，马灯的孤独无疑昭示了牛们，夜静更寂会有人来添加食物，赠与睡眠，但睡眠以后呢？轭套、鞭痕仍会俯瞰着牛们，继续上路。

前面就是榨油场。

当我遥望童年与牛的时分，我想，生灵与人类、山川与土壤、河流与树影，若是它的忍耐大大超于它摆脱苦痛所具有的勇毅和果敢之时，它只有被奴役驯化。确实，世上原本有一些生命的生长就是为了被奴役驯化，以致屠杀，你怎样在你颤栗与四顾的心中寻得公正？当家家在黄昏的房檐下抛掷菜香的时候，我感到呕吐，我在童年对屠夫和油亮的屠案充满仇恨，我对那些回归牛栏的牛们发出诅咒。

当我以后在佐田雅志和冈林信康两位风靡日本的歌手的歌中听到：

> 忍啊，这难忍的无缘长坂。
> 我那咀嚼不尽的
> 妈妈的微小人生

我的眼泪哗哗而下，我想到了牛，牛是真实善良的，它们温驯不吃人，它们不会唱歌，它们没有地点发表言论，它们努力地去接近使命，它们卧在那里反复咀嚼着使命。一般说来，牛是十分尊重农人的，农人予它以草和水，农人赶走了欺负它的敌人，农人用栅栏保护它，直到有一天农人和牛都不存在……

> 我们驾车向榨油房走去——
> 不知怎么地，当时我坐在车上，冒出的竟然是：
> “宰了他，狗日的！”

精神的通道

牛屋是乡村精神坐席的地方。这是指阴雨天，农忙过后的秋冬季节，特别是冬日，有雪的时候，很多的人都聚到牛屋，可以拿麦秸和豆秸烤火，在烤火的时候，牛们静静地看人，这些麦秸和豆秸是牛驴们的口粮，却被人践踏，不知牛驴的心思如何。

“坐席”这个词古雅，有一种历史的厚度，但在曹濮平原却是一普通的词汇，就是红白喜事，全村帮忙的人和邻近亲戚朋友，甚至八竿子打不着的，抑或乞丐都可以聚在一起集体吃一顿，席子是没有的，就是几张破桌，屁股下垫几块砖，或者是树根、草墩，有的就站着吃。小时候坐席是兴奋的事，还没有到放学时辰，就想着从四面漏风的教室溜走。到了城市，许久以为坐席是乡间的俚语，但繁花着锦的贾家也用这个词，《红楼梦》第四十三回有句：“上头正坐席呢，二爷快去罢。”而我在写作初期以抄写孙犁先生的文字为模本，就如毛笔字的描红抄古碑，亦步亦趋，等抄写到《白洋淀纪事·识字班》时：“过阳历年，机关杀了个猪，请村里的男人坐席，吃了一顿。”我想到“坐席”能写到孙犁笔下，就一阵激动。

曹濮平原的人，大家在吃早饭午饭和晚上喝汤的时辰，就端着碗拿着馍来到街头，大家边吃边讲见闻。天冷了，人们就齐聚到牛屋。

那是生产队的时候，就找一个夜里睡觉少勤谨的人喂牛，牛们晚上要加料加草加水，对待牛像对待孩子。牛屋的外面往往是麦秸垛，如放大的蘑菇，圆圆的；牛屋外必不可少的是院子里放着一搂多粗的大水缸，而且牛屋离井台也不远。水缸旁边斜斜地支撑着一片高粱秫秸短箔。喂牛的人把杆草麦秸在水缸里淘洗干净后，用木把铁笊篱从水中捞出来，搭在缸上的秫秸箔上控干水，再送进屋内的牛槽里。趁着湿乎劲儿在上边撒上一层草料，并用木棍响亮地搅拌着。料是豆饼或者是炒熟的黄豆，闻起来有刺激鼻翼的喷香。牛儿们在豆料的诱惑下，伸出宽大的舌头，大口地往嘴里送着草料。

冬天来了，屋外寒风呼啸，滴水成冰，牛屋内却温暖如伏天。牛儿们吃饭后安静地卧在地面上，不紧不慢地反刍着胃里的草料。牛屋的门上挂着用杆草织成的厚厚的草苫子。屋当门燃着一堆冒着青烟的木柴或者豆秸草高粱秆。青烟在房梁上拧着盘绕，充盈着偌大的牛屋，温暖着人和牲口，挂在墙上的破马灯斜斜地向外倾着，一团橘红的火苗晕晕地向上燃烧着。

曹濮平原的人把牛反刍叫倒磨，小时候曾问父亲牛为什么晚上不好好睡觉，要反复像磨牙似的把草料与唾液搅拌，在夜间的牛屋，那倒磨的声音是一种安然。那时我对倒磨十分神秘，父亲不知道，我就到学校问老师。屋檐下的麻雀在叫，我举手站起，“老师，我问个爹不会的事。”就问，“牛为什么要倒磨？”

老师曾是赤脚医生，他用粉笔在黑板上画了像地瓜秧一样的牛的内脏，“人有一个胃，牛长四个胃，知道么？”老师说，“牛吃下的草先进了瘤胃，然后又从那到了蜂巢胃。到了这里后它把草再倒回口里细嚼，接着，接着——”老师用粉笔点画着黑板上的一个部位，如电影里的师长在地图上比画。

“接着又咽下去了？”同学们盯着黑板上的牛胃。老师说：“咽下的草进了重瓣胃，然后再跑到皱胃里去。”

大家把“皱胃”理解成“臭胃”，都说那地方是盛牛粪的地方，都说牛粪是热的。二小知道，那时学校让同学勤工俭学，有一项就是扛着粪箕子拾粪，无论人的狗的猪的牛的，弄到一块扛到学校老师表扬。我也曾在冬日天不明的时候，到牛屋去偷粪，记得一坨牛粪冻得石头一样硬。二小的爷爷是喂牛的，他最绝，他把粪箕子放到牛的屁股后，让牛直接把一坨屎拉到粪箕子里，他想要哪头牛的就要哪头牛的。二小站在牛槽上，双手托住粪箕子，粪箕子对着牛屁股，但牛不配合，可不管这一套，牛们还是照吃不误，有时一晌牛也没动静，二小曾试图将它的尾巴用绳子拴起，高高地吊在牛栏上，用眼睛盯着牛排泄，可他刚刚试着把麻绳子系在牛尾上，那牛就拉下一盘屎，尾巴一甩，那脏东西全卷扬到二小的脸上，冒着热气。

爷爷大笑起来。二小要用刀割牛的尾巴。第二天上课，大家问二小，牛粪热么？

我们最喜欢跟着喂牛的去溜牛，太阳出来啦，牛从牛屋踱步走出，大家骑在牛背上，就如在船上一颠一簸，太阳的光好像很刺眼，牛犹如踏在棉花上，我们就东摇摆西摇摆，那些年长牛一副老成持重的样子阔步在前，而牛犊则如鱼儿游在后面。我们在一个个胡同口穿过，那些娘儿们和闲人也看热闹，看有没有自己的孩子在牛背上。

溜牛去？这是平原向喂牛人和牛们打招呼。

别摔着！这是做母亲的关切。

溜溜腿！

摔不着！

这事就如古代的牧牛的童子，但牛角上是没有汉书可挂的。牛们和儿童有天然的亲昵，当牛要生产了，我们就齐聚到牛屋，看那小牛从牛屁股后一点点出来，感叹生命的神奇，于是就把红领巾系到小牛的脖子。如果生产的是个黑牛，就起名锅底；如果是个白牛，看那粉粉的毛，就起名棉花绒。我们从家里偷来鸡蛋，喂那些小牛们鸡蛋茶，那些母牛们对子女充满无限怜爱，她怕我们伤害那些小家伙，就卷起尾巴低沉地冲着我们叫几声，在叫的时候总用舌头舔牛犊的脸。一周后，那些小牛们就撒欢了，开始走出牛屋四处闲逛了。有的跑到麦地里拱地里的青苗，有的就是用蹄子把准备的豆饼蹬散。那脖子里的红领巾如火烧，有时看到太阳，就表现出若有所思的神情，好像滑稽的陌生。

在少年时代，最喜欢的两件事：一是坐席，一是到牛屋。乡村无论娶媳妇葬人，都是有唢呐吹起，那时在学屋，魂就飞出了，想着坐席能吃到酥肉，能喝到酸汤，能看到许多外村人的脸与本村模样的分别。

而在学屋，我听明山说，有一次他和爷爷睡在牛屋，陪爷爷看护牛，半夜听到牛的喘息不安，低沉地叫，以为是牛要产崽。他喊爷爷，那夜有月亮，白白的，他看到一个黑影和牛叠加在一起。爷爷翻身坐起，拿起炕边的喂牛拌草的棍子，那是一个人影，那人影站在牛槽上，身子一拱一拱地费力做着什么事。二小明白，他曾看到队长在玉米地里在女人身上做过这样的动作。爷爷喝了一声：畜生！那人猛地从牛槽上跳下，从月光下窜出，跑的时候差点被铡刀给绊倒了，然后跌撞摔着爬起后，慌不择路跑了，他那受欺辱的牛：哞的一声。乖乖，那叫声吓了二小一跳，门被打开了，月光无遮拦地进来，牛屋陷在月光里。

爷爷问明山：

“刚才你看见什么了？”

“我看见一个黑影和牛在鼓拥(鼓拥，曹濮平原方言：动的意思)。”明山认真地说。

爷爷点点头，在月光下看着明山，然后诡秘地笑笑，说，看见是谁么？明山说：像是家东高老笨，那是一个光棍儿。

后来我曾想到，在那困苦的日子里，乡村可不是诗意的，一些人变态，白天不敢做的，在夜间就做出来了。那时乡村有许多的光棍儿，在春天夜里很多光棍儿喝酒，然后发疯。

明山的爷爷和我父亲是弟兄,是我大爷,有时我也在牛屋大爷的脚头睡,为的是冬天暖和,还可以吃点豆子。很多的人都来找大爷说话,记得常来的是保财、航哥。

保财、航哥都是与父亲大小的人,和大爷也是自小在一块,老了就挤在牛屋里打发寂寞的冬天。航哥与我家还没有出五服,一直是生产队里的保管,人很耿介。航哥是个鳏夫,航哥的媳妇是困难时期饿死的。他的大儿子分家和几个孩子另过,他和二儿子两个人过日子。

当时他和妻子商量把二小送给人家,好找条活路,还能换点钱让家里人吃饱。但当晚上一个公社干部来领二小的时候,二小抱着娘大哭,虽然二小当时只三岁。他嚷着:娘,我再不喊饿了,我再不喊饿了。

当娘的最怕孩子哭,她对那领孩子的人说,对不住了,我们一家要死一块死。

有四个女儿一心想要儿子的公社干部甩手走了,航哥跑出院子,把五十块钱塞给那干部。

后来,航哥的媳妇就把窝窝头都省给二小吃。当时一个大人一天四个窝窝头,中午两个,早晚各一。孩子一天就两个。

航哥的媳妇每天省出两个窝头给孩子,每天两个,但她还要干活,后来就病了,躺在床上。

航哥对妻子说,你啥病也没有,就是饿的,以后你的四个窝头谁都不给。

妻子含泪答应,但是妻子还是照常每天给孩子省出两个窝头。

到了最后，航哥说，我看着你把窝窝头吃了。

妻子执意地说，我不吃，孩子还长身子。

没过几天，航哥的妻子就死掉。死时，她用干瘦的手拉着航哥，要航哥把孩子拉扯大。还说，死之后，别言语，就悄悄埋在堂屋的当门，谁也不知道，每天还可领四个窝窝头。

就是这样，航哥每天到食堂多领四个窝窝头。

几个月后才说人刚死。

我在牛屋听航哥一提二小的娘，就哭。

在牛屋朦朦胧胧的记忆中，我知道，最厉害的是那年的春天，村里一半的人都拉不动腿，饥饿让人变了形，不管是男男女女老老少少，大家都莫名其妙地长胖了，原本正穿着的可脚的鞋袜突然就穿不进了，硬是把脚指头塞进去，那整个脚面就成了发面馍，暄蓬蓬地堆在鞋口上。还有腿，大家的腿像是灌满了水，透明一样，布满青筋的皮鼓胀胀，拿手指按一下，塌下的凹窝就会好久好久地存留着。春天了，明明是换了单衣的，挪挪动动，似乎比冬天穿一身棉衣还笨重。

公社的人说这是浮肿，浮肿会堵塞血管，会填满喉咙，还会撒不出尿来，或者蹲下拉屎时自个把自个憋死。我们那里有俗语：男怕穿鞋女怕戴帽，说人在临死的前几天，也要浮肿虚胖，也要胖得戴不上帽子穿不上鞋。一时间整个平原都笼罩在死亡的氛围里。

因为粮食都是集体保管，家里是没有一粒粮食的，有人就捣鼓老鼠夹子逮老鼠，那些年老鼠也少，有人就找蚯蚓，在河边，在路旁，在麦秸垛下，人们用铁锨刨，大饥荒年代的蚯蚓却是肥大，人们刨出，就吞在嘴里，一种渴望。

在食堂垮后，社长下了一道死命令，凡是活口能挪动步的，全部去沙河去刨茅根，并要求每家每户都要拿出一半交上来，社里把集中起来的茅草根在太阳下晒干，然后分给出不了门的家庭。不是万户捣衣声，在接下来的日子里，家家户户都是捶茅根的声音，那些碎了的茅草根放到水里煮一夜，第二天早晨再掀了锅盖看，原来的茅草根就变成了有点糊状的东西，那就别管是草还是什么了，就往肚里吞。

航哥的妻子就是那时死的，到死还塞着满满一腔子的茅草根，闭眼后，航哥拿一张芦席卷了妻子，放到堂屋挖好的坑里又觉着心里难受，他就跳到坑里，掰着嘴撕扯茅草根，结果越扯越多，妻子的肚子原本滚滚的就瘪下来。航哥跪在媳妇的尸体前大哭，说："我日你奶奶茅草根，进了肚子你还不烂！"更多的人家是连一声哭也没有的，死了就死了，埋了就埋了。家里有孩子的爹娘，早晨起来第一件事是先搬了孩子的头脸，看见眼皮是动的，就又开始搜寻吃食了。

为了活下去，那些女人们像一群疯狂的母狼，结队搭伙地到三中扒树皮。三中的操场边上有一排排的榆树，扒下来的榆树皮先把外边的皴裂干皮刮去，里边会有一层饼一样厚薄的里层皮。这层里子皮有极大的黏性，无论是砸成黏糊，或者下到水里煮，都能填饱肚子。更多的人家是利用它们的黏性，里子皮晒干之后，再把它们剁成一节一节的碎块块，然后和干茅草根以及谷糠之类的杂物掺和到一起磨面。

三中的榆树皮很快被扒光了，一棵棵在春天的日光下裸露着，仿佛它们自己被扒光了衣服。饥饿的女人又把目光落在了刚刚发出新绿的麦苗上，只要这一天能活着，已经顾不得来年的收成了。夜里，这些女人就下夜去割麦苗子，回家就煮着吃。

下夜后来竟成了习俗，一直延续很多年，我小时候半夜，曾看到父亲和哥哥姐姐都下夜到地里去掰棒子刨红薯。

在牛屋里，记得航哥说他护秋曾抓住过大队里下夜的妇女主任。

我曾听养牲口的大爷说，他原本并不是饲养员，是因为大饥荒的时候，生产队里喂牛的三转老汉上吊死了。

当时是大饥荒最难的时候，村里死了很多的人，最后，队长无奈地说："杀牲口救人！"

队长说这时，是哭着的，那哭声换来的是人有气无力的欢呼，许多人拥到牛屋，进了牲口棚。但是，冲进牲口棚的人又惊叫着纷纷后退，他们看见了饲养员三转老汉，看见三转老头摇摇晃晃地拔掉铡刀的插销，他把铡刀拖到敞亮地上，又把铡刀竖立起来，然后把都是褶子的脖子对准了铡刀的锋刃。脖子是黄瘦的，铡刀是晶莹的，人们惊呆了这场景，大家互相看着，就在人群中找队长。这意思很明显，你们要是动一下牲口，我三转老汉就会喋血牛屋，为这些骨瘦如柴的牛殉葬。

队长走过去，三转老汉慢慢地收起铡刀，队长把三转老汉抱住像哄孩子一样，说：“三叔，三转叔，老叔叔，我知道你饿晕了，饿晕了，你什么都没看见。”队长一挥手，几个小伙子把三转老汉像架小鸡一样架走了，人们看见三转老汉泪眼婆娑，接着号啕大哭。队长走进牲口圈里，拿手指着靠门口的两头老牛，还做了个压低声音的姿势，立刻有几十个人提腿提脚地凑过去，拉着推着把两头老牛弄出了牲口棚。

杀牛的过程很简单，那牛也瘦得要死，在刀子下几乎就没听到一声牛叫。但是牛也太瘦了，两头牛还不如一头平时的肥猪重，一人也分不了一斤，于是有人就嚷嚷着再杀两头，最好能每人分一斤，一家人家也好动锅灶。

不等队长说话，就有人又跑回牛屋去牵牛，但是接着人们听到牛屋传来惊恐的喊叫：“三转老汉上吊了。”

三转老汉是吊死的，他把绳套挂在喂牛的牛槽上，他的怀抱里是一头失去母亲的牛犊子，因为母牛被村里的人杀了，那牛犊子舔着三转老汉的手指，像舔着奶头，人们看着这场景，都扭头转过去流泪。

三转老汉到死还抱着牛犊子，大家使劲才掰开他抱牛犊子的胳膊。而埋葬三转老汉，竟然用了一百多个男劳力，拿牲口槽装载的尸体，一百多个男人分成五班，仅仅从牛屋抬到村口，就足足换了十几轮，每一轮走不了十几步就气喘吁吁。有人提议扔掉牲口槽，拿芦席包裹了，抬不动还可以拴绳子拖着走，但是队长坚决不同意，一直折腾到大中午，才把三转老汉送到坟坑里。

三转老汉死后，生产队就动员我大爷开始接过三转老汉的活儿，在牛屋喂牲口了。

在我和大爷在牛屋睡觉的记忆里，常常是到了冬夜的夜半，那些牛静静地反刍，大爷就几次给牲口加草加水。

但夜半的时候，也是我迷迷糊糊地听大人讲述比较隐秘的事情的时候，航哥是鳏夫，队里常让他去护秋，就是抓那些下夜的人，抓住了，就罚工分，秋后扣口粮。

下夜的不单是男人，更多的是女人，女人一见是航哥，就脱裤子，但航哥就扭头走了，口里吐着唾液，骂着：不要脸。

很明显，女人是想让航哥占便宜，放一马，但航哥是把偷来的东西拿走，往往在那些女人的屁股上踢上一脚，说滚吧，女人就提着裤子跑了，往往是用布衫蒙着头，怕人看出来。

航哥说，有一次他蹲在棉花地里守着，因为棉花总是被人偷，却没见到下夜的人，他这次要死守，看到底是哪方神圣。到了天将甫明，那人来啦，穿的是男人的衣服，但走路的姿势却像女人，因为女人的个子低一些。那人进了棉花地，四周看一下没人，就抓住才开花的棉花，一朵一朵地摘开了，一个时辰，就把一个布袋装得满满的。这人刚想走，航哥一下子扑上去，抓住了布袋，往下一拽，那人一下子仰面朝天倒在地上，这时航哥想看看是谁，那人却是双手死死地用衣裳捂住脸，这时航哥就上去扯衣服。

这下子可好看了，衣服扯开了，一对乳房鼓鼓地挣脱出来。

大家都问，是谁，看见了么？

航哥说，我一看妈妈（鲁西南方言）像油葫芦，比棉花还白。

后来那人见露馅儿了，索性把裤子扯开了，就是不让看脸，这时航哥也上了犟脾气，你不让看，我就要看，以后见面，不好意思的是你。

大家都问，是谁？

航哥说，你们猜？

大家都被航哥吊起胃口，大家猜不出，最后航哥说是妇女主任。

啊，大家长出了一口气，接着就有人问，你干她么？弄么？平时这妇女主任人模人样在会上高调，看样子是下夜的高手，穿着男人的衣服。夜已经很深了，牛屋里很静。

"我没弄……虽然想那事。"航哥说，"这骚娘儿们……看我不小心把上衣扯下来，她就自己把下身衣裳脱光，躺在那一布袋棉花上了。很明显，我弄了她，那一布袋棉花就是她的了。"真不弄？大家接着问，航哥说没弄，就是踢了屁股一脚，滚吧。

大家说航哥傻，航哥笑笑，很神秘。

那些年，牛屋，不仅仅是乡间的一个空间的处所，它还是乡村的记忆，是故事的刻度。历史是要有刻度的，这里有乡村的旧影和回味，我离开乡村，曾无数次在梦里回到那些牛屋，告别了故乡，但告别不了牛屋，好像觉得乡村的灵魂和历史就在牛屋里。

在后来，读到《世说新语》，看到曾担任过大都督、参军、征讨大都督的褚季野的牛屋故事,那是褚季野在由章安县令升为太尉记室参军时,坐了当时行商的贩船,半路在钱塘亭投宿。

当时,吴兴县令沈充也正好送客经过浙江。因客人太多,褚被亭吏赶到牛屋睡觉。半夜,因潮声太大,沈充无法入睡,起来看到牛屋下有什么东西,就问亭吏,亭吏说:昨天有个鄙贱之人前来投宿,我就让他睡牛屋了。沈充当时喝多了酒,就对着牛屋喊:伧夫(当时南人讥骂北人的话),想不想吃饼子?你是什么人,我们聊聊可以吗?褚公听到有人喊话,就说:我是河南褚季野。沈充大吃一惊,又不敢要褚移动地方,随即在牛屋款待褚公,并在褚公面前鞭打亭吏。但褚公与沈充喝酒吃菜,淡然自若,言谈毫无异状,就像没事一样。

这是个不错的故事,发生在牛屋的故事,人生有许多的机缘,曾发生在这满是牛粪味道的地方,夜间最是人寂寞难耐的时候,唤取同类在牛屋喝酒也是一件雅事。风风雨雨的牛,早就修炼出一副洞晓天命的模样,它们看到过许多人间的耕作收获,也看到过许多的歉年,经历过人间的鞭打血痕,曾随着历史上那些牢骚满腹、悲愤无助的诗人,漂泊过吟哦过,而在牛粪的味道中对坐饮酒,想必是人中之龙,芸芸众生里的达者吧。

乡间纪

镰刀

回到老家木镇,看到老屋的墙上还挂着一把像锈蚀月牙的镰刀,逝者如斯,缄默无声。

父亲不在后,镰刀也失去了存在的意义,镰刀木把上的油汗还在,红玉玉的,铭感着主人当年的恩遇。像是看到久违的人或者亲戚,其实在老家的院子里,看到没有父亲的老屋里胡乱堆放着的那些农具,涌动的是一种被遗弃的感觉,铁锨、锄、扬场锨、桑叉、簸箕,这些曾经和父亲交集的农具,与父亲耳鬓厮磨的农具,也是父亲生命里的一部分。父亲故去了,它们还寂寞地留存,但也是老态怆然,没有人再使唤这些农具,过不了几年,该锈蚀的锈蚀,该脱榫的脱榫,该散架的散架,而后归结于泥土,与虚空合而为一,谁也留不住。

想多年前,天还未明,和父亲下地去割麦子。父亲的镰刀在油石上磨过，闪着冷凛的寒光。那是农人的重大行动，如将军夜行，前驱赴敌，我知道，要用我们的血肉之躯和汉代人都已在使用的镰刀，和那些麦子进行一场损耗与杀戮。

麦子被割倒，但父亲的手上胳膊上腿上胸膛上，也会被麦芒、镰刀、绳索所蹂躏，留下瘀瘢，留下红肿与浓痰与咳嗽。也许这就是历史，互相制约，消耗磨损，麦子的命运，也是父亲的命运。

在割麦前，天气暧昧的春夜，躺在床上，隐约听到村外的青蛙叫，曹濮平原深处有农谚：蛙(wāi)子打啊啊，四十五天喝好面疙瘩。

那时在院里，我看到父亲坐在用来把耕后的泥土弄碎弄平的农具耙的木帮上抽烟，平原深处的农民有很多的农谚，这是人生活的遵循和提示，青蛙叫到掂镰割麦是一个半月。

为了增加耙的分量，在耙地时，常是我坐在耙的上面，父亲吆喝着牛驴，在田地里一遍一遍地循环耙地，直到田地里没有一块拳头大的土块，直到田地坦荡如砥。耕过的地必须耙，把那些草啊庄稼的宿根啊，砖头石子等耙出去，那样庄稼会舒服。

坐在耙上，我把手伸进刚耕过的土里，那时的土有点湿漉漉，耙过几遍，土松了软了，在阳光下开始干燥，那是泥土吸足了阳光，这时的土地有了一种混合的味道，天地间的杂糅造化，使泥土如面团一样在农人的手下变得有了灵性。

夜，是白日的休眠，也是父亲自由自在的时分。

最有意思的是麦子拔节或扬花的夜晚，父亲会披件夹袄到田野里，坐在田埂上，随意扯一把草垫在屁股下，也不管那草是否干湿。那时的夜极静，有时星子就像落在怀里，没有星月也无妨。要的就是夜的静谧与神秘，把一切的嘈杂和琐碎都隔开，像给整个乡村拉了个幕布。父亲点上一支烟，听来自麦田的声音，那时的麦子就如换嗓期的少年，骨节开始变粗，嗓音开始变粗，好像得到了神的启示和密码，他们都争着发言。

那些麦子的叶片，一个个像举起的旗子。麦穗呢，像开怀的女人，腹部开始渐次隆起，但是，有的麦穗在南风的撩拨下，情欲一下子释放了，越发鼓起身子。扬花的麦子，如乡村T型台的女人，是勾引么？否，乡间的麦子是单纯地展示自己的幸福，是把身体里热烈的一面弄出来。

那夜静得出奇，但静的下面是动，是爆发，麦子的拔节和扬花的声响，只是这大静与大美的陪衬而已，那些静为他们提供了一种氛围和场景，父亲就是在这样的场景里，潜伏，也像一株草。当看到父亲伸伸懒腰的时候，你觉得那老骨头，也像受了麦子拔节的蛊惑，与土地厮守的人，何尝不是土地上的一茬庄稼呢，一茬庄稼可能是经历了一个春一个夏，或一个夏一个秋。而人只是一个大茬的庄稼，经历了几十茬的庄稼而已。最后人也会被命运收走，这由不得你。

我想起父亲磨镰的神情，那种肃穆和庄重，我们那里的人，不说割麦子，说的是杀。

父亲把油石放在屋檐下有星的时候，那星子就漂在水盆里。

父亲用手撩一些水在油石上，一下一下把休眠了半年的附着在那些铁中的刚性，把那些锋利唤醒。

父亲对生命充满的是敬畏，他不想因为镰刀的钝，而在杀麦子的时候，增加麦子的苦痛。

父亲说清代的时候，曹州府的刽子手斩头杀人，头一天还要犯人好吃好喝，四个菜一壶酒，犯人晕乎乎地上路。我知道，那是一种人道。

父亲说对麦子也要有一种人道，人和一茬麦子相遇，是一种缘分，麦子让人吃。人吃了有劲了却杀这些不言语的庄稼，父亲感到了亏欠。

父亲杀麦子的时候，就会祷告，我看到田垄间的父亲比平时瘦小了，恭敬了，他放慢脚步，好像怕惊吓了黄熟的麦穗。这时的麦粒，颗颗饱满，如汗珠子从土壤里一起附身在麦穗里。是啊，对人的汗珠怎能轻蔑和随便呢，这些汗珠是有尘土味的。人也是从尘土来的，都是同一路径的弟兄，说不上谁高谁低，只是一种轮回。

父亲左手把麦子揽在怀里，右手的镰刀只是轻轻地一弑，麦子倒下了，没有痛苦没有声息。杀麦子的时候，往往是天未明，那麦棵上的露珠，就滴滴答答地回归到泥土，往往把人的裤子打湿。把裤腿挽起来，那麦芒就如针尖一样刺人。割麦子的早晨是从黑夜开始的，相当漫长，我跟着父亲割麦子，往往只是虾腰割一会儿，就感到腰要折了，而父亲没在麦田里，只是看到麦子一片片倒下，好像父亲是童话里不知疲倦的人。在天色微明的田野上，父亲如一只田鼠在为自己准备粮食，父亲低着头，好像眼睛里只有麦子和泥土，好像他们在童话里对话一样，麦子会开口，泥土也会开口。泥土感谢父亲把它身上缠绕的草啊蒺藜啊拿去，把硌骨头的砖石拿去；麦子也感谢父亲的照料，给他们以水，为他们捉虫子。

但我知道，父亲也是把自己看成一穗麦子，他们都是来自土里，沉静是一样的，朴实是一样的，都是泥土一样的肤色，可能你会觉得他们土，但这是大地的颜色，是生活的本色，从泥土里走出的植物动物和人，很少保持泥土的颜色，对泥土的忠实，继承泥土的基因图谱，没有花哨的东西，维护了泥土的尊严，没有使麦子和农人背叛自己的来路，只这一点，就值得诗人尊重。

麦穗的形状，曾被某些图标和钱币所采纳，而农民呢，我有时替农民悲哀，他们被看作下作奴役，驱使他们鞭笞他们，劳役河工担架，这些与他们紧密连接，饥饿灾荒梦魇这些他们挥之不去。他们只是承受，只是躲在历史的背影里，他们是被收割的庄稼，权利是一柄锋利的镰刀，收割他们的劳力，他们的妻女，他们的成果。

后来父亲去世了，镰刀也失去了用场，我有时也回到木镇去，那多半是清明或者旧历的年底，有时把墙上的镰刀拿下来，用手指肚蹭一下镰刀的刃，涩涩的，不再锐利，满是苍茫。

即使不是农忙时节，木镇也找不着说话的闲人，那给了我清净，于是走到田野里，走向一个田埂，翻过水渠，能看到一个老汉就恭敬地递上一支烟，蹲在地边上，谈论一些玉米、棉花，有些大棚或者农药的价格。但村里多的是老人，也有些留守的女人，但大都不认识，随意地点一下头，知道我是这个村里的。

回故乡的机会越来越少，其实木镇的人也是越来越少，年轻的都走了，到了旧历的年下，人才像回巢的鸟飞来，一过完年，村子又空了，有时农忙的时候，在外的人也回来，帮着家里的人收麦收秋。我在木镇只是看到少数留守的女人、苍老暮年的老人和一些留守儿童，很多人家的院子长满了荒草，连窗台上也结了草籽。

木镇不再繁华，记得我曾读过一首诗《多与少》：

村里的动物越来越少
村里的童年越来越少
原来的童年有狗陪着
狗当童年的影
原来的童年有牛的影子
跟着牛到处阅读青草阅读蝴蝶
村小学由五间教室减少到两间
最后村小学取消任何一间教室
这个村和那个村还加一个村
拼成一个小学
三个村共用一个童年
三个村的动物越来越少
消失的还在继续消失
陪伴童年的狗牛比童年的数量似乎更少

动物越来越孤独

童年越来越单调

我隐隐觉得这土地上有许多不可知的东西,在暗暗地发生着变化。在今年的麦收,在外打工的二民从青岛的建筑工地回到家里,家里有几亩地,麦子黄熟,父母年老力衰,妻子带着一个孩子无法下地割麦子。

早晨,天尚未明,二民就拿着磨好的镰刀和装满水的水壶直奔麦地,那时的村子多静,树木、院落、房屋、家禽还在朦胧中,一些人影影影绰绰,好像添了些许的神秘。

很多人在外打工,都不指望土地吃饭了,但二民不,因为二民的媳妇在家,每年他还是该种的时候种,该收的时候收,从城里回来看看父母、媳妇和孩子,有点像走亲戚。

就在二民快走出村子的时候,他看见了村支书,村支书从一个也是打工的人家出来,见了二民,他吃惊地看了一下,接着就说:二民,你站住。

二民站住了,赔着笑:支书。

你看见什么了?

我没看见什么,去地里割麦子。

支书把叼着的烟扔到地上,对二民说,我从三春家出来,你没看见?你发誓!

二民站住了,把镰刀拿在手里,对支书说,没看见就是没看见,你不要逼着哑巴说话。

支书说，二民这算你聪明，你父母还在村里，你媳妇也在村里，还有孩子，我帮助你家也不少，民政的救济，你家得多少，你媳妇不给你说么？

就是这句话，让二民感到了屈辱。在他回家割麦的时候，年老的父母隐隐透出，有次父母看见了村支书从二民媳妇的屋里出来，这是家丑，父母一直叹气。夜里二民质问媳妇，媳妇支支吾吾，最后媳妇哭了，说你惹得起么？我一个女人在家带着孩子容易么，哭着就用嘴在二民的胸膛上咬了一口。

村支书的这句话，就像盐粒掉在了二民的胸口被媳妇咬的伤口上，腾地一下，就感到了胸口的疼，那种不可忍受的疼，刺骨的痛！二民不知道他怎么就扑向了村支书，他在建筑工地拧钢筋的手，一下子就扭断了支书的腰带，一下子就把支书放倒在地上，裤子掉了，二民就用镰刀，嚓嚓一下子就把支书的男根割下啦。

然后，二民把那东西往远处扔去，“支书，我不跑。我去割麦子。”

当警察和二民的媳妇抱着孩子来到麦地的时候，二民把麦子已经割了一半，他放下镰刀，拍着手上的土走向地头，他看见了头顶的太阳白得耀眼，有点发黑。而天是多么蓝啊。

在这黄的麦穗和蓝的天幕下，一个个的光脊梁，如一块块门板闪烁在这土地上，那些人的腰，像对大地鞠躬一样，谦卑地弯向土地。麦子地里的土在阳光下蒸腾，镰刀唰唰地响着，麦子像一个个站立不稳的女人在爱的胳膊下眩晕，倒下。

二民把麦子割了一半，还没有捆麦个子，这些活要留给媳妇了。

他知道媳妇是捆麦个子的好手，先打麦腰子，如腰带一样作用模样的麦腰子，一个麦腰子捆一个麦个子，捆好后，一个个一排排的麦个子，如一队老头站立在裸露的麦茬地里。

每年都是二民在前面割麦子，媳妇在后面捆麦个子，二民心疼媳妇，看到媳妇先是弯腰捆麦个子，久了就跪在麦地里捆，最后就顺着麦垄向前爬着捆。媳妇的手上勒出了血泡，麦芒在脸上留下一道道的血印子，特别是汗水一蜇，生疼得钻心。

二民喜欢媳妇捆麦个子，他喜欢媳妇捆麦子时候，屁股翘得老高，如耸起的欢乐。

警察把二民带走了，有个警察把二民的镰刀用布裹起来，说是做案的工具。警察说，割麦子的镰刀，割人的男根也这么快，想不到！

火罩

曹濮平原深处的冬天，遍地肃然，天地风啸。

村外的麦秸垛好像比秋天小了，到了上午，萎靡的太阳才能照到屋脊，在记忆里屋檐下常是挂着冰溜，如倒立的笋，像凝冻住的带螺纹的水柱，孩子们会央求大人打下来，然后捧在手里，冻得龇牙咧嘴地如现在城里人冬天吃冰。那时，我们把这样挂着的冰叫作“冰溜嘎”。

童年记忆里的平原很冷，心里也冷飕飕的。在冬天上学，在学校的教室墙角，同学们排成一排，穿着大小不一的棉袄棉裤，缩着膀子，使劲挤里面的孩子，曰：挤尿床。我想本意可能是冬天的晚上怕孩子尿床，大人往往在睡觉的时候，让孩子把尿溔出来，如果尿不出，大人就说使劲，学校的孩子就借用过来，做成了冬天的游戏，那从队列里被挤出的同学，就像尿滴子，是丢人的事。

那时的冬天，孩子们的鼻涕好像就是屋檐的冰溜嘎，也是在鼻头挂着，谁说：过河了。那挂着鼻涕的孩子一惊，就使劲一吸，所谓过河（到嘴唇）的鼻涕又收缩回原来的地带。

在今年的春节，小学的同学聚会，老虎（同学李文化的小名，在粮食局工作）还说：留山（同学石峰的小名，在安全局工作）的袄袖筒子上明晃晃的，如糨子，那是用袖筒擦鼻涕的印记，那些东西硬硬的，可以划着火柴。

曹濮平原的人冬天取暖，是夜晚到生产队的牛屋烤火取暖，但回到家里，也一样的干冷。

到了晚上，人们就用晚饭时候的锅底灰，尚有火星的残余，放在铁制的火盆里，然后放在被窝里，火盆上当然放个东西撑着，那就是用白蜡条子编制的火罩。

火罩，形状椭圆，反过来，如个筐，但火罩的周身都是预留的洞眼，这是火盆散发热的通道。火罩也可作为坐具，供人的屁股使用，也可反过来，在里面放上被子，就是孩子的摇篮一样的东西。

当时教室里养羊，我们一年四季都是人羊杂处，读书声在浓烈的羊的膻腥与羊尿的臊气上升腾，有时就无缘无故地咳嗽，一人咳嗽，满屋子的人咳嗽。

还记得冬天，王老师给大家上语文，王老师的语文课，其实就是讲故事，拉呱的性质。

讲着讲着，有时羊叫了，就像是回应，王老师说，羊也通人性。

后来，天冷得王老师说句："这狗日的天，冻死了，都回家吧，给家里说买个火罩，黑家，弄个火罩，放在被窝里，光油油的腚，被窝里一躺，那热得烫皮，大腿跷在二腿上，恣死了，给个县长也不换。"

然后王老师拍拍手：同学们，回家吧，到明天捎来喂羊的豆叶，把火罩钱捎来。

第二天，王老师站在黑板前，看同学们把豆叶放到墙角。接着问：

同学们，冬天冷不冷？

冷。

大家把火罩钱带来么？

教室里死寂一片，只有羊吃豆叶的声音。

没有一个人买么？老师盯着二啃吃，见二啃吃的桌子下有个火罩。二啃吃说：王老师，我爹也会编火罩，老坟上的白蜡条一捆一捆在家放着，我爹说，我们不买，还让我给你带来一个，我爹说，和王老师的比试比试，看谁的结实。

王老师的脸当时就变了,如一个茄子摆荡在白霜里,那是同学的白的眼仁如霜,老师的脸如酱紫皱皮的茄子。

王老师编火罩,这不是秘密,他是一个代课老师,工资可怜,到冬天,就编火罩补贴家用。最绝的是他在上课的时候,忽然就停下来,把火罩拿到讲台上,说,同学们,我们编火罩。

同学们乐得不学习,哇的一声。大家叫着:黑家,弄个火罩,放在被窝里,光油油的腚,被窝里一躺,那热得烫皮,大腿跷在二腿上,恣死了,给个县长也不换。

但王老师的火罩编不下去了,教育组的人下乡抽查,看到黑板前的火罩,就连人和火罩打发了,那王老师就卷铺盖走了。

还记得最后的那场景。讲台上的王老师很孤独,王老师说:反正教学也不挣钱,我回家捋锄杠种庄稼,也不丢人,最后一课,给大家讲一下古人怎么取暖。

大家一下子兴奋起来,有的同学说,我知道,娶媳妇暖脚!

曹濮平原的人,把娶媳妇叫弄个暖脚的,夫妻结婚后,不兴在一头搂着睡觉,该做完的事做完,夫妻就在床板上一人一头,丈夫的脚抵着女人的乳房脖颈下巴等部位,冬天热乎得很。

王老师不紧不慢地说,古人也用人取暖,但不是像我们农村暖脚。

那怎样取暖,古人取暖在我们想象之外。

王老师故意停顿,他说,那些混账冬天最摆谱,每到冬天冻手时那些人不去烤火,而是叫来年轻美貌的妓女,把手伸进女人的怀里贴身取暖。还有更绝的,每到冬日有风雪苦寒的时候，就让宫女们密密地围坐在他的周围来抵御寒气，要是出门时候，就从婢妾里选取身形肥大者，排成一行走在他前面，为他遮风。

王老师一边骂一边吞咽着唾沫，看得见他的喉咙在动。

老师，那时有没有火罩，你在那时教学一定发财。

这时羊叫了，羊是学校的，但羊和王老师好像产生了依恋，这些畜生们好像知道王老师的最后一课。

大家兴奋了，底下叽叽喳喳议论，那些作为取暖器的女人是否穿衣服？

老师，那些女人穿衣服吗？

穿。

老师，你瞎说！

谁瞎说？

要是穿衣服，热气都裹在衣服里，就像炉子，有几个穿衣服的？

大家的话把王老师问住了，他尴尬地搓着手，咧嘴笑，我也没见过，是在闲书上读的。

那个干冷的曹濮平原的冬天，好像一下子温暖起来，教室外，干冷的天，暮色里，清晰地勾勒出很多屋檐下的冰溜嘎。

后来，王老师回家编他的火罩去了，他被辞退了。

多年后，我回老家，也是冬天，在什集的街头，我看到了苍老的王老师，看到王老师的自行车上绑着一个反过来的火罩，火罩里趴着六七个猪秧子（小猪崽），他的脖子拧着在一个扩音器轰鸣的大棚跟前，那是集市上的艳舞表演，叫亚洲歌舞夜总会。

大喇叭里女主持人嗓音尖利地喊着："脱了，脱了，走过路过，千万不要错过，今天最后一场了，马上开始了，二十块钱一位，两位三十了。"

刺耳的音乐后面，是大棚里那些父老传出的没见过世面的不像人的狂叫：真脱了，呀，恁白。脱了，脱了。

我看着大棚外的王老师，他的背有点驼了，但他像许多人一样，站在大棚外，手抓着自行车的车把，车把上有个棉手套，黑油油的放光。

大棚好像被旋风卷起了，里面呼哨，狂喊，乱叫，跺脚，骂人，随着咣咣的节奏，把里外的人都卷起来，抛到了空中。

王老师的脸潮红了，我远远地站在王老师背后，未敢招呼他，但他的集市上的熟人，开始调侃了。

"王老师，看见了啥了？""过瘾不？"

"看到眼里剜不出来了。"

"晚上回家，嫂子受不了，床腿受不了了。"

王老师像个木头橛子，杵在赶集的、来看新鲜和热闹的人群里，地上，有很多肮脏的穿着三点式泳衣的女郎的纸片和红的绿的塑料袋，远处，是羊肉汤锅的蒸腾的水汽，王老师像是陷在兴奋里，涨红着脸，说着啥都没看见。

我想到王老师最后一课讲的美女可以取暖，但在晚年，王老师还是用火罩火盆取暖，在晚饭后，在灶下，把柴火的余烬扒到火盆里，然后罩上火罩，放在被窝里。

最后听到王老师和火罩的消息，是父亲告诉我的，父亲在什集的集市上打扫卫生，把一些灰尘树叶、砖头瓦块弄去，散集后，把丢弃的菜叶、垃圾也弄去。这样父亲每个集市上都会给每个摊位要一毛钱或者五分钱。父亲说，有一次王老师卖火罩，对父亲说，他在小学教过我，于是就省下一毛钱。

后来，王老师死掉，是冬天，在晚上，火盆里的火太旺，把被子燃着了，人们去扑救，发现了王老师赤身躺在烧得只剩下屋茬子的房子里，奇怪的是，他的火罩却完好无损。

擀面杖

说白了，擀面杖就是一个光棍儿。光棍儿在这里不是指人，不是指的青皮无赖，而是指枣木椿木旋的擀面皮的物件。它的材质是木头的，是曹濮平原上的枣树和椿树的枝杈，烧火可惜，就旋出了擀面杖。这擀面的家什，有两头尖尖的，也有两头和中间平的。擀面条的是大擀面杖，擀饺子皮的是小擀面杖。

有乡下传说，曾有女人擀面条，夏日厨房热，上身衣物少，在擀面条的时候，孩子伏在背上哭闹，于是就顺手把奶头从胸前往肩膀上一甩，奶子如布袋搭载肩膀，孩子口里吭哧，半边泪花，半边嬉笑。

擀面杖的基本功能是在乡下女人的手下胸前，来来回回地旋转，把和的面的形状随意摆布：可方可圆，在木头的碾压下，就把面侍弄劲道。但擀面杖还有别的功能，就是说，擀面杖除了擀面条面叶面旗子，除了能擀出来葱油饼韭花饼，还有别的功能。比如，男人醉酒了，把擀面杖拿在手里呼呼生风打媳妇；有的人落枕了脖子扭了，也可以在村里找巧手的女人，在脖子上来回擀几次，那套路一般是：把擀面杖放在火上烤热，注意火不要太旺，擀面杖也要不停地转动，以免烧黑了，等到擀面杖烧热后，让落枕人低头趴在床上如出头的龟，也如砍头的人犯，把脖颈凸出，女人即用发热的擀面杖在颈部轻轻滚动，直到颈部的皮发热发红为止，有时擀面杖热了，落枕治好，脖子上却会起泡。

擀面杖，就是农村普通的物什，平时也没大的用场，但却有雅人深致，比如作家铁凝的父亲就喜收集各种农家的笨锁、鱼刀、粗瓷、民窑，尤其是擀面杖。

铁凝的父亲铁扬是一个长于西画的画家，但特喜中国民间的“俗物”，铁扬搜集擀面杖，木质、长短和粗细各有不同，但他的原则是有意思就行。当铁扬有机会去农村的时候，串门便是常课。过去的父老多半好客，见了生客也通常会可着大嗓门邀人进家。铁扬进了屋，便在灶台、水缸、案板之间东看西看起来，用眼睛逡巡。遇有喜欢的，或开口直接买到手，或买根新的拿来换。如遇主人也把擀面杖看作爱物，既不要钱又不愿意给擀面杖，铁凝的父亲便死磨活说地动员人家，最后许以高出原价几倍乃至十几倍的高价。

铁扬把擀面杖拿回家，这喜爱擀面杖的情愫又在铁凝的血液里流淌。铁凝也喜欢把这些擀面杖排满一墙欣赏，好像沙场秋点兵的将军看排兵布阵，铁凝像巡视一排管风琴那样，巡视这乡村排排的肋骨，这肋骨有枣木的，梨木的，菜木的，杜木的，铁木的……是啊，擀面杖什么时候来到乡村的已不可考，但这些肋骨的缝隙间呢，铁凝看出了别样的蕴藏“它们的身上沾着不同年代的面粉，有的已深深沁进木纹；它们的身上有女人身上的力量女人的勤恳和女人绞尽脑汁对食物的琢磨”，每一根擀面杖，“都有一个与生计依依相关的故事”，“它们能使我的精神沉着、专注，也使我能够找到离人心、离大智慧更近的路”。

是的，每根擀面杖都会有母亲媳妇女儿的手温，也会有早晨的鸡鸣夜半的寒霜；有期盼有等待有心惊也有血泪。擀面杖虽细物，但它和乡村一样古旧，在女儿小的时候，它是玩耍的物件，也许曾用它吹过火，但火苗却起不来，那俗语就从这寻常的举动里来了：擀面杖吹火——一窍不通。对孩子来说，窍是慢慢开的，心眼子是慢慢长的，谁没有擀面杖吹火的那阶段那笑话，没有过失的童年是不完整的，过早的成熟对童年是一种不能承受的伤；等唢呐一响，擀面杖会从厨房到洞房，新郎手颤抖心急用擀面杖去挑蒙头红，姻缘就在那一挑了，是俊颜还是丑面，是擀面杖挑开的，如挑乡村的呼吸，那么期待，那么对未来的不可知。

自然，擀面杖是和炊烟和米面有着最近的血缘，它从树梢来，归宿于厨房；于是想起铁凝那么推崇的一幅画，就有了直接的根由了：《厨房》，那是颜文梁先生画于 20 世纪 20 年代的画。

“它无疑是世俗的:画面右边推开的窗扇让光漫了进来,一定不是艳阳,有点假阴天的意思,反而使厨房有种别样的宁静。画面左上方悬着的板鸭、蹄髈和大蒜勾引着你的嗅觉和食欲:有点香吧,也有点不讨厌的霉潮气。它们下方那只水缸,缸沿泛起暗黄色高光,半圆形灶台上两支燃亮的红烛,以及正前方小炉子上那映在墙上的橘红色火光——炉上的砂锅里正在煲汤吧,这三组物质形成一个稳定的三角形, 带给厨房以殷实的温暖,又与画面的大框架做着呼应,洋溢起宁静中的活力。”

是的,一根短短的擀面杖,让乡村有了生机,虽然乡间的厨房没有入颜文梁先生的法眼,但铁凝在这里说起来,如海德格尔在面对凡·高的《农鞋》,其实一支擀面杖凝结着多少乡村的沧桑? 这有谁知道。

铁凝还曾讲过一个父亲“磨”出一根他看上的擀面杖的故事。铁扬进村不过是想画些钢笔速写。画速写用去的时间只是短短的 20 分钟,“求” 擀面杖却花了 5 个小时。为了一根擀面杖,他可以耐住饥饿耐住焦渴。而看热闹的村人越发以为那家的擀面杖总是个稀有的宝贝了,起哄着,撺掇着擀面杖的主人将价格抬高。最后还是村干部出面说和,铁凝父亲以近二百元人民币的价格将擀面杖买下,于是得胜还朝般回返了。铁凝没有问过父亲这根擀面杖值不值,乃女知父,铁凝晓得“喜欢”这两个字的价值,喜欢是钱所不能衡量的。

记得有人说老舍生前也喜欢收藏一些小古董,瓶瓶碗碗不管缺口裂缝,只要喜欢都买来摆。有一次,郑振铎到老舍家来玩，仔细地看了那些藏品之后轻轻地说了一句："全该扔。"老舍听了也轻轻地回答一句："我看着舒服。"两人相视拊掌大笑。

郑振铎认为老舍收藏的瓶瓶碗碗实在不值一提，是从收藏的角度文物的角度来考虑的，没有啥价值！而老舍则是从兴趣来看待自己收藏的东西，他认为能给自己带来快乐的就有价值，老舍的一句"我看着舒服"，实在是一种境界。很多时候，收藏也就是为收藏者提供一份快乐，收藏一份心情的舒服，而藏品的价值和价钱倒在其次。这些人不是商人，不为谋利，喜欢的东西就买来摆摆，买给自己的是一份高兴一份陶然而已。铁凝的父亲收藏的擀面杖挂满墙，如陶渊明把没有弦的琴挂在墙上，都可当作如是观。

吾村有一烙饼的老人，吾按辈分唤他大爷，他在集镇卖烙饼，案子与面与擀面杖在胸前，而火烧的红鏊子置在身后，他一人可用擀面杖把面擀成纸一样薄，而且，他不用看鏊子，把擀好的饼往背后一翻，饼就整齐落在鏊子上，分毫不差。我童年上小学时候，他已八十岁，母亲提起他，说他烙的饼像粉连纸，我知道粉连纸如果糊在窗户上，月光可透过来，白白的能洒一床。

在民国时期，曹濮平原一代土匪猖獗，有土匪捉了女人，扒光衣服，在乳房上拴了铃铛，逼着给他们擀面条，还起名叫铃铛面。博物一记。

杨叭狗子

杨叭狗子，是老白杨在春天开的花，毛茸茸的，有一拃长，如虫子。这种杨花不是词人说的：春色三分，二分尘土，一分流水。细看来，不是杨花，点点是离人泪。杨树是先有杨叭狗子再出叶，一般杨树不栽种在家里，是否古人白杨多悲风的风俗，在曹濮平原有谚俗，是说家住的位置，前不种桑，后不植柳，院内不见鬼拍手，所谓的鬼拍手指的是白杨的叶子，在风中哗啦啦的翻卷是手掌在击。

古人把柳絮称作杨花，垂柳是美的，可杨花却有些轻浮，如感情不专一的女性，想来，"水性杨花"一语，任何女性听了都不会高兴。

春天的时候，清晨起来，村头的杨叭狗儿落了一地。有人就把落地的杨花扫起来，浸泡到大盆里，泡上一天一夜，把花絮淘洗干净，再把硬壳儿揪掉。剩下绛红色的花芯儿，用刀剁碎，用面粉或者榆皮面粘成一团，蒸熟了吃，虽有一种苦味，但勉强可以下咽。如果用蒜末调了吃，倒是一种美味，在饥荒的年代，这就是最好的伙食了。《板桥家书》里有"天寒冰冻时暮，穷亲戚朋友到门，先泡一大碗炒米送手中，佐以酱姜一小碟，最是暖老温贫之具"，这样的文字是温暖的，主要是那种悲悯的举止，很让人感怀，郑板桥虽是江苏兴化人，但在曹濮平原里的一个县做过知县，对这里的民风和吃食应该是了解的。不知兴化是否有这样的杨叭狗子。但看苏北的方言，就如刘邦的老家丰县、樊哙的老家沛县也把这杨树的花叫作杨叭狗子。

在前年，也是春天的时候，我初中的女同学来到我家，她捎来的就是用杨叭狗子弄熟的团子，她说：可以用辣椒炒，也可放到稀饭里，她说你家不稀罕什么，这你现在没吃过吧，你五哥让我捎给你杨叭狗子。所谓的五哥也是我的同学，在初中比我大三岁，后来师范毕业回到了曹濮平原的深处，与我这女同学结婚，生了两个儿子，其中的一个孩子就在我所在的学校读英语。

杨叭狗子有很多的吃法，有的腌制起来，可以到春节，这是放在一个坛子里，然后再往坛子里放上姜花椒盐，坛子用木塞盖住。这样的紫釉的坛子农村很多，可以腌制红白萝卜雪里蕻，可以腌制腊肉，曹濮平原多是这样的与自然合一，人和牛羊猪狗的食物链条差不多，到了荒年，和牛羊猪狗争食，后来把这些动物也吃掉。

我父亲有一位朋友，是在我们镇子的北街，他用黍子弄的醋，人要是喝一大口，比酒还烈，也能醉人。有一年，我父亲用坛子腌制春天刚下来的嫩黄瓜，用白糖和醋，加上盐，谁知，醋只放了三汤匙，到了打开的时候，黄瓜都是酸得倒牙，后来俺家就不再腌制黄瓜，改成了腌制雪里蕻和杨叭狗子。

杨叭狗子在乡间本草里，是有药用的功能，小时候的冬天，突然肚子痛得厉害，可能是肠痉挛。趴在床上打滚，家离公社的医院又远，父亲不知从哪淘来的药方子说用干的“杨树狗子”拌糖吃，可以治肚子疼。于是父亲就东家西家地找，终于淘来了干“杨树狗子”。吃了以后，肚子就不再翻腾。

“文革”期间有个叫《决裂》的电影，其中葛优的老爷子葛存壮扮演的教授在课堂上大讲“马尾巴的功能”，引来阵阵哄笑。而这“马尾巴的功能”也就从此成了一句“今典”，被那时的人们常挂在嘴头。《决裂》是“文革”式的“反智主义”的一个代表作，以为一切与生产实践脱节的知识，都是无用的——学会养马放牛才是农业大学的要旨，而研究什么“马尾巴的功能”则是极其可笑的。于是，教授不如老农，课堂不如田野……当时，在乡下的中学里，有一北大生物系的老师也是被发配到曹濮平原，他刚一到乡下正赶上麦收打场，村里的那头叫驴，一边拉着石磙碾压麦穗，一边不忘把自己“家什”亮出来炫耀。在各种乡下的牲口中，驴子是最贱的，干最多的活、挨最多的打、吃最差的料，但是叫驴的那家什却最为雄奇，长可及地，蔚为奇观。那生物老师大概是为这奇物所惑，不明白地问：大爷，这驴怎么五条腿儿呀？

也是这位老师，他说话讲课都是北京话，在农村，人们感到稀奇，常常坏坏地模拟，有一次他在四面透风透阳光的教室给孩子们讲课，抑扬顿挫，满含深情，他说：每当春暖花开的时候，在曹濮平原的村前村后，那高高的白杨就开一种花——花。他一连几次说到花，最后说出了一句普通话语调的方言，“那就是杨叭狗子”。到了这里，整个教室哄堂大笑。

后来，人们见了这个老师，在背后，就喊他：狗儿！

现在正是春天，我所在的学校的白杨开花了，叶子还未长出来。我想如果遇到春荒，不知会有多少人在树下打杨花。这绛红颜色的杨叭狗子，其实倒像个大蚕，也像个豆虫。给我送杨叭狗子的女同学说童年趣事，她说她和妹妹年纪小，才锅台那么高，树高爬不上去够不到杨花。人家把杨叭狗子打下来，她们也能捡。半晌也能捡一小篮，拿回家就像拿回了粮食和活下去的希望，把它煮一道水，拌上点盐当饭吃。青黄不接的时候，乡间的温情还在，乡土的宽厚也在，穷困的人是最易同情穷困的，彼此能照顾的。

杨花老了，随风飘落，杨叶才慢慢地长出来。小叶绿生生的，如一个个春天的小耳朵，这耳朵嫩时也可作菜，也可掺上红薯面或麦麸子蒸来吃。可是，女同学告诉我直到现在她还不懂得嫩杨叶含有啥成分，人吃多了，脸、腿都会发肿，可是，人们还是捡来吃，只不过是吃得少些罢了，小心些罢了。

送我杨叭狗子的女同学告诉我：1958 年曹濮平原大跃进，锅砸了，连锁鼻子也拿去炼钢去，那年村上的树也砍光了，连白杨也都砍了，春天整个平原成了光秃，谁家想捡杨叭狗子煮煮吃也办不到了，只有偷偷用洗脸盆当锅煮点野菜，或是萝卜根来吃。她的姐姐就是那年春季饿死的。姐姐还没有吃到杨叶，断气后，牙缝里只卡着一根去年的老草。

木镇的事情

高过乡村的光

光是乡村的支撑，我的本意光是乡村的灵魂，是温暖，它的脚跟无处不在，随便在哪个地方，沟渠柴垛，或者狗窝，你都能感到它的存在。是它挽高了树，挽高了房檐，使乡村有了邃深和辽远。

每次回家，我都感到对乡村老家木镇光的不适应。见到它，我像做错什么似的，眼睛就低下去。春天的光发绿，夏季的光发黑，秋季的光发黄，冬天的光发红。

真的，春天的光用草牙似的小手，一点也不生分地抓挠我的头发衣领，浑身痒痒，燥热，它要拔掉你的衣裳。也许，把春天的光比成狗的舌头更为合适，那还是长满舌苔如小锯齿的舌头。我小学时家里养的白狗，我高中出外求学，每次回家，它就扑到我的身上，用爪子扒我的肩膀，亲昵如兄弟，用舌头舔我的手，舒服且痒，就如阳光抚慰。当我从汽车上走下，我像踩在了光堆积的草垛上，脚步踉跄，很不适应光。你像要被光胳肢了一样，就想笑，我说的是冬天的光，那样的懒散，如小孩的屁股，是穿开裆裤子露出的如春天小鸭的屁股。冬天木镇的阳光是嫩的，你不好意思去摸它。摸小孩的屁股，弄不好可能惹一身臊，但木镇冬天的阳光不会。

缘于光，木镇的一切都有了别样的韵致，即使普通如一絮棉花。在秋深的时候，冬季就在门槛外徘徊，新的被窝刚进去还是有点凉，你在昏昏的油灯下，把头蒙进被窝，你憋住气，然后狠狠地猛吸一口，那粗布的被子，沿着姐姐或者母亲用棉线缝制的被子的针脚，"哗"地一下。棉花的新鲜，那是百分之百的世俗的温暖，是包裹着阳光、纯棉的温暖，针脚里透着光，是夏季的，是秋季的。也许晚几天，在冬的院落里，在一根铁丝上晒被子后，那在夜里，你会嗅到光烤煳了的尿炕的咸咸的味道，我说，那是光的味道，这岂能是城里的被子所能比拟的。光是什么颜色，没人能弄通，那是一种杂乱和错综。你分不清鸡雏和鸟雏嘴角的黄是一种肉色还是一种光。早春的柳条和晚秋的杏叶，是光把冬的光秃变成了扶疏，也是光把那种蓊郁删繁就简成光秃。风和节气是物候的表面，内在的是光的脾气，才使我们看到了颜色的各种面貌。

没有光的黑夜，木镇惊恐和不可知，一切都小心翼翼。人们在那个时辰常听到孩子夜哭，那样嘹亮。顺着街筒子跑，要是狗乱吠，那连夜空的星星也会惊吓躲藏得干净。记得小时候的黑夜，是冬天，蒙在被子里听木梆子打更的吆喝：“防火防盗防蜡烛和暖棉被的火罩——”

其实那是对光的吆喝，有了光，那惊恐就不会在街筒子里高一脚低一脚地跑了，那些狗在柴垛上也不会嘶嘶乱叫。

想到光，我在完小读书的时候，用靛蓝的墨水瓶，加上洋铁片做盖子，自制了一盏煤油灯，那必须用棉花搓成一个捻子，洋铁片的盖子用铁钉敲一个孔。

靛蓝的墨水瓶是我在公社的院落里捡的，像做贼似的，把靛蓝墨水瓶装在棉布褂子里，用手紧紧攥着，生怕跑了，手心汗津津的。那是夏季，我就先把蝌蚪放在墨水瓶里，还没有洗净的墨水瓶，就如天一样瓦蓝，蝌蚪如鸟游在天空里。后来瓶子里的蝌蚪生出了脚，瓶子里开始有了蛙声，不能把蛙声储藏在靛蓝墨水瓶里，就放回野地。让蛙声与拔节的庄稼和天空的星星一道，比幽闭在我的墨水瓶人道。

秋季里，我就把靛蓝墨水瓶改制成油灯，那光是昏黄的，把和我住在一起的羊放大到墙上，影子怪异。有时父亲到我住的土屋里，借助煤油灯光，将两只手的手指绞在一块，变换出兔子和狗的皮影的形象。

那使我感到了油灯光的神奇，但我注意到父亲的影子也贴在墙上，风一过，油灯的灯苗就摇晃，父亲的影子也摇晃，如一个到集市打酒的人，在半道酒葫芦碎了一个口子，打酒的人就用嘴接着那“滴滴答答”的酒，一会儿就成了灯影下父亲的形象，摇摇晃晃，有些陶醉。

也许光使人思索黑暗的含义，当有一天木镇没有光的时候，那会怎么样？父亲说自己不知道，那我们去问队长。我知道了父亲的极限，什么事情都要找队长，连这哲学意味的问题也找队长，我们队长只能是苦笑，把我们看成农村的杞人或者神经而已。

没有不与光联系的事物，在天底下，不只木镇。犁铧下的土在光下酥软，少女的乳房在光下膨胀，一根草，一朵花，一声蝼蛄的叫，即使远处如逗号的黑黑的鸟巢，光让它显形就显形，不显形不行；光不让它显形，它怎么显形也不行。

在这明灭之中，我们看到了代谢，看到了陈旧，但我们也看见了许多惊喜。地下蚯蚓低声对土地的问候，家雀在屋檐的弧线，远处老人白发环绕的脑门——这一切都在光中给了我们新的组合与凸显。在陡然睁开眼，你感到光的时候，你会有一种淌泪的冲动，又一个召唤到我们身边来了，生命是如此神奇。

我常思考一些木镇的无关紧要的问题。在我的感觉里，光有点类似勾引者和教唆者的味道。是她让土地解开了怀抱，放掉禁锢；是她让种子不再安心睡眠，把紧存内在的欲望澎湃汹涌。我的想法是春天的光来了，只是悄悄地在发光，我家的白狗就一改温驯的模样，门扉和柴垛不再是它的领地，它的腿好像是老寒腿遇到了火，开始舒展。白狗那些日子白天黑夜不着家，木镇人说驴浪呱嗒嘴，狗浪跑断腿，就是阳光惹的。狗在墙角在街道东嗅嗅，西闻闻，一见异性，就如运动员，在异性的屁股后颠来颠去——

阳光养料，对于庄稼和人，都一样。在光的关怀下，庄稼绿了黄了，人们来了去了，年轻过，年老过。木镇的人一到年老，就在门旁或者土墙外晒暖，所谓晒暖就是让阳光像晒粮食一样晒人，粮食一晒，内部的细菌和虫卵等坏物就死去，人老了，就在阳光下接受最后的养料。

一个人一辈子能晒几次暖？这谁知道。有的老人在晒暖的时候，脖子一梗，嘴角流出口水，就死去了，像庄稼收割了一茬。

故去老人的木镇像夏季割掉麦子剩下的麦茬地，阳光还在，也许，最后连麦茬也没有了，阳光还在。

藏在草间

乡村是藏在草里的。是啊，没有草的乡村是什么乡村？不管我从外回来是在什么时候，也不管时令节气，一踏到木镇的泥土，鼻翼里呼吸的味道就是草的味道。那种清芬令鼻翼发痒，你喷嚏的滑稽就是草香逗你的结果。

黄昏牛羊回圈，你看到它们的毛发上或皱褶里，不是草籽，就是苍耳子的那种带刺的颗粒。草是不用播种的，有时席地坐在满是草的田埂上，随手抓一根草，用它剔牙，或者就拿在手里，用眼睛瞄，看汁液一点点渗出。那是草提炼的雨水的留存，还是它们自己的血液和灵魂？人的心血来潮对草不是好事，它们受到伤害，但农人和它们的关系一直复杂。草们要做牛羊的饲料，草们要做房屋的顶盖。但它们与农人亲昵，父亲常说：“老百姓和草一个姓，叫草民吧。”

如果说草的生长使乡村有了些诗意，那也是乡村自己不了解的。因为自己了解自己是困难的。草是修饰乡村和庄稼的，也许庄稼太实用，人们对庄稼多的是感恩，是庄稼养活了一个生命，又一个生命。草也养活了一个又一个生命。比如牛，比如羊，这又是低一个档次的，因这，草在乡村也是低眉顺眼，不声不张。即使春天，那些草尖从土里探出脑壳，也是怯怯的，你凑近了，草尖就接近于乌有，草色只可遥看，距离产生美感。但是一场雨后，你到了地里，不知你有没有这样的经验，草是那样地热烈，满地的青，草尖和草籽都张开了小嘴，那些封闭了一冬的小生灵，仿佛与节气与雨水有过契约击过掌，它们在雨水的搀扶下，都站立了。

这时的乡村无论田野、屋顶瓦沟，无论砖缝，无论墙头，草们都不放过机会。草多了，也烦人，有的草就是霸道。

木镇的草，应该登记成册，我想没有一个人能全部说出那些草的名字：醉草、兔子酸、益母草、节节草。在水沟旁有一种草，叫茅根，秋天时候，它的穗子白白的，如满头的霜，但它的根细长洁白，拔出一节塞到嘴里，那股细细的甜就爬到舌尖直跑进肚子里了。

父亲说醉草最好，羊要是吃了，就如农人抓起小酒壶仰脖喝透了壶里的东西，那羊也醉眼蒙胧地踉跄地回家。

有时我就乱想，草是农人的兄弟吧，它们都来自泥土，终归于泥土，如《圣经》上说的。人间有许多的无名氏，草也有，草的家族叫得出名字的、叫不出名字的，妖冶的、朴素的、秀美的、绮丽的，有时它们像与泥土和农人有约定，庄稼占据多少地方，草占据多少地方，草总是先长出迎接庄稼，然后相伴着走一程，实在闹矛盾了，农人就批评草们的霸道，开始用武器的批判代替批判的武器。镰刀、铲子、手，但我说草们在这些工具下不是牺牲，而是另有任用，到了牛羊的胃里，在牛羊反刍的时候，牛羊感恩的就是给它们温饱与生命的草们。

我曾思索过父亲对草的情感，也许深层就是对土地和庄稼的情感。父亲苍老如残照，脸与手粗糙得像龟裂的枣树的干，黑乎乎、扭曲，骨节粗大如枣树的树瘤。他的肩上四季有一个杞柳编的背箕子，那里总是一些草或者干柴，喂养生灵或烧火。当他中风后恢复得不是十分理想，他开始下地，我们那里叫薅草，他的步履蹒跚，手指不能灵活转动。他最后还是没有把自己的一亩地交出去，他说，这地就是一个根，空闲的时候到地里走一走，听听庄稼的拔节，即使不干活，蹲在地头弯腰拽几把草，也比坐在床上好。我知道这一亩地对父亲来说，七分种草三分种庄稼，那是给自己、给鸟儿、给牛羊留的口粮。父亲算得很清楚，一年到头，该给自己多少庄稼，剩余的也不能亏待。秋季我回木镇的时候，发现父亲背着一背箕子草，手里拄着木棍，后面是母亲给父亲拿着衣服，一对老夫妇走在远处开始升起的炊烟里。秋深了，父亲的头发也被节气赶白了，腰也被节气赶弯了，牙齿也被节气赶掉了，像霜降到来，草们一下就咽气了，这由不得你自己，该走的就要走，没有商量，也没有挪移。

但我知道父亲对草的感情,这使我想起一桩往事。那是在饥饿的生产队时代,我随着父亲在离河坡不远的地方看生产队刚刨出的地瓜,我把羊放在河坡。远处是割掉头的谷子地,秸秆如哨兵呆立,还有一个用草扎的草人,头戴一顶破草帽,木棍的手里捏着一块红布,退色得发白,那是吓唬鸟雀的,如今历史使命完成,就孤零零地待在田野,没有了躁动,也没有了喧闹,等霜降把它的头染白,然后等明年重来值班。

父亲卷了纸烟,用牙龈处的残留的饭渣粘好卷烟的开口,闭着眼,划了火柴,猛地吸了一口,好像疲倦的土地一样,开始享受收成后的安逸。蓦地,父亲拍拍我的肩,把卷烟放在我手里,悄悄地说:“吸一口。”我诧异地望着父亲,父亲诡秘地笑笑,指指草人。我也笑起来,把卷烟拿起,跑到谷子地,把卷烟放在草人的口里。

木镇的人对草做成的吓唬鸟雀的小人,是刻意打扮的,常是把自己的破旧的褂子和草和木棒横竖一捆,就出来一个草人,用锅底灰和红纸描出眉眼,于是,一个草人,像是被随口吹了一口气一样,就活在了大地之上。

在我的印象里,春天的草抓在手里有点绒毛的感觉;到了秋天的老草,再抓在手里,就感到扎手,草像长了骨头。我看见,在菜园,春风吹绿了父亲用树枝缠绕的那些篱笆,草开始踮脚遥望秋天的岁月;而秋天来后,那些草开始在风中东倒西歪,再也挺不直。那草都斜向有许多墓茔的木镇的坟地。木镇有许多家族的坟茔,在阳间,大家聚族而居,死后也叔叔、大爷、爷爷、奶奶的辈分不乱。但草是一视同仁，该绿的时候绿，该黄的时候黄，往往有人给添土的坟茔，那上面草就少些，每年的清明，后人把草芽拔去，七月十五把开始结籽的老草拔去。如果墓草覆盖了整个坟茔，那就是这家的人最后没有抗拒过草，不再在土地上繁衍。

人生一世，草木一秋，谁比谁久远？只有土地知道。人走了，有时在地上堆一抔土，草也许笑话呢，那土最终被草统属，我听到了草在草间的“咯咯”坏笑，毕竟笑到最后的是它们啊。

归于泥土

泥土是乡村的子宫和襁褓。确实，那些河流坑塘是羊水。所有的乡村都离不开泥土和水。我们无法还原第一个乡村的模样，也许是谁把一根拄着的木棍子随手一插，那上面就有了萌动的枝叶。我们不知道何时能在水泥地和柏油路面上才能种出庄稼。我知道现在有一种蔬菜是无土栽培，对那些无土而生的花或者触须，我心里总有一种拒斥。没有了泥土，不接了地气，那样的食物到了胃袋里人是要生病的。

无论怎样，你也改变不了乡村是泥土做的，泥土才是乡村的娘家。用句时尚的话，是上帝，是泥土给了乡村生命、灵魂、呼吸。乡村的咳嗽是泥土给的，即使皮肤过敏也是乡村给的徽章。好长时间不回木镇，特别是麦收时候，到老家看父母，回到城里，胳膊、肩肘、脚踝都有红红的隆起斑点，如木镇泥土堆的高岗。也许这就是警示，把故乡记在皮肤上，这是泥土给的，就像文字，让我对木镇回顾。你离家久了，对故乡生分了，故乡就成了一种疼痛，就像我们的身体，某个部分不疼不痒，我们感受不到它的存在，哪个部位不适，哪个部位就有了问题。故乡给你皮肤的红点和瘙痒亦是如此，疼痛是你知觉故乡的存在，木镇以另一个方式呼唤你。

我有时就想，农民和庄稼都是从泥土里生出的，庄稼是泥土给农民的礼物，农民是泥土给庄稼的礼物，他们是默契的厮守者。有时一茬庄稼熟了，与泥土厮守的人也熟了；有时庄稼不熟，与泥土厮守的人也会熟。几千几万年了，谁知道有多少茬庄稼熟透了？谁知道有多少人熟透了？应该说泥土是沉默的，总不会絮絮叨叨、说三道四，熟了就熟了，没有那么多的文人的牵扯。

惊蛰了，那么一个响雷陡然在泥土上喊话，泥土经不住这样大的诱惑，于是不管黑土黄土，都不再矜持，先把自己的身子软下来，让一切生灵——植物、动物在自己的怀里蠕动。

惊蛰了，那天连鸡毛都会蠢蠢欲动飞上天，枯了一年的野草又重返人间。那天，羊的嘴突然感到了草的多汁，羊的靴子突然感到了泥土的沾脚，公驴突然感到了胯下的冲动。连囤里的粮食种子也知道了泥土的喊话，于是一垄一垄的种子开始告别储藏，到泥土里，像褪掉衣服洗澡，你感受不到种子莫名的喜悦，在泥土里洗澡，比土耳其浴不知好多少倍，没有肉欲和色情，只是与泥土贴近，只是与泥土结合，节气到了，该释放的就释放。我曾观察过惊蛰时期的父亲，那天父亲把罩在身上的夹袄脱了，开始用叉子在牲口圈里往外出粪。驴的粪便在惊蛰的阳光下开始蒸腾冒气，在太阳下晒三天两晌，这些驴子的下脚料就会运到田野里，然后与泥土融合。

对于泥土，我曾看到父亲用手扒开泥土，看泥土的成色，有时他竟然把泥土放在嘴里，看是咸是淡。木镇的泥土不能说每一寸都有父亲的脚印，但每一寸土地都有他注视的目光。对泥土对节气，父亲一直敬畏，即使他年老病了。有一次回家看望父亲，在家里没有见到他，我到田野里，看到父亲用抓钩在地里敲砸土坷垃，一下一下那么专注，有时砸不开，他就蹲下，用手，把那土块攥在掌心，一下一下揉搓。太阳就在头顶，泥土被晒得白花花。我不理解父亲，就埋怨说把最后的这地给人算了，但他固执，说，没有了土地，那咋算农民。到泥土里转一转，薅一把草，捉一下棉花和芝麻上的虫子，也比闲着强。

不能亏待土地，你亏待了它，它就报复你，收成不好，炊烟不起。与土地厮守的人，彼此都清楚彼此的脾气禀性，哪块泥土性硬，你就多掺和点肥料，多给些水；哪块泥土面软，你就让它歇一茬歇一季。泥土也是有灵魂有记忆的。你伤了它，它就给你脸子看。

父亲用抓钩敲砸土块，说，到挪不动了，再说不种庄稼的事，能种一茬是一茬。是的，木镇计量时间的方法是用一茬一茬的庄稼来作为生命的长度。有了一茬庄稼，就多了一茬念想；送走了一茬庄稼，就多了一次沉稳收获。

庄稼的茬子是无穷无尽，无穷匮也，而人的一生是有尽头的。但在泥地上劳作的人也是无穷匮的，即使乡村都起了高楼，即使乡村的路面变成了柏油，但农民和泥土，还是亲昵，那时，庄稼还是一茬一茬，还有播种还有收获。真的没有了播种没有了收获，大地上没有了农民，没有庄稼，那大地还会留存什么呢？

我在童年时候，曾和父亲在田野里为生产队护秋，我和父亲睡在一个由秸秆和草搭成的窝棚里。有天晚上，我赤条着身子出去撒尿，看到满地都是白的，像银子，感到浑身冷飕飕。当我爬进被窝，父亲给我一个烤焦的地瓜，说霜降了，明天，那些庄稼的叶子都耷拉头。

霜降那夜，整个木镇都是那么静，像迎接什么，天地有大美。一切都是那么自然，是泥土洞彻了这季节的玄妙？

到了天明，庄稼的叶子开始没了精神，颜色发暗，树的枝条开始删繁就简。删繁就简三秋树，那删繁就简的手，是霜降，是节气。

霜降过后，父亲说，泥土也该躺倒睡一会儿，谁不累呢？泥土也要歇息一下筋骨，与泥土厮守的人要讲良心，让泥土安静地睡一觉，不要打搅。泥土睡觉的时候，连木镇的狗也会噤声，有时土地有了鼾声，那雪就会覆盖下来，鼾声就成了白色。

狗年月

狗是木镇的另一种常住居民，它们也有户主身份。它们是一种半自由的乡野流浪汉，喜欢到处走走遛遛。走到哪里，还好跷起腿用自己的尿作为记号，那往往是墙角、麦垛，或者是电线杆。碰巧你从此处经过，你才会感悟这才是与泥土、柴草等味道混合的本色的木镇味儿。

我说狗是半自由的，是因为它脖子里有时会被套上枷锁，守在门旁。但多半木镇的人是给狗以自由的。也许，是骨子里的规定，你给了狗自由，它内心也有枷锁在，也会守在主人的院落，一有脚步的声响，它就会竖起耳朵，满嘴狺狺。越是被拴住的狗，它越叫得厉害，想向主人表明，虽然我不是自由身，但对主人的忠诚是毋庸置疑的。

如果没有狗，乡村会陷入无边的落寞，少了许多的生趣和乐子。夜晚因为狗，就有了深度。木镇的人睡着了，村里的各个空间，大街小巷顿成狗的世界，喧嚣的人和土地也不说话了，大家像要把晚上值班的任务给了狗一样，都疲乏得像喝了酒，开始在蒙眬里谛听狗与狗、狗与远方、狗与道路的碎语。

在狗的狺狺中，不知不觉间，孩子大了，开始在狗的脊背上骑着晃悠了，鸟雀在这声音里学会了啁啾，就是每一棵庄稼、每一棵草，也像贴上狗的标签。是的，没有东西会单独存在的，一切都与狗有关，特别是乡村。谁说它和狗无关，不是无知便是忘本，你就是把一棵树砍下，那些年轮里，也一定会找出狗的狺狺，因为狗的吠声是乡村的一部分，即使乡村的寂静，也是狗带给的，是狗的间歇才铸造了乡村的寂静。

如果你在乡间看到一条老狗，你就会想到这是一个满身沧桑的物种，如人老了一样，内心会有很多的故事。但看到老狗淡定的样子，你也许会想不到它年轻时候的威仪，也许因为体格和膀头的美观，是附近几个村庄狗的嫉妒对象，也许在某个河滩与哪个母狗的初恋被它一直记忆和怀恋。但如今狗老了，毛长了，牙齿开始活动，腿脚不再灵便，即使春风过耳，再也唤不起内在的躁动，万事无可无不可，到了无是非的境地。要是主人念旧，它的晚年会好些；如果主人是势利眼，难保它不会被刀子抹了脖子，炖肉，然后狗皮挂在墙上，等狗皮风干，被铺在身子下做狗皮褥子。

狗老了，没了火气，多了智慧，但这智慧不一定把安全带给它，也许年轻时建立的威严，使它在乡村的地位保持一段时间，但不会太久，新的有名气的狗会接它的班，没有什么是终生的，包括老的狗。明智的话就悄悄躲在一边，看着夕阳靠回忆过日子，等岁月老去。这是命，任何狗也逃不过命，其实从小它们就受这样的教育，在谁家过活，在哪里死去，死的时候是壮烈，还是窝囊，这是命中注定。

我喜欢抚摸狗的脊背和耳朵，即使狗躺在你的脚下，让你把身上的虱子捉去，那种无赖和懒散也是让你喜悦的。人与狗的沟通对话对狗是一种享受，对人何尝不如是？我想平等，不管对方是植物动物，物种的差异并不重要，语言的差异也不重要，就像我们听风声，听庄稼的拔节，听蟋蟀在灶下的浅唱低吟——重要的是耳朵，比耳朵还重要的是敏感而善悟的心志。在我的想象里，我觉得狗在晚上，会挑着灯笼，迈着碎步，从东庄到西村走亲戚,那满脸是小心的笑容。它们从一家到另一家,从一处炊烟到另一处炊烟。狗把自己的家长里短告诉附近村庄的邻居,把对主人的感觉也告诉同类。我想,总有这样的狗,它会在亲戚面前泪流满面,是委屈,是长久的压抑,是看主人脸色生活的逼仄。

但我想,狗是乡间情欲的启蒙者,别看狗看家护院老老实实、规规矩矩,一场春风吹拂,就像有钩子把它们内在的魂和动力钩出了,它们把脖子上的绳索或者铁链子咬开,四处嗅着异性的气味。最使乡村看不惯的是在大街、在村头,它们公开地勾肩搭背,厮磨,然后爬上对方的身子,然后在太阳下公开宣泄肉欲,公开在太阳下进行房事交媾,好像做一篇天地阴阳大乐赋。这是天地间最酣畅淋漓的风情表演,往往在乡村,某些动物包括人也会在狗的榜样的激励下,把深藏在骨头和关节深处的隐秘的情欲释放出来。

我知道,乡村有一句骂人的话:“狗日的。”这不是一句好话,但耐人寻味。要养了狗,若没有了狗爱情,还有谁来接忠诚的班?那样,乡村就真的寂寞了。

味之外

一

食色,性也。吃是人权的第一要义。但是出生在乡村的人都有一段苦涩的记忆,我的朋友庆盈写过自己偷吃的经历:那是他五六岁的时候。那时黄瓜对于贫穷的乡间孩子来说,十分稀罕。除非家里来了重要客人,平常在农家,黄瓜是难得一见的。那一年,他家里种了一架黄瓜,就几十棵。从黄瓜秧爬架开始,几乎天天庆盈都到菜地里去瞅瞙。有一根黄瓜很早就出类拔萃地冒出了,它头上顶着鲜艳的黄花,身上披着嫩嫩的刺,浑身上下是一层油润润的绿,每次见到那招摇的黄瓜,仿佛都在诱惑着他流出口水。终于有一天忍不住,他便对只有一拃多长显然还没有长够个的黄瓜下了手, 当时没敢把整根黄瓜都摘下来,而是只掰下了黄瓜的下半截,还傻傻地幻想这根黄瓜能够继续再长大呢。过了几天,家里来了客人,母亲去菜地里摘那根黄瓜时，看到烂掉在瓜秧上的那半根黄瓜。

“1942 年冬至 1944 年春，因为一场旱灾，我的故乡河南发生了吃的问题。”这是电影《一九四二》的开头，

1942 年，太平洋战争进入第二年，中国抗日战争处于战略相持阶段。与此同时，河南发生了灾荒，千万民众背井离乡、流离失所。《一九四二》分两条线索展开：一条是逃荒路上的民众，表现他们的挣扎和痛苦、希望和愤怒；另一条是国民党政府，他们的无奈、冷漠和腐败。

电影里的每一个人都是被动和绝望的：财主张国立出门的时候还有马车、粮食细软、一家几口，到潼关的时候，就只剩下他一个人了；官员们也是绝望的，河南省的省长李培基去找蒋介石反映灾情，还没开口，发现蒋介石面对的每一件事都比自己的严重得多。在天灾人祸面前，没有英雄，只有对命运的默默承受。

对于现在衣食无忧的观众们来说，可能很难体会电影中反映的饥饿：吃草根树皮；为了几两小米，就可以卖儿卖女；刚生完孩子的儿媳妇，五天粒米未进，刚闭上眼睛，婆婆趁媳妇的身体还没有凉，要给孙子喂奶；徐帆扮演的佃户的妻子，因为几块饼干就愿意出卖自己的肉体；亲人饿死了，也没有力气去悲伤，只能恨恨地说一句：“早死早超生，再托生别托生在这个地方。”有一句老话，“人为财死，鸟为食亡”，在极度饥饿的情况下，人就只剩下动物性了。

在拍这部电影时，张国立为了这部电影减了二十四斤，徐

帆减了十斤，连在片中扮演厨子的范伟都瘦了六斤。张国立的体会是："人的尊严是从肚皮开始的。"徐帆说，靠演是演不出灾民的那种状态的，没有吃的以致精神恍惚的那种状态真的是靠饿出来的。

张涵予在片中扮演一个乡村牧师，他游走于乡村之间，告诉大家："当你有灾难的时候，主都会在你身边。"但是在逃荒的途中，他的信念破灭了，他亲眼看着一个小姑娘被炮弹击中，鲜血汩汩地往外涌，当他请求上帝的帮助时，天上掉下来的是日本人的炸弹。于是他跑到蒂姆·罗宾斯扮演的梅甘神父面前，问："这里发生的一切主知道吗?"梅甘神父说，这一切都是魔鬼干的。张涵予问："上帝为什么总干不过魔鬼呢?那信他干吗呀?！"

当时那场饥荒也蔓延到与河南一河之隔的山东，黄河的这边是山东的菏泽鄄城郓成曹县，黄河的那边是河南省的几个县：滑县、清丰、南乐、长垣。鲁西南的人称一九四二年曰：河西歉年。而一些女人，在鲁西平原落户的河南女人，称谓则是河西娘儿们或西北溜子。即便现在我写这篇文字之时，我的家乡尚有许多蝗虫那年过来的女人，她们不是吃鲁西的井水和河水长大的，她们的口音对本地人来说有点陌生有点硬涩，但这并未妨碍她们把血汗和泪水抛在这儿生儿育女。我的一位堂嫂蝗虫那年落地仅八个月，就被父亲用紫花包袱裹住，抛在马村集的一个街角上，上面放一个沾满芝麻的烧饼。

马村，只是一个谦卑的对历史没有丝毫影响的村子，距我的老家什集只有六里路，它蹲踞于偏僻的平原深处，任何年代它都是沉默无闻，以土地、道路、谷子、炊烟拥护人们供养人们，让人们生存。多年前的一个黄昏有一手摇串铃的游方郎中，住进了马村的一个车马店铺里，洗脚、吃饼，和店主说酷吏毓贤的“站笼”：每天囚犯的尸体从笼中拖出，久之，囚犯脖颈上的油垢在笼上竟有寸余，后来这一环节写进了一本长篇散文《老残游记》，铁云刘锷写过的鲁西村落饱经风霜，现存的也仅是马村集与董家口，它们还仅仅是一个村落，和平原所有农村大同小异的村落，它们都同样拥有土地，同样拥有泥泞，同样沐栉过一九四二年的阳光与蝗灾。

关于蝗虫隐积的故事，已经遮蔽了许多年，它是我的父亲在暮年黄昏无意披露出来的，即骇人又真实淋漓，而今父亲已是去世，躺在老家的土下，无词无言，我只想把这事记录在案，不增溢不改削。

需要说明的是，我父亲已经辞世，活了七十一岁，他在十四五岁的时候，是在一家肉铺当学徒。父亲说起时脸上满是曲折的辉煌，据我所知，焦记驴肉在鲁西平原的确辉煌，它至少有一百多年的历史。它所烹制涮煮驴肉的方法即便是现在，在菏泽城里还流布着。

父亲说做学徒在一九四九年十月一日前是滞沉苦重的，从晨到晚，朝朝昏昏，除了洒扫庭院厅堂柜台剥驴皮洗涤下货之外，还要给老板和他的娘儿们沏茶送点心装烟袋剪指甲倒夜壶等等。不得有丝毫懈怠，稍有疏淡，轻者受皮肉之苦，重者卷起被褥辞回归家。

父亲说,那时每天干完琐碎的活计,就去看师傅煎驴肉。

生煎驴肉,我一直想探寻国人对于一饱口虞的残忍心理,虽是我知晓自然人世上有一些生命是要被杀戮烹食的,你不能从任何无辜的血中寻求公正,父亲说,焦记肉铺有一项生生烹煎涮炒驴肉,味道鲜美。其法钉四根木桩于地,以驴足缚于桩上,并不用刀宰割脖颈,而待客人传呼,或后臂或前肩,沃以沸汤,生割一块,熟而食之,方下箸时,驴犹哀鸣。

我不想谴责屠夫,只有最凄惨的驴鸣才证明出它活着,正如父亲在暮年的酒里一样,一饮而下的酒精度数同驴的哀鸣没有两样。

父亲开始回忆一九四二年,那一年的蝗虫是从河西蔓延而来。先是有一些与鲁西平原不同的口音的人乘着木船渡过河,当我长大来到城市,坐在阔大的大学图书馆读了许多书,我才明晓,蝗虫出现的上一年,豫北大旱,夏秋绝收,而鲁西平原上却收获了一些,后来蝗虫出现了。

父亲说,蝗虫一刹从河的那岸卷过来。当时是五月,麦子半熟,天蓦然一阴,对面不见人影,紧随嗡嗡之声,人们还未醒转过来,房上、树上、桌上、椅上,全是青青无定的蝗虫,沟渠河坡,麦秆上,草庵上也布满了蝗虫。鸡不宿埘,曲蛇从砖罅爬出。许多老鼠蚂蚁也走出来,让人一下子心灵焦躁。

需要补充的是,蝗虫渡河的方式,这在父亲的回忆与叙述之外。几年之前,我曾到黄河的滩区小住,十几里宽阔的河面,在夕阳和我的眼目中混沌流下，黄河带着红色，像是烧起了，我想到了灼热的文森特·凡·高的线条，在凡·高的笔触与眼中，星空是旋转的，麦田是旋转的，甚至乌鸦、农鞋、太阳、马铃薯，我忽然悟到，这里面沉浮着一种呼唤，是灵魂呼唤着灵魂，生命传递着生命，整个黄河燃起来的时候，充斥着，回旋着，奔跃着向前呼唤的时候，一个年过七旬的老艄公向我叙说了一九四二年的蝗虫。

蝗虫是在早晨齐集在对岸的，如土石如方木砌在那里。青青无定的蝗虫翅膀是不能搏击飞越黄河的，它在半空羽翅就累乏了，收拢了，如雨霰霏霏坠在河面上，没有呻唤，没有哀鸣，但日过午时，情形实有改观，大河里浮荡的树叶上枯枝上，渡河人的木船上，都匍匐着层层匝匝的蝗虫，河西的麦子和树叶已在它的攒击咀嚼下，消化了，它们听到了鲁西平原深处的呼唤，它们充斥着怒鸣着又拥挤着去寻找新的生路。

我们不能不佩服蝗虫的生命伟大和团结，老船工坐在燃烧的夕阳下向我叙说蝗虫过河时的惊心动魄的一幕：单一的渡河方式失败了，蝗虫们开始自觉地纠合。互相撕咬着尾部，胶结着翅膀像皮球像石磙，只一刹，河的对岸有了成千上万的生命的皮球与生命的石磙，它们首首尾尾滚下河滩扑进河里，做最后的冲击，这时，黄河仿佛不流了，赤浊的水头缓缓地扬起着，整个一条大川长河此刻全部变成了那片激动的青青无定的颜色，那些生命的球有的刚到中流就解体了，抑或是体积愈来愈小，等到了这岸，圆圆的球变成了一坨馒头或小小巴掌，涉河到岸的百不存一，一连三日，无数的球体滚滚从对岸到此岸，向有炊烟和庄稼的地方进发。

蝗虫又一次和人类较量，又一次走向了历史的纵深处，史书的一个页码。我想起了法国人都德在《磨坊书简》中描写的那些可怕的蝗虫到来的场面，人们拿棍棒、叉子、链枷，以及铜锅、圆盆、煨罐，有的吹海螺，有的吹猎号，据说只要掀起一种巨大的响声，强烈地振动空气，就足以赶走蝗虫，阻止它们降落，然而，它们还是来了：

> 在热气蒸腾的天空中，但见一朵云从天际向这边移动，黄澄澄的，密密麻麻的，看去像是一片由冰粒凝成的云。还挟带着狂风咆哮在万木丛中的吼声。这就是蝗虫，它们彼此间互相依傍，凭着它们伸开的干燥的翅膀，成群结队地飞翔，尽管我们大声吼叫，做出种种努力，但这块白云总是继续前进，在地面上撒下一大片阴影。顷刻间，这片云早已飞临我们头顶上了，不过一秒钟，它们边缘出现了一根线条，一道裂缝。犹如初春时节骤然而来的雨滴，其中若干支已经分散开来，一只只看得很清楚，全是红黄的。紧接着，整块云爆裂开了，一阵由昆虫组成的冰雹哗啦哗啦地倾盆而下。一望无际的原野布满了蝗虫，全是粗壮的蝗虫，大到有如指头。

父亲还是在焦记肉铺里，平原上的人面对着铺天盖地的蝗虫束手无策。关地庙、土地庙、娘娘庙，凡是有神灵泥塑的地方，必有香烛袅绕，村庄里有人在地边燃起篝火，有人在地边掘起大坑，最终屠杀得精疲力竭，杀得愈厉害，蝗虫也愈多。

保长的锣声响在村镇上，不知什么时候，人们盖起了一个几块砖的小庙，曰：蚂蚱庙，供奉起来一个和蔼慈眉的老头，称为蚂蚱爷，锣声响过了，人们到蚂蚱庙敬神灵去了。乌鸦鸦的人们用膝盖接触大地，向神灵讨救。

平原里的人们凭着他们悠长的人生经验和智慧，凭着理喻不清的直觉和想当然，他们坚定地信服这和日本人有关，时当一九四二，平原上还耸有许多日本人的炮楼。可不能小觑了天意，日本人来啦，蝗虫也来啦，来啦就来啦，不能杀，只能敬，平原上的人们又一次陷入了生存的困顿和迷茫。

一连三日，鲁西平原上不见炊烟，一揭锅盖，蝗虫便充满了各家各户的铁锅、炒锅、饭碗、水瓢。

冬储的粮食用尽了，麦子在黄熟的前奏中被蝗虫扫荡殆空，大批的饥民从河的彼岸向鲁西拥来。在一个冬夜，我曾在父亲的脚边听他说过一件事，在本地人吃东西稍不注意的目光下，饥民会把你手中的食物一抢而去，你追赶他扭打他唾骂他，他一如既往地跑，在逐奔的过程中，他把馍头塞进口里，抑或一下一下往上面唾唾液抹鼻涕。

然后站下，把沾着他温度和液体的食物还你，你也无可奈何了，人一旦还原到和动物一样，在感觉里只有一片饥饿，那时他的灵魂里只会投下阴影、仇恨。唯利是图而丧失尊贵和地位，也就没有朴素和自尊而言了。许多年轻的女人留下来了。一篮馍头，一袋谷子和几个铜板就可换回可以生殖的女人，延续烟火，而她的男人或父兄还千恩万谢感激你把她们收留了。

我的堂嫂那时才十个月，被她的父亲抛在了马村集的街面上，上面放着一个沾满芝麻的烧饼，从早晨一直到傍晚，有几只狗逡巡她光顾她，最后黄昏里家家掌灯的时候被一户稍有储蓄的人家抱走了。二十世纪七十年代(相隔三十年)她的几个长兄涉河而来找她寻她，找到了马村集找到了什集，兄长立在檐下，堂嫂死活不认兄长，她说，你们饿不死，为何独独把我抛弃?

写到这里，我要接触最是触痛父亲心里的一件事。蝗虫飞走了，但它们留下来的是一种什么样的惨象，没有了一片树叶，没有了一株麦子，树的种类：榆树、槐树只能从一些光秃秃的枝丫和姿态加以辨认，没有生气，没有麦子飘动，而麦子却是土地的标志和生命。蝗虫去了，父亲仍是随着师傅做活，他一直是对他的师傅奉若神明，然而一天夜里，他去汤锅上送柴，杀了驴剥了皮，大块大块的驴肉就放在大锅里，下面架上木柴，煮，最后配料，这是学徒不能知晓的秘方，这个时候，学徒不能走近汤锅，父亲的活就是不停地搬送木柴，父亲说，你很难想象那煮驴的铁锅有多大，两个有生命的驴子可以直直停在里面。

事情就发生在蝗虫过去的那几天夜里，看锅的师傅吃酒醺睡，他把作料一一制好，吩嘱父亲子时放到锅里，子时以前只要文火不要急柴。父亲坐在灶前木墩上，不敢有半点怠懈，锅里的肉味不断地飘出来，使父亲有点意迷乱。

过了半夜,父亲的眼睑开始沉坠,就站在锅边,迷迷怔怔地把作料一把把掷进沸腾的汤锅,蓦然他像听见火焰中有嘤嘤的女人的低泣,揉揉眼,仄耳细听,只是木柴的咔咔,这时,他看见了两条人的大腿在一团团的水汽里吱吱地响着,确然,有很长时间父亲忘记了困倦。

父亲说,尝过人肉的食客常会无缘无故地干咳,蝗虫过后,人们感觉到焦家驴肉香得格外特别,那时饿毙仆地的河西人在村街上沟路旁比比皆是,有的土掩了,有的被乌鸦啄去,我总怀疑那两条人腿的真实,然而父亲故去了,我总忆得他床前茫然的目光,一片怆然。

烹食人肉,这一直是中国历史上的长项,史不绝书。《通鉴纪事本末》中曾载:建元八年,"五月,邺中大饥,人相食,故赵时宫人被食略尽。"在历史上,女人特别的不幸,仿佛被戮被杀和被吃,都是女人的义务,同一书中载:后汉隐帝乾祐二年五月"长安城中食尽,取妇女,幼稚为军粮,曰计数而给之,每犒军,辄屠数百人如羊豕法。"

而一日,我翻检纪昀《阅微草堂笔记》卷八的《如是我闻》有一记载,不只包孕耻辱血泪,也有一些可歌可泣的愚昧和文化桎梏的可怕了:

明季,河北五省皆大饥,直屠人鬻肉,官弗能禁,有客在德州景州间,入逆旅午餐,见少妇裸体伏俎上,绷其手足方汲水洗涤。恐怖战悚之状,不可忍视,客心悯恻倍价赎之；释其缚，助之著衣，手触其乳，少妇弗色然曰：“感君再生，终身贱役无所悔，然为婢媪则可，为妾媵则必不可，吾惟不肯事二夫，故鬻诸此也，若何遽轻薄也？”解衣掷地，仍裸体伏俎上，回复目受屠，屠者恨之，生割其股肉一脔，哀号而已，终无悔意。

历史上此种事件何其之多，罄竹不书，你感慨历史上的饥馑，蝗虫与灾年，你也唏嘘此妇人之刚烈愚氓可风，自《左传》自《国风》自浩浩皇皇的“二十五史”，竹帛的，纸页的，横竖排的蝗虫有多少？旱魃有多少？兵燹有多少？冤魂有多少？脚下的土壤埋藏得太厚太深，很多的东西像蝗虫来了又去了。令人一直无法弄得明晓。离开父亲回忆蝗虫的事已经好些日子，而今父亲故去了，我读到《阅微草堂·如是我闻》才悟，蝗虫不是可悲的，可悲的是历史频频出现的蝗虫一样麇集又像蝗虫一样斗狠撕扯肢腹，大嚼其肉的一些民族现象，也须我将以一辈子索解其中的谜障了。

二

我父亲是乡间的一个厨子，我们那里叫焗匠。面泡、丸子、凉粉、羊肉汤样样会做。

父亲在做凉粉时，讲究用水，父亲说要用天水，不能用井里的水，每到深夜，父亲就到村后的河里去挑水，那凉粉出来，人们都说劲道。

我的家乡现在有一样“山东名吃”：什集烧羊肉，那是选鲁西青山羊，特别是10斤以下的青山羊更是肉中精品。制作时用土井里的水，把肉中的血水泡净，然后，用丁香、豆蔻、花椒等十余种大料配方，消除肉的膻气味。煮羊肉要用铁锅，用木柴猛火煮。待水沸腾后，再用细火慢慢煮至半夜，在平原的深处，凡是集镇，皆有羊肉汤锅，旁边是烧饼炉子或者水煎包子，或者大饼或者馒头卖。

有的人不吃羊肉，专啃羊头，吃羊的脑和眼珠，袁枚所作《随园食单》中关于羊头也有如下记载：“羊头毛要去净；如去不净，用火烧之。洗净切开，煮烂去骨。”《清稗类钞》也有类似描写：“煮羊头，毛去净，切开煮烂去骨，其口内老皮俱去尽……取老肥母鸡汤煮之。”

啃羊头，那特别是冬天，是一种享受。小时候，我常见父亲煮羊头，有时和羊肉一块煮，有时单独煮，将羊头洗净，刷牙、洗眼、掏耳、刷脸皮，放进铁锅煮烂，捞出控汤，冷却后拆头骨、取羊脑、挖眼球，将两脸子、舌头分开。切羊头肉是要手艺的活儿，用宽薄的片刀，斜坡着切，片出的羊脸，薄而透亮，洒上作料，入口清香软嫩，味道独特。过去的冬天晚上，乡村里小贩身背荆条圆筐，手提一盏马灯，有的吆喝“买焦花生”，有的吆喝“热羊头肉来”！

那是冬夜里的美味下酒菜。

现在回老家，最享受的还是几个朋友坐在汤锅前，每人捧上一个热腾腾的羊头时，好像所有的人间的烦恼都消尽了，啃羊头的次序有讲究，先啃羊腮肉，再啃羊颌骨肉，然后吃羊舌，吃羊眼。最后是吃羊脑，羊头骨预先已用小锤砸过，使劲一掰便把羊脑掰出来。白嫩嫩的羊脑，没进任何材料味，吃起来更是纯正自然，而且补脑补骨壮阳，所以，啃羊头最主要的还是吃羊脑。

我父亲是 1994 年初去世的，那正是农历的冬天，当时儿子四岁，我是从北京大学骨干教师班赶回的，那已经是父亲脑溢血躺在病床上，后来，父亲去世了。当父亲去世三周年的时候，儿子开始上小学，能写简单的作文，他有一段文字就是怀念爷爷给他从老家送羊头吃，说是补脑子，当时我收入窘迫，父亲常从老家骑着自行车或者搭乘乡间公共汽车来我所在的学校看我和儿子。

我们家族有个遗传，年轻的时候，人都好流鼻血，特别是冬天，有一年冬天，我几乎天天鼻孔血流如注。四处求医问药也未能奏效。一日，父亲从乡下到城里看我，虽然一半是为了我的儿子，他说躺在床上，总睡不着觉，眼睁睁地总听见我儿子的声音一遍遍热热地唤他，从一家的房檐，滚到另一家房檐。父亲讲，他年轻的时候鼻子也常常流血，后来煎点茅根就康康宁宁地恢复了。

父亲走了，吃过午饭看看孙子把羊头放下就搭车回去了。而我仍坚持在寒冬的城里一遍遍地穿梭：抽血，验血，听诊，会诊。夜里常常失眠，常常看到老家的讲台、楝树、碾盘，常常听见搓苞谷的声音传来，一声一声，像老牛迟钝的牙齿在反复咀嚼。

天亮了，又是一晌一晌地上班下班，周而复始地打发着病了的岁月。学校里的同事结婚宴酒请客，碍于情面，我抱着病体踏车前往。还未走出单位，就看见了父亲。已70岁的父亲，戴着褐色的农村老头常戴的羊毛制成的棉帽，摇摇晃晃地走来。

可等我归来的时候，父亲就要走了，由于住房的紧缺，父亲不在我这里过夜，匆匆而来匆匆而去。每次到来，他总提着些羊头、花生或是弄些玉米棒子，鼓鼓囊囊的一包。当父亲打开他那破旧的提包时，我觉得亲情一下子从包里溢了出来，包裹了我，吞噬了我。我还没有离开那片印满我父兄手印和脚印、哭声和鼾声的土地，我还能时时触摸着她的体香和她的收获。

我把父亲送到了车站。在路上，父亲坐在我的自行车后，一遍一遍地叮嘱我：鼻子出血，以后少喝点酒，要照顾好儿子……

从车站回到家中，我看见父亲捎来了茅根。晚上，就着灯光我坐在炉前，看着砂锅煎沸着一条条从乡下河波沟地里掏来的茅根……

从藏在平原褶皱里的乡间小站下汽车后，我知道，父亲还要步行二三里的路程才能到家。在冬日里的寒冷薄暮中，父亲摇摇晃晃地走着。空旷无垠的荒野上，黄土的道路蜿蜒曲折，一位孤独的老人，渐渐融进那片暮霭中……

那次在到车站的路上，我才得知前些日子，父亲因雪天路滑跌了一跤，手指红肿疼痛，可他还是坚持着在河波里刨了茅根送到城里。雪天里，年已70的父亲，在河波里扒出一片一片的空地，一件棉袄，一顶帽子，父亲一下一下甩着抓钩为儿子刨着煎药的茅根，露出的松软黄壤上，茅草一片金黄……

三

生老病死，吃喝拉撒，这是人一生必须面对的，我的老家的人和动物植物一样，都是安静的自然的子民，春天就发青，夏天就铺张，秋天就删繁就简，冬天就肃穆。那里的人天黑了就睡觉，天明了就爬起劳碌，一年十二个月，春暖花开、冬霜雪雨，天冷了，就像动物长了绒穿起了夹袄棉衣；天热了，就换起了单衣单褂，实在热了就把单衣也脱下，露出本色的皮肤，自然就是手势就是指挥棒，连生老病死也都是如此遵守规矩。

生，又怎么样呢？生下来，就养着，能长多大那是看造化，长大就长大，长不大也随他去，不往心里搁。

老了，那就是牙掉了，只能吃豆腐猪血；老了，那即是眼花了，眼花了就不看；老了，那就是耳聋了，耳聋了，听不见屋檐下的麻雀叫，那也听不到媳妇的骂，心里更清；病，也是自然不过的，如庄稼结了疤瘌，出了腻虫，叶子耷拉了，说不定一场雨，那腻虫就死了，病就好了；病不好那就熬，与病和谐相处。

死，那确实是万不得已的事，一个德高望重的人死了，一个胡同哭一个村庄哭十里八乡哭；那也有孬死了的，死了也不算完，还要被骂，这狗日的祸害，终于蹬腿了。人，活着就穿二尺布；人，死了就占木镇镇后面席那样一片地。

人，活着就要干活劳作，乡村很少有游手好闲的职业，小的时候曾想学琴书或者说书，能逃避挖河打坝的劳苦，能到公社文化站也不错，可以搜集革命故事，走到哪里都很光棍儿。我曾看到一个搜集革命故事的叫李振义的大高个儿，整日骑着自行车，单找那些老头老太太拉呱，无论麦收还是农闲，有时好客的村民到了上午就待客，就端出过节才有的白面给他烙饼，还能喝上红糖水和桑叶做的茶，虽然农村那种带有苦味的茶水，还有满是茶垢的茶碗茶壶让李振义皱着眉头，但等他吃过饭，抹着嘴，推着自行车走出村子的时候，他上车的样子就像孕妇那样笨拙，人们看到都说：这狗日的活不孬，又吃多了，看那熊肚子，像怀孕。

李振义头戴宽边草帽，骑在自行车上，自行车在乡间穿行，他的肩头挎着一个军用挎包，上面印着五角星和"为人民服务"，且军用包的带子上挂的是一个白的搪瓷缸，也是印着五角星和"为人民服务"，那军用包和搪瓷缸随着自行车的颠簸，手掌似的拍打着他的屁股。

小时，我曾跟着他的自行车跑很久，然后自己回来，整个眉头都是汗，一人走在田间小道上，我的鞋吧哒吧哒，故意把那些小道上的土弄得尘土飞扬，仿佛是在梦幻里。

那些年的春天，多少人家都是吃地瓜干做的馍，喝的是地瓜干做的稀粥糊涂，所谓的菜就是辣椒，一个冬天是如此，一个春天也都是如此，顿顿如此，吃地瓜多了就爱放屁，有时夜里村庄放露天电影，屁就一个个响。在教室里，记得老师在讲《纪念白求恩》，老师问：白求恩的精神是什么精神？一个同学站起来回答,还未张口,嗵的一声。大家笑了。

大家在苦熬,学校里的孩子嘴角起泡,其实能喝上稀粥也算好人家了,稀粥越来越稀,大家知道憋尿,说尿一泡尿,肚子里稀粥也跟着出来了。家家都是喝稀粥,早晨一次,晚上一次,除掉孩子上学的人家上午做地瓜馍,往往没活干的人家,全家人都躺在床上睡觉,大家一动也不动,睡得大家腰疼,也只是在床上伸懒腰。

大人就盼着春天挖河修河堤,这里离黄河近,出河工,可以吃上玉米面的馒头面条,可以吃辣萝卜辣椒粉条。

挖河就像打仗,一个村子几十辆地排车或者拖拉机排成长龙,满载着椽木、铁锹、草席、被褥,民工们像麻雀攀坐在车上,而十八岁才刚够资格出工的小伙子则欢快,挖河不仅为家里分忧挣工分,而且可以证明自己是成人了,还可以出外见见世面;但对于大人来说就没有这么简单,走的时候总有牵牵挂挂。有一天队里把地排车装好就要开拔,队长看留根磨蹭,有点魂不守舍,系地排车的绳子系得松松垮垮,就破口骂起来:“留根,小子,你的魂丢家里啦不是?”留根不在乎地笑笑。说我有个事忘了给媳妇交代,一会儿就回来。

天到中午啦,留根回到家,见堂屋里没有媳妇,听见灶屋里有和面的声音,还没踏进,就闻见一股奇异的有着地瓜面和女人身体散发的气味。媳妇正一耸一耸地和面,他悄悄地从后面搂着媳妇,手摸着她胸脯上的纽扣一个一个解开了,粗布衫子裂开,媳妇有面的手也没闲着,一下子伸到留根的腰际,摸着细腰带的活扣儿一拉就松开了，宽腰裤子自动掉到脚面。两个人在灶屋的柴草上浑身着了魔似的抽搐起来，扭动起来，留根就结巴着不住地叫起来："媳妇，挖河去，三十天不回来！媳妇……"

等留根觉得后面被谁踹了一下，媳妇一看，队长站在身后，一提裤子就翻身起来，队长说：留根好了，你就是破坏毛主席一定要把黄河的事情办好的坏分子，要批斗你。

挖河可不是轻活，挖河的民工如军队一样管理，一个生产队在一起，就像一家人家，在一个锅里刷勺子，在一个窝棚里住，挖同一个河段。上工收工都要吹号。那时挖河筑堤没有任何机械化的工具，挖泥用的铁锨，锨头窄长，一锹泥足有百十斤重；运送河泥的有的是排车，还有的是肩挑人抬。黄河大堤上，成千上万的窝棚，绵延数十里，高音喇叭里播放着震耳欲聋的革命歌曲。

有时候冬天也挖河，那主要是清理河道的淤泥，为了在上冻前完成清淤，上面天天都要下指标，要求必须限时完成。因此，大家都是顶着星星去上工，披着月亮回窝棚。民工们干活就像一头牛，千斤重的泥车拉起来，低着头向前赶，来来回回不知多少趟，一天也不知跑了多少路程。起早贪黑，渴了就喝河水，饿了就啃自带的玉米面饼子。一天干下来，身子骨都散了架，坐在河滩上休息一会儿，坐下去了就不想再爬起来。一天河工干下来，累得腰都直不起来，晚上躺在用草打的地铺上，腰疼、背疼、脚疼，左右动弹不得。然而，第二天还得硬着头皮照样上工。

如果是冬季，西北风嗖嗖地刮着，就像刀子割一般难受。那时候，人们身上只穿薄薄的衣服，脚上套双单鞋，总是湿漉漉的带着冰碴子，走起路来，哐当哐当地，脚被鞋磨出血泡来，是常有的事，经风一吹，水再一泡，脚面肿老高，有时为了赶工期，还打起了车轮战，白天干，晚上干，常常两天一夜得不到休息，把人们累得都筋疲力尽，困得不想吃，不想喝，连走路都会打着瞌睡。

挖河是十分辛苦的，那种苦的程度，至今老家里的人说起来嘴角都打颤。不过挖河也有挖河的好处，那就是能吃饱，偶尔菜上还能飘点油星和肉片，这在当时可以说是过年。规矩是到了地方，认领了工段，大伙忙着搭窝棚砌锅灶，然后的第一顿饭是炸面泡。

挖河的队伍里啥人都有，做饭是必不可少的，队长说："我知道大家心里最想的是什么。就是吃，吃面泡，但心急吃不了热豆腐。"

夜里 12 点了，队伍才安顿好，大家都等着吃河工的第一顿饭，厨师已经在面盆里摔面泡面，锅里的油在冒青烟。

队长说：面泡还得半小时，我给大家炒个腰花。

大家号起来，用啥炒？用你嘴炒！

队长说：看在大家跟我出来挖河，你们想吃什么就给你们炒什么。你们想吃醋熘白菜就吃醋熘白菜，想吃辣子鸡就吃辣子鸡，现在开始了，但有个规矩。

大家问：啥规矩？

队长说:我炒菜的时候,不能放屁,一放屁菜就不香了。

大家说:我们都把腚眼夹紧,不让那里漏气。

队长说:好,我先给留根炒个辣子鸡。

留根说:我想吃腰花!

队长说:妈的,你还想吃老天爷,今天没买着腰花,集上没卖的,就炒辣子鸡。

大家说:辣子鸡辣子鸡。

队长说:首先要抓鸡,看哪个肥,抓住用刀往脖子上一抹,然后把鸡往院子里一扔,让小鸡先扑拉一下,这样肉丝嫩,然后烧开一锅水褪毛。

留根说:太慢,辣子鸡啥时能熟?

别急,我这就剁鸡块,辣子鸡的鸡不能太瘦,瘦了不香,也不能太肥,肥了要腻,剁的鸡块要匀称,如大枣。好,把刀磨好了,案板拿过来,锅里放上棉油,放上姜末葱花花椒。

放肉不?

别慌!

等锅里的油冒黑烟,然后把鸡块倒进去。

然后呢?

然后,嗞地一下,冒出白烟,鸡块一下子沾着热锅就半熟了。然后放上辣椒,要放朝天椒。

最后呢?

最后用锅铲子使劲翻,队长说着,一直吞口水,那时窝棚里一阵喉咙响,一阵口水声。

快出锅了,要先拿筷子尝尝咸淡。

一会儿,队长给留根炒了辣子鸡,然后大家竖起耳朵,一会儿队长给大家把糖醋里脊上来了,然后红烧肉上来了。

最后大家提议队长,面泡已经炸好了,弄个凉菜。

队长说:那就弄面泡黄瓜。队长嘴里让留根剥蒜捣蒜,让二小买酱油和醋,让满囤刷盘子。

面泡上来了,大家还沉浸在队长的炒菜里,满满一面盆的面炸出来的面泡,如小山堆放在两个秫秸编的筐子里,大家看着队长,队长说吃,只见一双双手,都伸进去,只一刹,两筐子面泡下去一半,人们的嘴里塞的面泡像一个个患了痄腮,鼓鼓的。

啊,真香。

留根说了一句:奶奶的,恁香。

然后就没有了动静,也不见他的喉咙响,只见白眼珠在放大,队长说:瞎菜烂的家伙,噎着了?

大家拍拍留根,一动不动,嘴里塞着面泡,鼓鼓的如痄腮,口水流了一衣裳。就这样,吃面泡的留根头一歪就过去了,再也没有醒来。

河工结束了,队长给上级汇报工伤,要求给留根补助,上级要理由,大家说:香死了,还要啥理由?

现在饥饿已经远离了我们,但是精神的饥饿却时时向我袭来,我开始了一种追寻和跋涉,离开故土,离开熟悉的乡音和那些熟悉的食物,其实人的胃是有记忆的,在某个地方久了,就养成了一种顽固的吃喝的偏好。

老家山东有句话：千里做官，为了吃穿。如今我到了岭南，最痛苦的是找不到馒头吃，那些超市的馒头，和老家的比起来，我称之为：伪馒头，只有馒头的形，没有那种母亲蒸出的乡土味，那种口感。小时候常看母亲揉面蒸馒头，在和面盆里用双拳揣揉。小时也常到馒头作坊里看热闹，木头的案板上放置着大面团，两个壮汉骑跨在粗大、光滑的木杠两端，不停地压揉。这种方法做出的馒头，也叫“杠子馒头”。掰开蒸熟的杠子馒头，看到里面是一层一层的，充满小麦原本的味道。

人说，人的嘴和胃是非常刁的，讲究原配，真的是这样么？这令我到底惦记故乡的吃食了。

斯人也斯疾

伯牛有疾，子问之，自牖执其手，曰："亡之，命矣夫！斯人也而有斯疾也！斯人也而有斯疾也！"

——《论语·雍也》

一

有时病是一种追踪。

在《诗经》的河岸水湄，当处在爱情封面处的女子在丰草间走过，那关关的雎鸠，就把脖子扭了，就像翩翩佳公子的眼珠，不会转旋；当如口哨的长啸遇到了阮籍；当南山遇到了陶渊明，世间就有了对物的深情入骨髓的呆痴。

杜丽娘做了一场春梦，竟夜无眠，翌日再回花园觅觅寻寻，只图旧梦重来，然而不能承受之重使她一病成疴，于中秋夜情殇而殁，临终嘱人将她葬在梅树下。只要有梦，这样的故事、这样的病在故国还会一版再版，从竖排到横排，从繁体到简体。

李白遇到了酒，苏轼遇到不合时宜，我们开始看到了另外模样的青莲和东坡。一段树木遇到了坎坷，一片晕纹追踪到了石头，一粒沙子嵌进了蚌壳，不一样了，他们超逸了常态，从此生命开始了另外的惊奇。

苏轼说："木有瘿，石有晕，犀有通，以取妍于人，皆物之病也。"

多好啊，于是我们知道了太白，肝硬化怎杀得死他？"酒入豪肠，七分酿成了月光，余下的三分啸成剑气，口一吐就半个盛唐。"于是我们偷偷闭门看带病的、有点邪气的《金瓶梅》，知道了晚明的梅枝上沾染了梅毒。门外的雪白了，拥被而读的快乐，如偷妓的快乐。

我们知道了病在挑剔，为何它有时追踪某些人，又与某些人失之交臂。没有了感冒的鼻涕，我们不会感谢平时清爽的难得；没有了失恋的锥心与泣血，我们怎么测度爱的深广，怎可一苇航之？

病有时是一种符码，我们看抱胸的西施，知道了生命的神秘；我们看青山追踪到了稼轩，知道了人与自然脸颊的妩媚。

二

是少年时的夏季，在离黄河十里的平原，麦秸垛的草窝里，天上却有着白白的弦月，天黑还早呢，我读一本刊物上的伏尔泰的传记。伏尔泰并不知道平原深处的一个小镇叫什集，不知道一个孩子偶然地读到他。麦秸垛的顶部是打场时遗漏的麦子在雨水后萌发的青芽，还有一只麻雀在“喳喳”地叫着，它也不明白伏尔泰。当时我还没有读到孔夫子“斯人也而有斯疾”。隔了两千年，我却知道了孔夫子不知道的伏尔泰的一种怪怪奇奇的病。人们称之为“圣巴托罗缪之夜”，每到这一天，伏尔泰就浑身发热，高烧不止。

8 月 24 日，是基督教徒一年一度的圣巴托罗缪节。

1572 年的这一天，法国巴黎是在血泊中度过的，历史上称为“圣巴托罗缪之夜”。

这天凌晨的前夜，巴黎各教堂的钟声突然訇訇而作，阴森可怖，手执刀刃的天主教徒，声嘶力竭地叫喊着冲上街头。他们闯入胡格诺的住宅，见人就杀。1572 年 8 月 24 日圣巴托罗缪日，在没有任何警示的情况下，法国士兵、教士和暴徒开始对毫无准备、手无寸铁的新教徒（包括妇女儿童）进行屠杀。杀戮行动从巴黎开始，很快像瘟疫蔓延到其他地方。

一周内，约十万新教徒被杀。

一时间，整个法国血流成河，尸枕如山。

河流中的尸体枕藉之多，以至于数十个月以后，河里的鱼仍然没有人吃；在鲁瓦尔山的谷中，狼群现在无须辛苦捕食，只需溜出深山，便可尽情享用谷中的尸体。消息传到梵蒂冈后，教皇当局竟鸣钟放炮以示庆祝。教皇格里高利十三世竟委约意大利画家瓦萨里画了一幅关于大屠杀的壁画，该画至今仍然挂在梵蒂冈。

两百年了，大屠杀以伏尔泰的胸膛为发酵池，巴黎各教堂狰狞的钟声回旋在他的耳轮，胡格诺教徒临死前的呼救声撞击着他，那些冤魂煎熬他、缠绕他、包围他、轰击他，他以自己的胸腑做鼎镬，以教徒临死的哀告做炭。每到这一天，高烧的伏尔泰就给朋友写信，总署上一个滚沸着悲愤的名字："Ecraser l´infâme——踩死败类！"后来索性就缩写为"Ecr. linf"，以致有一个拆看他信件的检查官，竟以为这些信的作者确有其人，就叫"Ecrlinf"先生。伏尔泰的"败类"究竟何指？人们争论不休，人言人殊，我以为所指宗教狂热不容异端的疯癫，相差不会很远。

"圣巴托罗缪之夜"使我想起卡斯特利奥在反对加尔文时说的话："把一个人活活烧死不是保卫一个教义，而是屠杀一个人。我们不应用火烧别人来证明我们自己的信仰，只应为了我们的信仰随时准备被烧死。"在伏尔泰眼里，生命比任何教条理论和主义更神圣。生命不能重复，人头非同雨夜剪下的春韭，可以苏生，如果哪个教规理论忽视生命，视生命如草芥刍狗，认为可以为一个虚幻的乌托邦而毁弃生命、蔑视生命，那我们尽可以希望这样的教义速腐，而生命不朽。

生命不可重复，而"圣巴托罗缪之夜"却在奥斯维辛和南京大屠杀重现。

我不知道，人们在谈起这些事件时，身体和精神是否会起生理反应，为人类的恶心呕吐。

天要黑了，读到伏尔泰的病，我的眼睛热涨起来，我想到了《西铭》："民，吾同胞；物，吾与也……凡天下疲癃、残疾、茕独、鳏寡，皆吾兄弟之颠连而无告者也。"这是初中老师在黑板上补充的文言文，记得老师说写《西铭》的张载有个病态的举动——好听驴叫，当时教室如麻雀炸窝：

“吱……吱……吱吱……吱吱吱吱……”

现在我理解了，这不是病，也是病，病在物我与也。

三

是在接触龚自珍很久才知道他有一种奇怪的病，也许童年接触的龚自珍是别人和政治话语强塞给我的一个法家形象的龚自珍。那是在乡村的学校里，在给我们补充《西铭》前的几年，民办黄老师有一天在麻雀叽喳的讲桌前，读出了《己亥杂诗·一百二十五》：

九州生气恃风雷，万马齐喑究可哀。
我劝天公重抖擞，不拘一格降人材。

老师读完很形象地劈了一下手，像戏台上站在高坡、眼望前方的正面人物形象，老师说毛泽东喜欢龚自珍，鲁迅也喜欢龚自珍。

后来真正走近龚自珍是读了《龚自珍诗全编》，就扫去了童年的那个形象。而感到了龚自珍的绝望和独异，痛苦和燃烧，是人到中年的时候，是感到身边很多可疑的志得意满大腹便便如死的骸骨的时候，是人在莫名其妙的路途狂奔的时候。我找到参照，这是龚自珍，他的出现有一种令人生畏的力量，他带给人希望的是绝望，对末世的绝望，他甚至连梦也不要：

春梦撩天笔一枝，梦中伤骨醒难支。
今年烧梦先烧笔，检点青天白日诗。

但我想说，定庵以一人之勇对抗整体，以一介之躯与五千年作对，以一人来否定传统，这样的横站，称得起大哉斯人！定庵把握了虚无，他最后被虚无吞噬，他不见容于黑暗，他即使想燃烧，但谁要你的烛照呢？道光十九年己亥年，龚自珍辞官南返，行程九千，作诗三百，两年后暴死在丹徒。龚自珍己亥四月辞官南归的原因，历来众说纷纭，钱穆就说："定庵以暴疾终，其己亥出都，以一车自载，一车载文集百卷，不携眷属仆从，仓皇可疑。"或曰为儿女之事，因为他和奕绘贝勒的侧室、著名女词人顾太清之间的私情东窗事发，仓皇出都；或曰为政见"忤其长官"，得罪宗室；或曰为经济困窘，不一而足。不管怎样，龚自珍以一人之勇而走出了那个藏污纳垢之地，成为一个自己为自己负责的独行于世的人，我们应该庆幸，我们有了中国诗歌历史上最博大的组诗《己亥杂诗》。这是一片的汪洋，但这不是杜甫之类的诗史。杜甫之类的诗人固然伟大，但是太汗巾气，诗里是一种帮忙不得的牢骚。也许杜甫的墨池的上游是汨罗江，是香草美人的自恋，而龚自珍却是热血、叛逆，也是极致。我相信，《己亥杂诗》就是明证。也许这里面的艳词的坦荡引起很多人的不快，那些在儒家文化中自宫的人不会有这样的词语，一切好像神圣和高贵，一切伪善在这里崩塌。在他们看来最卑鄙和最肮脏的，却是龚自珍灌溉生命之血最旺的地带，龚自珍的庐墓已拱，我也不知定庵葬在何处。他坟前的青草，绿了又黄，黄了又绿。但我想把伏尔泰墓碑上刻着的一句名言送定庵是最合适的，这位“但开风气不为师”的定庵：“这里是我的心脏，但到处是我的精神。”

是啊，在不惑之年，我不能说读懂定庵，但我在知道定庵特异的病后，有点开始接近他。定庵有一首特别的诗《冬日小病寄家书作》：“黄日半窗煖，人声四面希。饧箫咽穷巷，沈沈止复吹。小时闻此声，心神辄为痴；慈母知我病，手以棉覆之；夜梦犹呻寒，投于母中怀。行年迨壮盛，此病恒相随；饮我慈母恩，虽壮同儿时。今年远离别，独坐天之涯。神理日不足，禅悦讵可期？沈沈复悄悄，拥衾思投谁？（予每闻斜日中箫声则病。莫喻其故，附记于此。）”这是怎样的怪异啊？听箫则病，这不是懦弱，也非撒娇，在定庵的诗词中，总是“剑”“箫”并举，以“剑”喻抱负，以“箫”喻诗魂。如：“来何汹涌须挥剑，去尚缠绵可付箫。”“一箫一剑平生意，负尽狂名十五年。”“气寒西北何人剑？声满东南几处箫。”他的诗作本来也就兼有“剑气”、“箫心”两种面目——激越和柔婉，郁怒和情深。这是一种命定，还是前身？从幼时的箫音，到定公四十八岁辞官途中遇到一个叫“箫”的女子，“天花拂袂著难销，始愧声闻力未超。青史他年烦点染，定公四纪遇灵箫。”一个是旷代的不世出的孤独者，一个是妓女灵箫，在目光相接的一瞬，他感到了命定的相会。龚自珍郑重地说：青史将为这一天点缀一笔——定公四十八岁这一年，遇到了灵箫。他借佛典为喻，甄陀罗是八部众生之一，女端正，善歌舞（《一切经音义》）。据说虔诚修行的仙人听到她们在天池沐浴唱歌，会失却禅定；还有仙人在空中飞行，听到歌声，竟如痴如醉，栽落尘埃；她们在佛前献艺，甚至诸大弟子都不能自持，放弃威仪，手舞足蹈。于是定庵说，他的心魂也被“箫声”招去了，他惭愧自己只修行到声闻乘，“结习未尽”，天花粘着在衫袖上。

箫音使龚自珍如醉如痴，如病如魔，而在定庵的晚年，上苍又让他回到童年，这一次是病，也是命，这病要了定庵的命。

风云材略已消磨，甘隶妆台伺眼波。
为恐刘郎英气尽，卷帘梳洗望黄河。

壮志难酬，如今定庵是甘心做个下人（隶）在妆台边侍候女人了。然而灵箫呢？就算你沦落到像刘备一般在大街上卖草鞋，也要留着皇叔的一口傲气；让我们卷起帘子来，就算你只看我的眼波，我眼波里还有一条黄河呢。

这样的奇女子，《己亥杂诗》十分之一的主题都与灵箫有关。后来，两人分别，灵箫回苏州隐居，定公于两年后暴卒于丹阳云阳书院。有传闻说为灵箫毒杀，传说也只是传说。但我以为，与其死在腐坏的官场病床，莫如死在爱人的手下。我想到《圣经·新约·马太福音》第十四章第三至十一节：希律王娶了他兄弟的妻子希罗底，先知约翰在民众中抨击了他们，希律王愤然把他逮起。希罗底的女儿莎乐美在希律王的生日宴会上为他跳舞，国王高兴之余向她起誓说答应她所有的要求。莎乐美受了母亲的挑唆，向希律王要求了先知约翰的头。希律王万般无奈，杀掉了约翰，满足她的要求。在《圣经》故事中，对莎乐美的描写并不是很充分，她的出现只是个花瓶般的人物，为了杀死约翰被母亲利用的无知少女而已。而在王尔德的戏剧中，我们却看到这样的一幕：当约翰的头颅被砍下，莎乐美举起他血淋淋的头在他的唇上深情一吻："啊，你不让我吻你的嘴，乔卡南（约翰的名）。嘿！我现在要吻你的嘴了……我对你的美如饥似渴；我对你的肉体想咬想啃。美酒也好，鲜果也好，都不足以解决我的饥渴。""啊！我吻到了你的嘴唇，乔卡南，我吻到了你的嘴唇。你的嘴唇上有一种苦味。那是血的滋味吗？……不，说不定是爱情的滋味……据说爱情有一种苦味……不过，那又有什么关系？有什么关系？我已经吻到了你的嘴唇，乔卡南，我已经吻到了你的嘴唇。"

爱可以死生肉骨，爱也可以砭骨伐髓。爱情为物，担得起，那是决绝，是金刚怒目；担不起，也是如寻常落英，人之常情。就像病，可以使人脱胎换骨，也可以使人如山倾颓。

四

在回平原深处老家的时候，知道启蒙的黄老师病了，家里人瞒住他，没有多少日子了，是绝症。

黄老师的家，我在小学的时候是常去的，他是村里的唯一的"文革"前高中毕业的人，有很多书。我从他那里读"唐诗三百首"，跟着他黄昏到河边念"唧唧复唧唧"，在水车的声中，他开始吹笛子，总是呜咽。

我知道，他在村里孤高而腼腆。有次家里没有吃的，媳妇让他到生产队里的玉米地掰几个棒子为孩子煮食，度过断粮的日子，黄老师去了，谁知看庄稼的人随意的一吆喝，说"看见你了——"，其实根本就是胡乱的吆喝，黄老师慌忙把口袋和棒子丢在地里，而口袋上写着他的名字"木镇黄令民"，是乡里人不喜欢的魏碑字。以名字找人，黄老师被罚，于是传为乡村笑话。我在大学毕业后问过此事，他说："做贼，也像杀人的武松，留下姓名，这样才好。"

黄老师做了一辈子民办，有事就窝在心里，笛子也不吹了，我看到在他家用高粱秆织的箔，用来隔内外间的空隙，发黄的笛子插着，覆满灰尘。

师母说，老师好生闷气，该转正的时候，因为腼腆丢掉了名额，回到家就独自喝酒，就在家里关上门骂娘，就踢自己的狗和羊，说奶奶的。我记得伏尔泰有过类似的举止，这是马克思记述的，伏尔泰当年有四个敌手，他就在家中喂养了四只猴子，分别取名为那四个敌手的姓氏。马克思说：

伏尔泰没有一天不亲手喂养它们，不赏它们一顿拳脚，不拧它们的耳朵，不用针刺它们的鼻子，不踩它们的尾巴，不给它们戴神甫的高筒帽子，不用最难以想象的卑劣方式对待它们。

是啊，黄老师的羊的功用像伏尔泰的猴子。但黄老师终于没能排遣自己的郁结，黄老师为平原深处的小村子培养出了数百的大学生，而自己却竭蹶乡里，最后仍是一民办。他在离校的时候，儿子到学校去接他，是傍晚的学校的最后一课，他还在那里讲得起劲，门外儿子拎着他的被盖。暮年白发飘萧，像都德《最后一课》的韩麦尔先生，黄老师说下课了，孩子们，而孩子们却仍是不动。

命运，休论公道。我看黄老师的时候，他的食道癌已是最后的时日，家里人还说是喉咙的一般症状，喝点鸡蛋水打打火就会好的。黄老师无疑是一乡间的纯儒，虽然他读夫子的书很少，但他做事的底线是有些儒生不知权变的一面，有点像颜回，但是比颜回多了愤世嫉俗生闷气。为给黄老师解闷，我把香港《凤凰卫视》上李敖讲的解闷趣事说出：新儒家的领军、北京大学哲学系的熊十力先生，年轻时为民国奔走，后来看到民国的成果为蒋介石所篡，恨得早上看报纸，只要有蒋介石的照片熊先生就一边骂一边拿上有蒋介石照片的报纸揉成一团在自己生殖器下面擦来擦去，至情至性如此。黄老师对世事做不到如此，生活使他放弃了笛子，也放弃了喜爱的古文，他开始喜欢喝劣质的酒，喜欢辣椒大蒜。

我们没有谈张载喜欢驴叫，乡村里还有广阔的驴叫在深夜里蓦地传来，但黄老师忘记给我们补充《西铭》的事啦。

但应该说黄老师功不唐捐，虽然张载不知道有一个乡村小学的一个老师，不知道“民办”这个名词背后的沉重，不知道食道癌症，但“民，吾同胞，物，吾与也……凡天下疲癃、残疾、惸独、鳏寡，皆吾兄弟之颠连而无告者也”，我们虽然不再在书院的西墙张贴，但我们已读了千年，即使在普通的平原乡村而弦歌不辍。

我握别了黄老师，一个月后，他就悄然弃世。他挣扎着送我，握着我的手开始了老泪纵横，说，常来啊！《礼记》上记载孔子的最后时光，我们看到了一个老人的脆弱：孔子蚤作，负手曳杖，消摇于门，歌曰：“泰山其颓乎！梁木其坏乎！哲人其萎乎！”既歌而入，当户而坐，子贡闻之曰：“泰山其颓，则吾将安仰？梁木其坏，哲人其萎，则吾将安放？夫子殆将病也。”遂趋而入。夫子曰：“赐！尔来何迟也？……予殆将死也。”盖寝疾七日而没。

斯人也而有斯疾，黄老师弃世了，我理解了他乡间常常的勃然怒气。他对一些的愤恨，使我感到了温暖，我知道黄老师是一个为生活的种种丑陋、为平原而生气的乡间的纯然儒者。

风吹歪

一些素朴的东西，就是身边的东西，比如雨水、泥土、棉布、木制的玩具、乡野的戏曲、街头的烤红薯、叫卖的路边的青菜。但很多的人不知道，你知道几种野草的名字？那些被学名遮蔽的东西，一些动植物的方言的称呼，你压根儿不知道或者失忆了，也许藏在你血液的深处，一些偶然的梦呓，嘟囔出的恰是久已忘却的东西，但已和你没有关联。

就如风，你知道什么？庄子所述说的风叫，那种形态你又知晓多少？他借方外人之口说出了风的隐秘。风来了，似乎能听见千千万万个窍穴随风怒吼，山林间凸凹不平之地，百围大树上的窍孔，似鼻、似口、似耳、似枅、似圈、似臼，有的像池沼，有的像泥坑。这些窍穴发出的声音，有激者、謞者、叱者、吸者、叫者、譹者、宎者、咬者，如湍急之流水，似飞鸣之箭矢，如怒极之气喘声、呼吸声、叫喊声、号哭声、沉吟声。前面之风怒吼，后面之风共鸣。微风掠过，窍穴轻柔唱和；飓风肆虐，则万窍振音；风停则万籁俱寂，如同消失一般……（这是我喜欢的文字，文气畅沛，势如利刃破。风在前者唱于，而随者唱喁；泠风则小和，飘风则大和，厉风济则众窍为虚；也许庄子就是一乡村的百无聊赖者，整天琢磨庄稼之外的事情，然后在竹简上涂抹。）

有时我想，自己应该被凿子凿出七个孔，风来相激，呜咽作响，是风中的肉笛。是啊，一有风世间的一切都有了改观。本是匍匐在屋檐的炊烟，风能把它扶直，风也能把它搅乱。

确切地说炊烟使乡村有了某种意境，虽然这对牛羊来说是费解的概念，但黑黑浓浓的傍晚，炊烟仿佛是一群墨猪，但就是风的悬腕稍一抖动，那就使浓的地带开始稀释成淡墨，开始有了飞白，虚中蕴实，实中含虚，这是宣纸永难臻化的。比如平齐的麦穗，一个个隐藏在水平的如剪刀理过发一样的麦田中，只是麦穗的集合，却难辨一个独立的个体，所谓只见麦田，不见麦穗。但你如若站在一个小坟包，远远看见平齐的麦田有了动感，开始起伏，如波纹，亦如一个腿瘸的农人，一脚高，一脚低，慢慢走到你的眼底。还如水面，风乍起，其实是风把小鸭赶入水，那池水皱了，但就是这吹皱的水面，干卿底事？但我说这是和我们相关的，你知道风来了，风就是这样透过草动，透过水的折叠，透过炊烟的写意，透过荷塘里荷叶抓住自己的裙子的那种羞涩，把风的姿态如呼吸、腿脚、心跳般传递给了我们。

不要说风是温吞的，没有脾气，它可以主生，亦可主死。麦子刚刚灌浆，一场东南风，它就如孕妇腰围扩大一圈，但连续吹上三天三夜的东南风，麦子就开始黄焦，但麦子不死，它要分娩,但这生死的转换,都是因了风的缘故。

是啊,人呢?风中的人呢?当我接到父亲病倒的消息时,我匆匆赶回平原深处的木镇,父亲躺倒在乡镇医院的病床上,病情稳定,医生说没事。只是老年人,走着走着脚下没根,就跌倒在街道,然后就被我的堂兄叔侄送到了医院。

乡镇的医院没有电扇,闷热得像蒸笼,也已七十岁的母亲在父亲的病床前像是打盹儿,手里的蒲扇有一搭无一搭地摇着,苍蝇乱飞。母亲累了,我只是轻轻坐在母亲的旁边,不忍心惊扰她。躺在病床的父亲见了我,枯瘦的脸上,肌肉动了一下,然后归于平静,老人费力地用手拍拍床沿,示意让我坐在他的身边。

父亲是个富于劳作而吝于语言的人,我常常见他坐在屋檐下,一晌一晌的,背后是一串串的辣椒和玉米棒子,风一吹,如红的黄的火焰,而父亲则沉默如一截木头。偶尔,父亲会小声嘟哝一句,起风了。那时,起风在父亲看来是天要变的意思,于是他手里就拿起农具,在变天前把要干的农活做完。

父亲是在街道走着,起风了,他准备把家中晒的麦子收起,谁知天并没变,风只是胡乱吹一下,父亲就突然病倒了。当我赶到医院时,已经失语的父亲吃力地比画着:他要回家,风起了,麦子还没有在院子里收起,他怕邻居家的猪拱了鸡刨了。一辈子吝于语言的父亲,当他不能完整表达自己的意思时,老天把他最后的语言也要剥夺了,我第一次发现寡言的父亲用另一种语言——落泪来表达自己的绝望。那泪如潮气渐渐地从老人深陷的眼窝里渗出来，然后在眼角集凝成一滴，然后慢慢地变成一根棉线落下。

就在父亲住进乡镇医院的当天夜里，却刮起了一场平原罕见的大风，接着是大雨滂霈。在雨声中，我看到病床上的父亲焦躁，浑身乱动，呼呼喘气。

父亲是想到了什么？这样大的风，我在记忆中搜寻，我不知道多少风和父亲关联，但有一次我和父亲遇到的黄风，却使我铭刻终生。

还是在完小读书的时候，是十岁的模样，是平原的农历五月，父亲用地排车拉我到离村五里的洼地割麦子。其实，我只是父亲解闷的一件农具而已，根本不会割麦子。看着父亲弯腰割麦的动作很协调，一下一下富有节奏，我也试着割了几下，但最后扔下镰刀，到远处追野兔去了。到了中午，吃下父亲带的食物，我就瞌睡起来，父亲用地排车为我做个床，用衣服做个伞棚，我就扎进去睡。不知到了什么时间，天灰蒙蒙的，迷蒙中感到父亲在拍我，睁眼爬起来，西边的天是黑的，可能是半下午了，天是出奇的闷。父亲已经把割掉的麦子捆成一捆一捆的麦个，全弄到了地排车上。"快起来，要起风了。"父亲对我说，不知何时，西边黑色的云彩已到了头顶。

"回家吗，爹？"

"有大风，要快走哩。"

我跳到车厢里，帮父亲压车，一会儿麦个整整齐齐码上了车，像山一样，也如一个霸道的刺猬。然后父亲在车辕子旁拴上一根绳子，说："拉个偏套。"在父子两个对话的时候，天似穹庐，也似头上覆盖了一块浊黄的幕布，空气中混杂的是鱼腥味道，河流不见了，太阳不见了，鸟儿恐惧而尖利地聒叫，我突然感到天大极了，人小极了，天地间，有一种父子被造化抛弃的恐惧。回头看父亲，父亲的脸，是那样木然，也许是茫然得不知所措。

"爹，你看！"我惊叫一声。

在我们割过的麦地的上方，突现了一个巨大的旋转的圆柱，呼啸着拔地而起，直贯天地。黑色混合着黄色，黄色里杂着草叶、土块，尖叫着旋转，旋转着尖叫，直逼着我们收获的麦垛车而来，有树枝的断裂声，有野兔的仆地声。

"我们走，这是黄风。"

父亲架起车，弯下了腰。我把身子尽量前倾，双脚如动物的利爪抓地，把偏套绳拽得直直的，父子俩钻进了风里。两个耳朵像塞了棉花絮子，听不到外面的声音，眼睛也如磨道的驴子被遮上了黑布，望不到外面的事物，只感到有两个大嘴巴对着耳朵呼喊，脑袋急遽地胀大，脑袋里如蜂箱嗡嗡炸响。风像要把我的腿托起来，也像有只手揪住我的头发，把我提起来抛到半空。

"爹——"我在风里狂喊着。其实那只是给自己壮胆，人的声音在自然面前接近于虚无，我感到肩上的绳子还是那样紧紧地勒着，在我的身边有车辕，这使我感到父亲真实地还在。

然而，"砰"的一声，那声音出奇的大，大到我不能相信，刚才还哆嗦的车，一下子失去控制。父亲本在车辕里驾车，由于风的扭扯，挂在父亲肩头的车袢突然断裂，我感到父亲的踉跄，

“咚”地一下，父亲重重地跌在地上，接着是风中的我趴在父亲的身上，父子叠加在一起，我们的麦垛车上的麦子被风扬起翻滚，我感到肩头的绳子像刀子一样划过我的脖子，然后绳子断开。

不知是多少时间过去，风减弱了，我看到了最不愿看到的一幕：父亲满脸是血，额头、面颊、嘴唇，不知是哪个地方出血，我吓得“哇哇”大哭，紧紧地贴着父亲。

“爹，麦子。”

车翻在路旁的沟里，车轮在转，麦子像饥饿的蝗虫扑过一样，连一片叶子也是多余，大地上不见一穗麦子，空旷得让人不知如何面对。风过去了，父亲把车子弄出来。

风过后，天地间一派宁静。父亲脸上的血也凝固了，这时夕阳也出来了，斜的光线照射着父亲，父亲手里握着断了的车袢，我扯着父亲的手，父子像两尊青铜。

那次大风把我家三分地里的麦子全部吹走，这一茬的庄稼归于荒芜，父亲播种、锄草、浇水，最后种子也没留下一粒。

父亲躺在医院的病床上，医生一不在，他就悄悄下了床，一只手扶着墙壁，一只手随意甩着，在长长的走廊下艰难地练习走路。父亲听到医生跟我说话，血压正常、心跳正常，也能吃能喝，也没检查出什么毛病。平原的人把心里没病、能吃能喝，看成是健康。父亲一直闹着早日出院，家里的麦子虽然收获，但还没有在日头下把潮气晒出、把虫卵晒死。在老年，父亲还是执意留下三分地自己种，他说庄稼人一看到土地，一看到庄稼，有点小病小灾也会立马就好，如果一天不看到土地庄稼，那他心里就憋得慌。他说，庄稼人，就是人是庄稼，庄稼是人，只要人朝庄稼地里一蹲，见一见风，手里握一把土，那土染黄了双手，那一节一节的地气就接通了人的血脉，那还会有什么病不会好呢？

父亲说犯人还叫放风呢，他躺在医院里不见风，不见光，看不见泥土，那要不了几天，就会死去。用机动三轮车把父亲接到家里，在路过自己的三分地的地头时，父亲问我，还知不知道多年前的一场风把咱们三分地的麦子刮得一干二净。父亲还记得，我当然记得。父亲执意让侄子把机动三轮车停下来，他要亲自用脚踩着接接地气，用手感受一下泥土的体温。父亲吃力地蹲在地里，然后用手插进泥土，然后拿起一块土，对着太阳看一下，说："再种最后一茬。"不知那些草是否听到了父亲的私语，这也是他们交流的一种方式啊。

我痴痴地望着父亲，心里倏然一动，接着又是一下。我想，这最后一茬是他与土地的约定吧。庄稼人就是与土地签订了一辈子的生死契约，一辈子不离不弃，在土里刨食，在土里埋葬，等到那一天来临的时候，就如风把庄稼吹走。但当人下葬的时候，总有灵魂对早已播种在地下的种子说："挤一挤身子吧，给我留一点儿空，这样暖和。"

等第二年春风吹起的时候，种子会绿，菜园四周扎起的篱笆也会吹绿，但人再也不会发芽。

父亲又种了一茬麦子，但没等到收获，连大风刮的机会也没碰到，在接近春节的时候，父亲又一次走着走着，在街头倒下了，这一次，走得安详。但我不相信父亲无病无灾，就一再追问父亲的病，医生答不出，最后，我要过父亲的病例，在那上面，医生用歪歪扭扭的字写道："人被风刮歪，无疾无患。"我知道，歪，在平原就是倒的意思，这是一个方言词汇，在这方圆五十里通行。

是的，风把父亲刮歪了，先是刮歪了他的头发，后是他的牙齿，后来一天在街道走的时候，一阵风就把他整个的人刮歪了。

鞠躬大地的面影

一

总是在冬夜，外面寒霜，父亲就起来了，穿上一件几经转手才到了我们家的半截的羊皮袄，那袄很脏，上面还有暗黑的血迹，是人的还是羊的，没有人考究。但它御寒，哥哥曾穿它，姐姐也曾穿它，父亲去世后，这件羊皮袄，留给了姐姐。

今年是父亲去世二十年，二十年无祭，没有只字片纸写给我的父亲，只是当年在父亲的病卧的榻前，我写过一篇急促的文字，在父亲出殡的当日，那文字恰在当地的一家报纸刊出，记得里面有一句“乡里小儿”的俗语，这本是一句庸常的套话，但当地有的人不高兴，就如眼里有了芒刺，当在乡镇工作的堂姐告诉我这事的时候，身穿重孝的我无奈地苦笑，但随即便勃然大怒，我说，让他们找我算账好了。那声音大得惊人，四周的亲戚都转头看我，父亲棺木尚未入土，我要维护父亲的尊严，思想的尊严。不要让我的父亲再一次受辱。

今天,我特意把二十年前的文章找出,毫无增删,把那段文字原本照录:

望着眼前卧床失语的父亲,我就想起当生活逼迫无奈,曾到机井寻死的那人。那时我才出世三天,他向队里干部讨一点儿谷子,他向乡里小儿跪倒,喊出最屈辱的一个字口(删去一字),父亲不是韩信,他受的屈辱也远甚于胯下,然而他最终选择的是机井。都过去了,几十年后,当儿子到菏泽工作的时候,父亲每次到城里,怀里揣着的是一个用锡打制的酒壶,那壶乡间唤"哑壶",需倒旋才能打开盖子,把壶放在近身的衣服里,酒也就有了体温。我常想饮酒是天才的最好下场,想不到一生屈辱、不能明白表达自己意志的父亲,一生平庸无愧的父亲,竟和天才们殊途同归:饮酒,是他们共同的出路。

二十年了,父亲庐墓已拱,而二十年前的文字还在,今我南下岭南,远离血地,就像是作贼一样,我感到一种对父亲和那片黄壤的亏欠,二十年,我很少在文字中提到我的父亲,虽然我的许多的文字曾引起人的关注,但我还在寻找一种有血痂的文字,那是专门与父亲般配的文字,与苦痛相称的文字,不轻慢不懈怠,如土地滞重敦厚的文字,但还是不能如愿。

我知道,父亲是一个被践踏者被侮辱者,他生性胆小,说话口齿不清，口里呜呜噜噜，他不会说理，好急躁，有时就奶奶娘地骂人。但父亲是一个从小在集市上做面饭生意挣扎生活的手艺人，他到过周围方圆数十里大大小小的集镇，认识很多人，但知心的，我知道就我什集镇西街的姓周的一个大爷，北街姓马的一个大爷。他们两个都年长我父亲，一个做烧鸡卖，一个做茶炉子（拿手的绝活是酿醋）卖开水。他们的身上常年的一个是油腥味，一个是煤烟味。

父亲是一个失败者，失败者的地位在乡间也是最低下的，各种力量都可以使唤他消耗他剥夺他，人们就取笑，起各种带有侮辱色彩的绰号，其实包括我母亲、哥哥也都看不起父亲。哥哥常和父亲顶嘴，我看到一个没有尊严的父亲在儿子面前的焦虑，父亲急了，也是呜噜呜噜骂人，然后气得走掉。

这是一个卑微的人，卑微到人们的眼睛里好像没有这个人，只是蝼蚁般的生物的存在，即使在他的兄弟、堂兄弟甚至子侄那里，也没有尊严和分量。我有时对父亲的生存感到悲哀甚至悲悯，但我知道，父亲是不可替代的，我同情我的父亲，即使人们践踏他如泥土，但他依然那么良善，无有反抗。

母亲常与父亲吵架。两人争吵了一辈子都没有和解，那种怨恨，我久思不得，就如不能同槽的牲口，犯忌，会互相踢咬，验之匹夫匹妇，大打出手，骂骂咧咧，也只是野草蒺藜寻常日子。

我出生的时候，应该说是父亲人生的最低点，他原本作为手艺人被公家公私合营了，成了一位吃供应的人，到了三年困难时期，被裁员下放了，也就是在我出生的时候，他连底层的等而下之一也不如，挣扎到吐血，挣扎到绝望，就有人逼得他差点跳机井自杀。

我没有体会过父亲内心的绝望和黑暗，但我知道“我本可以忍受黑暗，如果我不曾见过日光”，但毕竟父亲是所谓的公家人而最后被剥夺到还乡种地，父亲这一辈子是怎么样在血水里蹚过的？无论何等的命运都能全盘接受？我自认我做不到。如果做到，那就如猪一样无疑，但我这个比喻并不是针对我的父亲，我知道猪没有思想，有思想的猪，是先绝望的，有思想的猪不会相信所谓的谎言和承诺，父亲有时太信了宣传相信了领导，领导说让他还乡，等形势好转再来，但父亲等了大半生，也没有再接到上班的通知。父亲不知道戈多，但父亲对一个虚幻有期待，被别人规划的人生，注定无法摆脱被强权和强势所支配，那下场注定是悲剧无疑了。

也因为这，我从小对逼父亲自杀的人，一直存有恨意。这人读过书，在乡村里属于常使坏容不下人的人，对踩比他低下的人毫不吝惜，对捧比他高的人毫无顾忌，乡间的欺诈与手段，也是江湖的暗角，汹涌澎湃。在我出生的时候，偏巧，我们生产队里一个在大队当干部的人的父亲死掉了，此人拿着生产队里仓房的玉米、麦子、大豆成麻袋地送去，让他们待客。而我出生，当时我们家，家徒四壁，盛米面的瓮与陶土的缸里没有粒米，于是就想着借队里一点儿谷子，脱下皮子弄点儿小米，为我的母亲温补一下身子。但生活的坚硬和冷漠拒绝了父亲，这个年方四十的男人，无力抚养妻子无力抚养刚出生的儿子，那是雨天，深秋的雨天，早已没有了雷声，但他喉咙里像是有轰鸣的雷声从肺腑爆出，人们看到了这雷带来的水，他的脸颊汹涌的泪水，他不愿再在这个世道无尊严地活，他想倒净这苦胆一样的生活的汁液，但生活还没折磨够他，他被拒绝了，被人在井口救下了。

二

当我有记忆的时候，父亲到山西讨生活，是货郎一类的，小时，我特别怕人讲山西狼吃人的故事。我们是平原，从来没有狼，但童年的记忆里，很多狼的传说缠绕我的记忆，狼把人吃掉，手指脚趾就是狼的点心。

那时，我总感到父亲在外面是要饭，总忘不掉父亲那戴着臃肿的棉帽子的沧桑。

就是这张沧桑的脸，在一个冬日归家，当时的母亲站在低矮的门框前，虽然母亲和父亲的关系一直疙疙瘩瘩，但作为支撑家的男人，她还是盼着他回来，我也牵着母亲的手，站在门框的边上，一个戴着棉帽子的人，推着一个木轮车走近了，母亲一边抓住我，一边用手抹眼泪。待到那人走近，母亲说：你爹。然后就哭起来。

哭声，临近年关的哭声，让我跌入了无边的冰寒里，我也成了一个冰碴子，被生活硌出了血。

他们当时才是中年，但漫长的苦痛与苦熬，皱纹里的尘霜，愈发使他们渺小无助。

父亲先是笑着，后来也哭起来，一个男人在自己的屋檐下，望着冬日里的妻子与儿子，他的感触是什么？那时的景象烙印在我血液里，院子里的槐树的铸铁的枝干，如刺一样扎向苍茫。

当父亲把铺盖卷扔到屋里的地上，年关的夜幕，就如一床硕大无朋的印花包袱一下子把我们的平原包裹了。

父亲在土地上苦做，还记得父亲遇到的一次凶险，当时是到地里抗旱，生产队里派父亲去推水车，白天黑夜地推着水车的长长的木柄，一天父亲实在太疲累，他的手没抓住，水车的木柄的反作用使那木柄如横扫的兵器，一下子击中了父亲的太阳穴处，父亲被打昏过去，垂死在机井的壁上。生产队里的负责查夜的人看到父亲卧在那里，就用脚踹，用脚踢，说，别偷懒，装死。当时的井的四周，父亲的血已经渗进泥土，那土成了硬块，没有一个人站出来说句人道的话。父亲浑浑噩噩地站起来，又嗵的一声栽倒，后来，他趺趺撞撞摇晃着站起，又抱着水车的木柄吃力地推起。

所谓的物伤其类，那是建立在同情与悲悯的基础上，但乡间的冷漠与残忍，把最后的一丝乡间的温暖的伦理也突破践踏殆尽。还记得，父亲让姐姐用劣质的烧酒，用火柴点着，然后为父亲清理太阳穴附近的创面。但是第二天，父亲还是爬起来到地里出工。到了寒冬腊月，那是农民最难熬的时辰，要去黄河去出河工，挖河或者加固大堤。那河里有冰，人跳进去，深的沟把人头都遮蔽，只有铁锨连着的土块被一次次抛出来，有时，铁锨上粘的土块如胶，无论多大的力气就是抛不下，或者是土块太重，父亲举到头顶抛不出，就石块一样砸下来。

天天天不明从河工的帐篷里跌撞着爬出，晚上踉跄着回到帐篷，鞋子里是冰、是血，成了铁鞋。即使是风雪天，父亲说那也得出河工。

每年河工上都有死人的事发生。

父亲说，人就像小鸡，扑拉一下翅膀，说完就完了！

在“文革”的后期日子里，为了一家老小的糊口，父亲偷偷摸摸地弄些小麦面，一些棉子油蓖麻油，找一个平底锅，在家里炸一种鲁西南平原称为“面泡”的吃食。面泡圆圆的，如陀螺的形状。出锅的面泡焦黄，外焦里嫩，那功夫主要是在和面摔面，这是一个力气活与技术活，小麦面沾水后很黏，要把面从口方三尺的斗盆里扯起，然后咣咣地摔下，重复上百次千次，直到那些面与空气接触的完全，有了劲道。然后平底锅里的棉子油蓖麻油冒起了黑烟，母亲在灶下烧火，父亲就用筷子捞起面续到油锅里，那面团如气泡一样膨胀，在油锅里飘荡。

炸好的面泡有时在夜晚悄悄用秫秸梃子制的筐子端到街上去卖，有时那些饥饿的人会找上门。那些日子，就是靠这些所谓的违禁的小生意来勉强维持家的开销。

但有一次，父亲刚支上锅，锅里刚倒上油，母亲刚生上火，管理集市的被称为杨大篮子的人到了家里，他一脚踢翻了油锅，真佩服他的脚下功夫，竟然毫发无损。父亲被带走了，那一夜，母亲搂着我，在床上坐了一夜。无边的黑夜，四处的荒寒与死寂，我们母子枯坐如木偶，但命运的线牵在哪里？拨弄我们全家，天地不仁，天地不语，生活快要窒息，年少的我，无尽的咳嗽在那黑夜。

第二天，父亲被带到离家五里的一个修桥的工地上办学习班，接受劳动改造。

那桥建在满是芦苇的沙河上，我和姐姐就一天三顿为父亲送饭，用瓦罐盛着红薯粥、地瓜窝头、辣椒等，天天如是，周而复始。父亲在那里搬石头，光着脊梁，瘦矮的他愈发渺小。有时蹲在那里用锤子敲石子，一下一下，重复乏味的劳动，作为投机倒把的惩罚。

那是夏天，一天三顿饭，都是姐姐提着瓦罐，我手里提着用土布围巾包着的窝头，姐弟两个走在早晨，走在正午，走在黄昏，好像太阳总是在头顶，照得我眼睛发黑，地下的土烫脚，在小时候的夏季，我曾光脚到八岁，自由生长的脚趾，以致到现在我买鞋子，都很难买到合脚的。

但是，令我铭刻终生的事像崩塌的桥墩一样，把父亲、姐姐、我一下子窒息了。正午的天空白花花地炽热地燃烧，我的头上、脖颈上的汗像虫子在咬，姐姐在系鞋带时把瓦罐递给我，让我提一会儿。我不知怎地提着提着，觉得瓦罐的绳把我手勒得有点疼，想倒换一下手。谁知，瓦罐跌到地上。

瓦罐碎了，满满的面条子如蚯蚓全趴在地上。

姐姐惊呆了，这是母亲这一个月唯一的一次拿出家里的麦子面掺上一点儿地瓜面为父亲擀的面条。也是家里唯一剩下的父亲炸面泡剩下的一点儿白面，全家人都舍不得沾牙。

我还没从惊愕中醒来,姐姐一个巴掌拍到我的头上,然后就蹲在地上,从土里捡面条。

姐姐用衣裳襟兜着面条走向修桥的工地,我在太阳下啜泣。我觉得头顶的太阳很红,如父亲炸面泡的平底油锅。

修桥的工地上,一片片脊背躬凸在燃烧着的赤日之下。矮小的父亲走过来,拿着一顶草帽,他把姐姐衣襟上的面条倒在草帽的深处,走向一片水,用水淘洗面条里的土。

太阳很白,太阳很红,修桥的队长在喊:歇会儿,吃饭了!一夏天都是地瓜窝头,如橡皮一样涩又强韧的窝头折磨着父亲的胃,还有那些辣椒也在父亲的胃里围剿翻腾,父亲曾捎信给母亲说:这段时间一直烧心。于是母亲才狠心做了一次擀面条。

在回去的路上,姐姐问我还疼么?她用手抚摩着我的头,姐姐哭了,她的泪顺着她的脸颊流到胳膊上,然后从胳膊流到我的头上。

在今年的春节,下雪的时候,姐姐见到我,我问起给父亲送饭的事,姐姐一直后悔打我一巴掌,姐姐是为外甥定亲的事来给我借钱,为保持一个农村孩子的尊严,为不再为了五斗米折腰卑躬屈膝,我只身漂泊来到南方,当时平原深处老家的人谁也没告诉,姐姐张口借钱也是很难的,姐姐说以后还,我说不必了,为了当年贫穷日子里挨的一记耳光。作为一个弄文者,我知道耳光的意义,那种困难日子里粮食和白面的珍贵,那种对修桥父亲的深挚,只是一刹,姐姐拍了我一巴掌。

三

如果给父亲一个职业定位，父亲是一个挣扎在小面饭生意人和种地之间的农民。他一生都是匆匆走在糊口的路上，他担当不起这样的伟词：商业和农业。但他却与这些相近：面食手艺和农作物。这像文章的关键词贯穿他一生，再加上一个关键词：扫大街。父亲一生就如吊在悬崖上，随时都有被生活推下去的危险，为了糊口，他只能忍受。

丸子和凉粉代表父亲面饭手艺，在好多的时候，父亲是夏天的集市卖绿豆凉粉，冬季卖绿豆丸子。我家有个架车子，这种车的样式特殊，类似红车子的造型，改造为上面是木制的平面，后下方有个柜子，木独轮在平面下的前部。人在后面双手驾车，躬身前推。夏天冬天父亲把盛凉粉和丸子的簸箎和遮阳的棉布棚、条凳用绳子缚在上面。炒的酱、醋、蒜、芥末、香油、碗筷放在柜子里。

地排车、铁锨是父亲匍匐在大地的锁链，把他的命运紧紧地箍在泥土里，不得动弹。即使在苦难的日子里，他曾到山西还有安徽亳州做货郎，还有在河南的驻马店、平顶山一带两年用毛驴车拉货。但他还是大部分时间生活在山东鄄城县一个叫什集的小集市的东街。我们姓石的在这个集市至少生活了 500 年，父亲曾给我讲从山西老鹳窝移民到这里的经历。父亲对在这个土地上生活过的祖先有一种肃穆的情怀，有一年的旧历年前，父亲请人画了一幅可以悬挂的族谱，上面一个一个格子里，写有名字。父亲告诉我他的爷爷我的曾祖父叫石松岚，原先只是口头说，这次看到族谱上的这三个字，我大吃一惊，作为一个农民居然有这样雅致的名字。父亲告诉我，他的曾祖母是识字的，是大户人家从山西逃难到这片地方，嫁给了当时三十多岁还是光棍的高祖。她曾要求后世的子孙要读书向学。

生命确实是很奇特的，家族的密码在神秘地传递，在苦难的世事年代里，我的爷爷曾上过几年私塾，能在乡间粗略为人记计算算，但为人耿直，好喝酒，不到五十即逝。母亲曾告诉我，爷爷在醉酒时豪气干云，用胳膊当棒槌捶打那些新割下的大豆棵，酒醒后，胳膊鲜血淋漓。

父亲也爱喝酒，晚年唯一温暖他的是酒。

父亲在集头忙得往往是没有时间吃饭，往往就是二两酒往嘴里一赶，“咕噜”一声下肚。

在凉粉摊子上，在丸子摊子上。我有时短暂替父亲照顾摊子，一般的程序是：父亲早早起床，先和镇子北街我称为二哥的马心胜，与父亲年龄仿佛的人到街道上，用扫帚把大街清扫。

这是两个有点乞讨性质的人做的工作，马心胜，人们称为二傻子，有三个女儿外嫁，只有老两口过活，他和父亲就在集头上讨生活，打扫街道，然后人们在集市上摆摊，到中午时分，他们二人挨着摊子讨要卫生费，一般的都是二分或者五分。

父亲先扫完街道，然后开始把自己的凉粉或者丸子摊子支好，开始经营，到了半上午，就把摊子交给母亲看着，有时是哥哥有时是姐姐，有时是我。

是酒支撑着父亲？还是生存的压力？我一直想探究这深层的原因，应该说，父亲是终生匍匐在土地上跪着行进的卑微者，除非病在身上，那是承受生理畸变的磨难，当然也是生活磨难的延展。当父亲晚年到我所在的学校，帮助妻子在校园炸面泡维持生计的时候，当时我羞愧得无地自容。我曾是那片土地上别人眼里很争气的儿子，但在刚刚踏上社会的那几年，我住在一个逼仄狭小的筒子楼的末端，白天必须开楼道里的灯才能找到我的门，一间房子，住着我、妻子、儿子。由于妻子的农村户口，在学校里一直分不到房子。当时一个人的工资，难以维持孩子的奶粉和孩子软骨症必须的药品。

父亲在我工作的临近的刘庄找到熟人暂住，和我的妻子在学校炸面泡。当时父亲年近七十，如晚风的秋叶。我无法在父亲的晚年让他过体面的生活，这是我一直感到的亏欠。是我不懂低身俯就，还是耿介的性子？为了自己的一点虚名，我跌跌撞撞地走在拖累父亲的路上，父亲劳碌了一辈子，晚年却因城里我的穷困，再次拖累父亲，离开那片土地的父亲，依然是躬身劳作。

父亲让我亲近书本，亲近文化，最终却难以过上好的体面的生活，越亲近书本，离老家人期待得越远。一个所谓的知识者，他能改变什么？什么又能被他改变？父亲对此思考过么？夜深的时候，我曾听到过他的叹息，是对我的失望，还是对我读的书的疑惑？

父亲还是在帮我，在他的晚年帮我渡过那些难关。

如此说来：我真是不孝。一个儿子在父亲的晚年，还让他不得安宁，不得安度晚年，这不是给孝蒙尘吗？

我很少与父亲交流，在父亲去世前的夏天，我准备到北京大学读骨干教师班。我回到了老家，在夜间，我起来，坐在了父亲在东屋当门的床上，夏天天热，父亲是敞着门睡的，我只是默默地坐在他的床头，我们父子两个没有共同的话题，也许我走得太远，追求的那些虚幻的东西，是父亲不理解的。记得在童年的时候，在灯下，父亲曾给我用手指折叠出兔子的各种形状，如皮影。还有就是他的一个姓彭的老友，在冬夜常到我家来唱小曲。

也许我太专注于自己的所谓的文哲之学，对很多的事漫不经心，回到家，往往就是匆忙来去，这种轻慢，对世事轻慢，也轻慢了父亲母亲。

很多时候，都是父亲骑着自行车到城里来，然后妻子给父亲简单弄两个菜，拿一瓶酒，让他喝。

寂寞的暮年，父亲，我知道你沉溺在酒里，你和母亲关系不好，而哥哥姐姐也只是利用你，爹，没有油了，在集镇的打面机上打面没带钱了，赊人家的酒或者羊肉了，你就会拿出钱，给姐姐和哥哥还账。

你好像是欠债似的欠着儿女，而他们和我一样，是压榨你是利用你。有的人，对族外没有血缘的人，和善亲昵，对自己的人却加倍地奴役。人的自私竟至于此处。我知道，我们姊弟都是穷怕了，吃过苦的人，或者吝啬小心，或者放纵进击。哥哥姐姐的性子都是很烈的主，都是曾掂刀和刨地瓜用的铁器挥手刺向对他们凶狠的人。这是对你的奴性，一辈子被欺辱的反叛，但这种性格，有时就用到你的身上，这种亲情的反噬，让我悲愤。这都是敢于杀死自己父母的主儿，我不敢再往下想，冷汗淋漓。

父亲是弱小者，弱小到酒里逃避，弱小到用力气和劳作掩盖自己。

如论身体，你比母亲强何止百倍，母亲在生哥哥时候坐下病根，卧床一年，哥哥被寄养到别处。后来母亲不能沾凉水，不能见冷气。

从没有见母亲在油灯下缝缝补补，而姐姐很小的时候，就开始拿起针线纳鞋底、下地干活、喂猪喂羊，跟着父亲拉地排车。而父亲在家往往就做饭做菜，记得我初中一年的冬天，我去县城参加语文竞赛，是骑自行车，天不明就出发，父亲早早起来为我在灶下弄面条鸡蛋，曾记得，我在吃饭的时候，曾吃到一块连着指甲的父亲的手指肚的肉，在高中写作文的时候，我曾写到这个细节，多年后，我忘记了，有一年和高中老师聚会，他提起这个细节，躺在他记忆二十年的细节，才又唤醒了我。

是啊，如今父亲逝去二十年，一些细节却醒来了，特别是夜深，身体的骨头、浸泡骨头的血液，血液上漂浮的灵魂，这些都醒着。父亲在泥土里睡去了，我的思念彻夜地醒着，书本醒着电脑醒着通向家的路也醒着。

四

多年的吃地瓜干，多年的没日没夜的苦做，多年的喝劣质的酒，损害了父亲，损害了他的内脏他的血管他的头颅，父亲去世十年，母亲走了。是父亲等了母亲十年？还是母亲又在世间苦熬十年，母亲在我城里的家去世，她曾表示不愿回老家安葬，但最后我违背了母亲的意愿。

我知道父母最大的心结，是母亲总觉得父亲外面有相好的女人。早年，我曾隐约听到母亲怀疑父亲的一条裤子裆里的血迹，那是某次交媾留下的印记。

他们吵吵闹闹了几十年，两人在一起精神上是一种煎熬，在一起苦受。母亲敏感而刚强，在她能活动的时候，也曾在集市上掂着一杆秤，为人称东西，收取少许的佣金。一毛两毛的，有时用来和几个老年的女人玩纸牌。

我现在一直压在心中的石头，是我放弃了对父亲的治疗么？那是1994年的元旦，我在北京大学，突然莫名其妙地高烧，当接到“父病危，速归”的电报时，我的高烧退了。当时坐一天一夜的汽车才赶到家，那时父亲中风躺在什集镇北头靠近沙河的乡镇医院里。

这是黄壤深处一家普通得不能再普通的乡镇医院，只是简陋的三排红砖的平房，萧萧的白杨，删繁就简地杵在那里，房子后面是无边的尚未割净的芦苇，一垛一垛的芦苇也立在冬天的肃杀与寒霜里，结冰的沙河的呼啸更加让人压抑。

就是这条河，父亲被办学习班罚劳役修桥的地方，那座桥还在，破败如残喘的瘦骨嶙峋的老牛。

在一年的秋季，父亲和我到县城送货，到了很晚，我们从县城放空车回来，躺在车厢里，我渐渐地睡着。忽然，我被一阵此起彼伏的如雨一样的叫声惊醒。毫无来由的，骤然如幕布降落的声音，一下包围了我，堵塞了我。

那是无边的蛙声，在秋天的月夜。那时的我听到了揪心，听到了生命力的嘶喊，也许，从小敏感的我，就关注一些农人不关注的东西。我感觉那些全是哭声，农人的哭，一声一声，在大饥荒的年代，这里有个农场，不知曾死过多少人，我们小时候在农场边玩，一不小心就用脚踢出人的头盖骨。我像听到了乡村瞎子拉弦子的那种哀哭的腔调。

我问父亲：蛙（曹濮平原方言：wāi）子叫得像人哭。

父亲未置可否，他觉得我这个问题太荒唐，我觉得当时乡间的一切的声响都有一种哭腔，即使父亲和我说话。

父亲躺在当年我问他蛙子哭声的地方不远，那是寒冬的腊月，当时的乡间医院没有暖气，在简易的病房里，是煤球炉子取暖，我穿着棉袄还是冷得牙骨打战。我守着我的父亲，看着不能言语的父亲，他的双眼含着泪。我用手抓着父亲失去知觉的手，一遍一遍揉着。外面寒风呼啸，我看着在暑假一别，才半年的父亲，他已经躺在了床上，苍老了许多，干枯了许多，瘦矮的身子，越发像要萎缩的一株玉米或者一把干草，失去了水分，失去了露珠。

我这样枯坐着，守着父亲，守着父亲的吊瓶，守着无能为力，守着命运的一片狼藉与攒击。我想到夏夜的父亲，我坐在他的床头，那夜间，父子也沉默得如同两方未雕琢的石头，还记得最后父亲嘟哝一声：时候不早了，睡去吧。

已经失语的父亲，丧失了语言交流的父亲，但我知道，父亲的嗓音极亮，他在集市上吆喝：凉粉——，或者丸子，在我所在不远的沙河就能听到，那声音达到的距离足有五里。

有时在土地里干活，曾听父亲唱起曹濮平原里的那些戏，我们这里的戏种多，特别是高调和梆子，那种悲越高亢，透着苍凉，最是男人的喜爱，我还记得一些戏词，比如《三子争父》里的那些词：

老天哪你为啥不睁睁眼，年老人怎经得这风雪旋。腹内无食气已短哪，身上衣薄人更寒哪呀！

想当初为养儿把心操烂，现如今我遭难谁来可怜哪！张辛勤我今年六十有半，一生来我勤耕耘血汗流干哪！

仔细想我没做过坏事半点，为什么到老来我遭此颠连哪！盼儿养老儿不孝，盼来了儿媳媳不贤哪，儿子赌博他不正干，儿媳她手懒她的嘴又馋哪呀！

每日里把我当奴仆使唤，五更天去捡柴日落回还哪。为儿受难我心甘情愿哪。儿媳她，摔锅扳碗是不耐烦，她骂我，你老不死，你讨人嫌。筋骨累断我汗流干，头发蒙，身打战，两眼发黑浑身瘫，腰又疼，腿又酸，扁担压得我脊骨弯，脖子肿我肩磨烂，满脸胡须我全白完哪，我把儿子恩养大，他们棍打鞭抽把我赶外边哪呀！

儿子见我黑丧着脸，儿媳见我把那白眼翻。河边拾银留祸患，他们夫妻赶我离家园。离家乡，寒来暑往一年半，沿街乞讨我到河南。春天天暖好讨饭，三九地冻我讨饭难。望远处白茫茫不见村店，走一步喘一喘我头晕目眩。望脚下积雪深来难分辨，分不清哪是沟来哪是川。战嗦嗦呀，抱不住怀中的碗哪，我还要用你去讨饭，去讨饭哪！

我们这里的戏的曲调和词有着很深的草根性，但却透着这片土地的灵魂与哀痛，我还记得那沙河里的青蛙的哭腔，这里的戏剧也是这种腔调，无论男女，生旦净末丑，只要在舞台上一站，或者水袖一甩，必定是长长的拖腔：苦啊啊啊啊……然后跟着的是脚步踉跄，戏台下的人，也跟着战栗、悲叹，甚至啜泣。这里的戏不高贵不华彩，但迷人。

父亲会很多的戏文，这和他从小做面饭生意有关，每次的庙会唱戏，就是平原人的精神的狂欢和吃喝的放纵，看戏的里三层外三层，房上有，树上有，车上有，板凳上有，男的女的，也看戏也看人，看人兼顾看戏，戏也看人也看，就弄出很多的故事。父亲说每次的“灯戏”，总有大闺女和小媳妇与人跑掉的事。

父亲唱《三子争父》，唱得悲凉，其实还有更苍悲的。记得有一次，我和父亲到一个打面机坊去，头天母亲把麦子用湿布清洗，让麦子还原成麦粒那种浅褐如土的质朴和圆满。

那是早晨，我和父亲把装麦子的麻袋搬上借来的毛驴和排子车，然后就坐在车上，驴子开步出村，那时候时光尚早，驴子“踢嗒踢嗒”踏在地上的声音很是忧伤。路上没收拾干净的一茎草叶或一穗麦子会粘在车辆上，草叶或麦穗轻轻地拨弄着车轮，发出很响的“刺棱刺棱”的声音。旷野里很寂静。父亲开始用苍悲的梆子腔调唱起来：

往前望白茫茫是沧州道。
往后看不见我的家门。

这是乡土版的《林冲发配》，那拖腔长得让人窒息，就如一根线从喉头扯出，无远弗届，无始无终，梆子腔的哭腔悲壮苍凉，悲壮压抑在坦荡的旷野上缓慢地爬行着，空气因哭调而浮漾，那雾也在啜泣浮荡。

雪纷纷洒酿难消解心头怨忿。
泪涟涟我再打望一下行路的人。

从父亲出村唱第一句的词时，我就吃惊地把头扭向父亲。父亲的脸的褶皱就如泥土，很木，没有表情，连眼睛也是如井口里的黑绿那样的茫然，就在这井口茫然中竟能有两个很亮的光点，那是早晨的太阳在父亲的两只眼中沉落，我紧盯着这两个光点，似乎感到某种安慰。父亲是一个在现实生活中没有话语权的人，我想在他唱梆子的哭腔的时候，他大概把我，把驴车以及驴车驶进的原野也忘却了吧？那驴子的踏踏声，那麦子，那哭腔的回响声都与他无关。

有一年，是麦收过后，父亲的生日，我看到父亲请木匠，为他打制棺材（未死的时候，早早准备，称为“寿材”）。

还是朴素的柴门，父亲坐在一个竹椅子上，敞着怀，他的对面就是一个光着脊梁的木匠，他们正在喝茶。

那个木匠站起来，眯着眼朝我笑，感觉很瘆人的样子？他朝我走过来，站住，耳朵上有根画线的铅笔。我也感到了面熟，尴尬地笑着。他站在离我很近的地方，竟抻着脖子弯下腰凑到脸前来看我，而且，笑出声来！咦，这是谁？

我父亲也站起来，说，你同学，周庄的。想不起来啦？

这同学就定格在我一尺的地方，他的旁边是父亲，父亲的旁边是白茬子的棺材。父亲的暮年，白发，同学的青年却是中年的沧桑，皱纹，他们都是土地里刨食，苦力，他和父亲幻化，农民的青年和老年，我却像一个农民的叛徒，离开土地，是他们的梦，还是他们的失落？多年的分离，小学的同学，在一白棺前见面，风尘风雪。

周广虎。我叫了一声。

白棺材，这是父亲最后的屋与床，还记得当年我和父亲坐在驴车上向打面机坊驶去的时候，父亲说在一天的夜里，他梦见了他的父亲在和他说话，父亲说这话时很平静，但他听出了来自土地和地下的召唤。老家有这样的说法，梦到死去的亲人不可怕，怕的是死去的亲人与你说话，你应答。

在这个麦收过后的闲暇，父亲就让木匠为他打了这口棺材，这是桐木的棺材，父亲说等他咽了气，就把他装进去悄悄埋掉，就省了做儿子的许多事情。

我明白了，父亲不是为了他，而是为了我不再在他忙乱的后事上再为一口棺材奔奔波波。

我还记得那天早晨在打面机坊里，我感到困倦，我看到我们的麦子在钢铁的挤压下一点一点被咀嚼被粉化，变成没有性格没有性别的面粉。父亲已经离开了机声隆隆的磨坊，在院子里的石礅上蹲下，想吸一支烟。

这就是父亲。

我望着轰隆轰隆的磨坊看到那些新鲜的、带着琥珀色光芒的麦子在重浊的隆隆声中就被粉碎了。我想到了那口棺木，父亲已经不行了，再往前紧走几步他就会躺在那口最后的床上，无声无息在泥土里像一穗麦子被粉碎，最后变成细碎的壤粒，再生出一茬茬的麦子，然后再播种、成熟、收割，被粉化。

这最后的屋与床，是父亲最后的栖息，是给他心灵温暖的地方。父亲早早地为自己置办一个家，这是他安居的地方。

五

父亲是一个命运的承受者，父亲最后中风躺在临近沙河的乡镇医院。无词无言，有几次他用尚能动的一只手去拔输液器。

那个时候我第一次发现父亲的脸颊有泪坠落。那泪是混浊的、悲凉的，它缓慢地从父亲深陷的眼窝里努力地渗出来，慢慢积聚在眼角，然后再被土地的引力拉下，然后无声。

那些夜里，天天风的呼啸从沙河的河道扑来，每次都似乎觉得父亲焦躁，他想起来么？想走到窗前看看外面的风中的河道，他曾被罚劳役的地方？那风，我听出了哭声。

看着眼前这个躺在病床上的人，曾在冬天天不明的时候，早起在风中出门捡取枯枝，用来取暖做饭的人，现在病痛让他如一盘石磨一动不动，父亲他失语五天，我才赶往故乡的。

当父亲病倒了，母亲告诉我，父亲准备好了一身新衣服，说到春节见客人用。我仔细地审视着病床上的父亲，一张完整陌生的面孔攒击着我，他的假牙拿掉了，他的鼻梁和嘴巴由于中风都有些变形……胡须很长，眼仁混浊，才数月的分离，生活和命运已改变了他的模样。

这是和我血统最亲近的父亲？

“爹啊！”我用眼睛盯着他的眼睛，父子的眼里都含着泪。

父亲不能言语，他眼里有水，他连着有哭声的河，病房的后边就是那条沙河，满是冰凌的河上，有残破的芦苇。

这是一所乡间的医院，几排房屋，荒草没径，房子的这头住着父亲，房子的那头住着一个产妇。在夜里，我看见产妇房间里透出的朦胧的光和哭声，觉出生死竟是这般近，只有十米抑或五米了。

父亲的气息一天微弱一天，在一个夜里，二舅来了，来陪父亲。二舅年少时曾在我家寄住读书，和父亲很亲，晚年的时候，常聚在一起喝酒。到了夜深，二舅出去了，一会儿他带来一瓶酒和一包花生米，在寒冷的医院，我陪二舅喝酒，最后两人都醉了，二舅才说出：

傻孩子，你爹的病看不好，别往里扔钱了，那是无底洞。

我满眼是泪，按着老家的规矩，在大舅二舅的主持下，曾当着父母的面，确定母亲的晚年主要由哥哥负担，而父亲则由我负担。父亲病倒医院，哥哥姐姐不出一分钱，只是伺候。当时我的工资每月不到百元，而每天的医疗费用都是数百。连续多日的用药，父亲的病情未见好转。

二舅说：把你父亲弄到家里，我们不断药。慢慢调养。那样人都不受罪。

二舅是读书人，他的道理我懂，一辈一辈人，如新陈代谢，四季循环，概莫能外。

听到二舅的言语，我们舅甥二人抱头痛哭，我们心里明白，父亲从医院走出的那天，就离死亡又近了一步。

我像看到了父亲早早预备好的那具白棺，那最后的父亲的老屋，那屋子会被泥土吃掉，覆盖。父母儿女一场就是这样的聚合与分离么？当生离死别来到的时候，你的挣扎往往只是徒劳。该走的走，该来的来。所有的落叶，也只是无穷的落叶的再版；所有的芳枝与繁花，也只是那些前辈 DNA 的翻版。二舅说出了一个吃惊的事实：分别到了，你无法阻止。不管你愿意不愿意，你追不上，也追不回。

我无法接受这不必追,也追不回的事实。

我抱着瘦小的二舅,曾在年少的时候,和父亲一同生活多年的二舅,他喊着一声:“姐夫,我当家了。明天,咱们回家!”

我走到床前去看父亲。这是萎缩的父亲,他望着我们,我们望着他,他的手动了动,是想用手擦眼睛?我扑到父亲面前,只叫了一声“爹”就哭起来。

在寒冬无望的更深的夜幕中,二舅的哭声使人心碎,我的哭,二舅的哭,父亲无声的哭,在夜里飘散,在沙河的河道飘散。

但我的心此时却变得如石头坚硬,生活让我滋生了反抗,我们都必得承受生活给予的打击?那些好的医疗,那些好的服务,我的父亲享受不到。他被所谓的公私合营的允诺所套住,在青壮的时代,把力气手艺和财产奉献出去,后来又被裁下,没有说法,没有报偿。我看到和我父亲一起公私合营的未被裁下的那些人,享受着退休、享受着医疗和儿女顶替,对这个世界的冷酷,有一种让我报复的冲动。父亲没有思想,没有主见,别人规定他,他只有接受和适应,但他的儿女却不,他们心里都有很盛的火,可以把一些冷漠和无耻,烧个稀烂,愤怒滋生,那是力量。我不信,被奴役的基因不会突变和消亡,世界,你瞧着办。

那个时候,我觉得忽然长大了,那年我三十岁。没有了父亲,再没有人为你提醒一些事情,其实我们有时并非想听父亲的那些老掉牙的陈年旧事,只是想坐下来,靠父亲近一点,看他喝酒,看他一仰脖,酒,嗞的一声下肚的那种样子。在三十岁的时候,我丢掉了父亲,而在他死去二十年的时候,他在我的记忆里，也快要走丢掉了。

父亲是在临近年关的腊月二十五走的，那是午后，那天是我们什集的大集，他是等我们在集市上置办了他后事的所有的东西才走的。

在家里偷偷放了两天，在夜里，我们偷偷把父亲下葬。当棺材扣要扣上的时候，我给父亲在棺材里放了两瓶酒。

后来，父亲的那件羊皮袄姐姐要了，我只要了父亲喝酒的咂壶，作为一个念想。

埋父亲的时候，我走在冰冻的泥路上，感到像有光牵引，父亲贴着爷爷和我大爷，前面还有很多的空地，是留给我们的。

我知道，父亲的晚年好像在准备着一场死，但如何死，却不是他能预料的，他没有留下一句话，如土地一样沉默，沉默如土地。

没有了父亲，在亲情上，我将孤独前行，那年我二十九，过年即为三十，三十的骨骼开始强壮脊骨开始挺立，钙质大于流质，血中的盐分大于水分，内在的坚韧大于冲动。我将适应没有父亲的日子。也会慢慢靠近父亲，就如那酒，我也模仿父亲，一直曾喝到胃大出血抢救方止。

孤独的人生，有什么东西能亲近你，我理解了父亲，唯有酒耳。虽然，酒喝到了我的鼻子出血，有时在课堂，讲到慷慨激昂处就热血涌顶，鼻子的血如注。我还记得，在我去北大进修的前一年的冬天，竟不知何故得了鼻衄，鼻孔常常血流如注。四处求医问药也未能奏效。一日，父亲从乡下到城里看我，虽然一半是为了我的儿子，他说躺在床上，总睡不着觉，眼睁睁地总听见我儿子的声音一遍遍奶声奶气热热地唤他，从一家的房檐，滚到另一家房檐。父亲讲，他年轻的时候鼻子也常常流血，后来煎点茅根水喝下，就康康宁宁地不再反复地折腾了。

父亲说这话时透着一种来自土地的生存的毋庸置疑。

父亲走了，吃过午饭看看孙子就搭车回去了。而我仍坚持在寒冬的城里的中医院西医院一遍遍地穿梭：抽血，验血，听诊，会诊。那些日子夜里常常失眠，常常看到老家的讲台、楝树、碾盘，常常听见搓苞谷的声音传来，一声一声，像老牛迟钝的牙齿在反复咀嚼。

天亮了，又是一晌一晌地上班下班，周而复始地打发着病了的岁月。单位里的同事结婚宴酒请客，碍于情面，我抱着病体踏车前往。还未走出单位，就看见了父亲。已 70 岁的父亲，戴着褐色的农村老头常戴的羊毛制成的棉帽，摇摇晃晃地走来。

可等我归来的时候，父亲就要走了，由于住房的紧缺，父亲不在我这里过夜，匆匆而来匆匆而去。每次到来，他总提着些花生或是弄些玉米棒子，鼓鼓囊囊的一包。当父亲打开他那破旧的提包时，我觉得亲情一下子从包里溢了出来，包裹了我，吞噬了我。我还没有离开那片印满我父兄手印和脚印、哭声和鼾声的土地，我还能时时触摸着她的体香和她的收获。

我用自行车把父亲送到了车站，在去车站的路上，瘦小的父亲坐在我的自行车后座上，一遍一遍地叮嘱我：鼻子出血，以后少喝点酒，要照顾好儿子……

从车站回到家中，妻说父亲捎来了茅根。我见一张报纸裹了圆圆团团的一堆放在那里。那是一张《大众日报》。我知道，村中只有一份本省的报纸，在我的一个堂兄家。

晚上，就着灯光我坐在炉前，看着砂锅煎沸着一条条从乡下河波沟地里掏来的茅根……

从藏在平原褶皱里的乡间小站下汽车后，我知道，父亲还要步行二三里的路程才能到家，在冬日里的寒冷薄暮中，父亲摇摇晃晃地走着。空旷无垠的荒野上，黄土的道路蜿蜒曲折，一位孤独的老人，渐渐融进那片暮霭中……

在送父亲去车站的路上，我才得知前些日子，父亲因雪天路滑跌了一跤，手指红肿疼痛，可他还是坚持着在河波里刨了茅根送到城里。看着那包茅根，我什么也说不出，只觉眼前像有一轴画幅挂在那里：雪天里，年已 70 的父亲，在河坡里扒出一片一片的空地，一件棉袄，一顶帽子，父亲躬身大地，就如他拉着地排车在爬坡的时候一样，是啊，父亲推架子车，拉地排车，都是躬身向下的，好像向土地鞠躬，鞠躬大地的父亲，他一下一下甩着抓钩为儿子刨着煎药的茅根，露出的松软黄壤上，茅草一片金黄……

父亲去世 20 年，他的哥哥去世 32 年，也许他们弟兄两个会在土地下叙话喝酒，一堆白骨在劝另一堆白骨：“你小，你少喝点！”然后是土地的沉默，土地已平静地接受了死亡，这片土地见过太多的死，死于饥寒，死于天花，死于奸杀，死于溺毙，死于血崩，死于断路，死于殇亡。父亲一辈子被奴役，被压榨，他的权利就是承受，他以懦弱安身，对普通的百姓来说，懦弱也是一种权利，他们谈不上有尊严的生，也谈不上有尊严的死。记得父亲曾说过，当年他站在集头卖凉粉时候，正是国共拉锯正酣，为政权大打出手，一个国民党的兵端着一碗凉粉逼问父亲，是国民党好，还是八路军好。

父亲说，都好，都好！就是我们老百姓活得不要脸！

父亲毕竟年过了七十，但我想年长就好么？他又多受了那么多的煎熬，有时我觉得他活得长了。我还记得，埋葬父亲的时候，是用地排车拉着他的棺木，在硬邦邦的路上，我和哥哥跪拜那些要抬棺下葬的人，“大家轻点轻点，慢一点，他很少睡觉，让他睡吧……”

致不孝之子

一

我现在在夜里，还能听到母亲在隔壁费劲地喘息和叹息。我有时抱着她到客厅，有时和儿子一起，我抱着上半身，儿子抬着奶奶的脚踝到洗手间，或者妻子像喂孩子一样，在汤匙里把药弄碎，母亲嘴角耷拉，药从没有牙的牙床流下。

母亲，把她的全部衰老展现，就像给我展现数十年后自己的模样。我现在四十岁，正是母亲生我的年龄，母亲生我的时候大雨连绵。

由于接生婆没有处理好我的脐带，一连四十多日，我的脐带总是冒血水，母亲不敢挪动我，我的右脸就一直贴着家里破旧的床，后来，人们就喊我“偏脸”。

我的出生给母亲和父亲添了希望，也因为这个活口而屈辱，这屈辱像胎痣烙在了我的心灵。母亲在月子里，没有红糖没有鸡蛋，想喝一碗小米粥而不得，家徒四壁，父亲就求生产队里的领导，看是否能接济一下，为产妇熬一碗小米稀粥温补虚弱的身子，因为在我出生的时候，村里死掉个大队干部的父亲，生产队给他家送去了几布袋的谷子、玉米和地瓜干。但那乡里小儿一口回绝。一生没有尊严的父亲，在乡里任人辱笑的父亲，在众人的眼下，跪在地上，喊了那人一声“爹”，但即使这样，也没有换来半粒米。母亲躺在败旧的房里盼望着米下锅的时候，父亲从地上爬起，去投井，后被人救起。我后来常想，人间是否有轮回？因为我的生，就必得父亲的死，就非得父母遭受屈辱，并且使这屈辱浇灌我成长。

母亲一辈子生育了五个儿女，但前两个都只存活几天，当母亲真正做母亲的时候，她快三十岁了，所以她十分看重孩子，而且像大多数农村母亲一样，她重男轻女的意识十分浓重。

母亲守着我的童年、少年，一直到我到县城读书，后来我见母亲，成为走亲戚，一年只有很少的几次。

二

母亲晚年屈辱地活着，在父亲去世十年，她也去世了。父亲活着的时候，他们吵了一辈子的架，后来，母亲连吵架的人也没有了。

晚年母亲戒掉了烟，但和几个老婆婆玩纸牌。母亲的脑子好使，她打牌很少输钱。后来，母亲把打牌也戒掉了，一是眼花，再是记不清我给她的钱放在哪里。母亲说糊涂了，糊涂了就快死了。

母亲在晚年曾中风几次，慢慢调理就熬过来了。但就在2005年夏季的晚上,我接到姐姐的电话,说母亲摔倒了。那夜我和妻子把母亲接到了我住的地方,当时母亲小便失禁,我抱着母亲,像童年时候,我在母亲的怀抱,我小时候不知多少次把小便撒在母亲的衣襟上。

也许,在人们眼里,我是孝子。每次回家都给母亲钱,有时也接她到城里居住。当母亲在大哥或者姐姐家里住的时候,我有时也拿一些钱。邻居都说母亲命好,有个好儿子。但我总觉得,我不孝。当我听说,母亲在大哥家里吃不饱,到别人家要馒头时,我落泪了。当母亲跌倒在姐姐家,我夜晚用车接母亲时,那是夏季,我看到母亲睡的是秫秸的地铺,还是冬季的一些东西。姐姐说,母亲夜里常从她居住的用厨房改造的有地铺的局促的屋子去敲姐姐的门，有时姐姐怕母亲敲门影响自己睡觉，就把母亲的门从外面用门吊挂住，母亲却把那门吊都扭断了。夏季,闷热和跳蚤,使母亲不能安眠。

哥姐说每家养母亲四个月，当母亲在我这里住的时候,我也只是满足母亲的温饱,而精神呢？我只是把母亲当成了一个需要供养的老人,用钱和衣食来打发罢了。我注意过母亲的叹息、母亲的忧郁吗？老年的孤独,像枯干的树。怠慢了母亲,在母亲进入老境的时候,我却匆匆奔赴在灯酒场所。其实,母亲要的不是儿子的腾达,是平安,是孝,是不对母亲造成心灵的伤害。

在去年旧历的年底,哥哥把母亲接走,说家里的一些子侄辈要拜年叩头，老人不在老家过年说不过去。母亲是腊月二十六的晚上被大哥用机动三轮车接走的。那机动三轮车上一床被子蒙住年迈的母亲，回到了冬天平原深处的老家。而某些人把母亲当成了摇钱树，得知在母亲这次回家没有带走钱的时候，竟让别人替母亲拨通我的电话，话筒里只有“耿立，我是你娘”这一句话反反复复。

我一遍一遍追问，娘你有话就说，但母亲不会使用电话，我知道，电话的那边母亲在遭罪。那夜，我哭了许久。而当妻子有次到姐姐家看望母亲，母亲说姐姐让她装病，母亲偏不。也许在农村看来，在大学教书的我，在家乡的电视和报纸上整天出现的我，是很有些钱的，而一些无耻的人把母亲当成摇钱树，敲击一下母亲，我这里就会淌出眼泪和金钱。

也许，我是不孝的，但我也用“孝”这个字和家乡的土地划开了一个鸿沟，那片土地给了我太多的伤害，包括通过伤害母亲来间接伤害我。

三

母亲死在了旧历的七月底。埋葬后的第二天，学校开学，我忙着备课接待新生，在讲台开讲时一直忧郁压抑、恍惚迷茫。母亲在老家过她人间的最后一个旧历年的时候，我没有给母亲钱。母亲在老家没有几天，妻子回老家见母亲额头有伤。邻居说，是被某些人打的，而有的人说是磕的，我是宁愿相信是被打的，老母亲被打不是一次两次。在母亲的棺木前守夜的时候，大哥告诉我，母亲在春节的时候，用拐杖把他家的玻璃敲碎了。我想，该是什么愤怒，才让一个母亲敲碎儿子的玻璃呢？况且这是我的不论儿女怎样给她委屈，她都能承受的老妈妈呢？母亲躺倒在我家的日子，大哥曾来我家一次。时间匆匆，但到了晚间，母亲开始高烧，开始惊叫："救救我，救救我！"那是母亲被唤起了可怖的记忆吗？也许是土地的苦寒，使人的本性扭曲，扭曲到凶残，对自己的父母也不放弃榨取，还有的因为对土地和人生的悲悯，看到了苦难成河而心怀良善。无知者无畏，没有廉耻，会把人变成怪物。

其实，血缘是代表不了什么的，如果有血缘就爱一切，就容忍一切，那么，我不要这血缘。

母亲在我家里躺了两个月，这是母亲在我家住得比较长的一次，她害怕楼，在楼里生活不便。我记得有一年，母亲在我家住，我从外面回来，看到母亲趴在窗台向外张望。当时我住的楼下是一楼，有个孩子三岁，每次我从他窗下经过都看到他在张望，还向我微笑招手。寂寞，何分老幼。

母亲卧床，需要翻身，需要像婴儿一样换尿布。一次，我抱母亲下床换尿布，也许是我的不小心使母亲疼痛，她用手抓了我的大腿，那血，很快就从大腿流下。我知道，这血是从母亲那里流出的，母亲是这血的上游。母亲用手抓的痕迹留在我的腿上，也许，过了明年夏季，那痕迹会退掉，但我心里自愧的滴血，想是永远不会退去。

母亲去世的时候，天降大雨。凌晨四点，我为她盖被子，当我走出她的房间，她微弱地喊了一句什么，我没有在意。当妻子六点为母亲准备早饭，到她房间看她的时候，妻子说母亲呼吸微弱。我把母亲抱起，准备换尿布，母亲把小便撒在我的腿上，然后去世。

那天的雨真大，灵车在妻子“娘，咱回家”的哭泣里，在平原的雨里穿行。但农村的路在雨天泥泞，灵车围绕村子一圈一圈走，找一条回家的路，最后仍是不能通行。在雨里，把母亲从灵车抬下，妻子哭着：“娘，你活着的时候没有坐着车围着什集(我的老家的名字)转过，你死了，却围着庄子转。”

我把车费付给灵车的司机，跟着雨中的母亲，走在老家的泥泞里。

四

母亲在老家放了三天，就下葬了，是我的堂叔做知宾，料理丧事。老家的殡葬改革是要求人死掉必须火化，然而老人都怕烧那一下，母亲还是土葬了。

父母生前是争执了一生，死后要合葬，不知这是否符合老人的意愿。但我看到了墓坑里，父亲的棺木还没有腐朽坍塌，那黑黑的颜色还在，父亲生前为自己和母亲打制了梧桐木的棺材。

往墓坑里撒土，然后别人的铁锨把湿湿的土一下下填进去，姐姐在哭喊，我把柳木的孝棒扔进墓坑，年已七十的堂兄说会长出柳树。母亲看到了我的生，我看到了母亲的死，也许是机缘，母亲说我是天要亮的时候出生，母亲是天亮时死去。

其实这块墓地是爷爷生前选定的，我没有见过爷爷：爷爷进过私塾，但脾气耿直，好喝酒，年纪不到五十就去世了。母亲说爷爷一次喝酒大醉，正是秋天，该用棒槌捶打地里割下的大豆，爷爷就用胳膊当成棒槌，一下一下捶，真是豪气干云。

父亲还在世的那年三十的下午，我曾随着父亲上坟，父亲说他死后埋掉，前面的空地是留给子孙的归宿。

这也是一个家，我从老家房屋、从父母的家走出了，不想再回到那个地面的家，而地下有父母为我们守护的家，我们还会回去吗？他们需要我们回去吗？他们是否还像迎接我从外求学回家的模样，迎接我呢？

四十岁了，没有了父母，以后没有了父母的遮拦，衰老就慢慢临近了。父母给我们遮蔽了死亡，当父母已去，我们要学会向死而在、向死而生了。但玉米地里的墓园，那些蓊郁的玉米，那些气息一直在我的口鼻里存留，当黑夜到来的时候，母亲该怎么办？她一直是惧怕黑夜的。

一头来自异乡的驴子

平原厚实的夜只有一种声音可以穿透，那就是驴的叫声。文人说的“马嘶如笑，驴鸣似哭”，对驴似是一种误读的诗意，根本没有触到平原和乡村那种土地、柴烟和衰草混成的气息。夜已深，驴的鸣叫忽然四面充沛慷慨地令没有准备的人吃惊，但过后，你就会习惯，这没有娇啼的声响，在黑暗里，在没有边缘和无比恐怖的胆怯里，是那么的粗犷，毫不犹豫，格外精神，像是给睡在平原床上的人以支持安然。

这其间乡村和平原实在是静寂落寞。

乡村和平原好像浑然不知驴子在历史上的本事，比如“建安七子”之一的作家王粲，在他高兴的时候，喜欢学驴叫，王粲的举止常引友人捧腹不已。据说王粲学完驴叫，才思格外敏捷，如泉喷涌。建安二十二年，王粲突然死于瘟疫，消息传来，整个建安文坛被震动了，曹丕更是不胜感伤。在为他举行隆重的安葬仪式之后，曹丕在王粲的墓前说道：“仲宣平日最爱听驴叫，让我们学一次驴叫，送他入土为安吧！”随即学起了驴叫。和曹丕前来吊唁的才子们也一起学起了驴叫。于是，在王粲的墓地响起了一片嘹唳的驴叫之声，声彻四野，这起驴叫的送葬礼在文学史上成为了千古绝唱。乡间也有许多人善于学驴叫，在劳动的空闲，说不定从谁的口中一叫：“喂哇，喂哇。”似是吐出了一口恶气，换得人以片刻轻松，当然，乡间也有一种普遍的偏颇，把驴看成一种被侮辱的对象。

我是一个对驴充满尊敬的人，虽然我知道拿破仑在远征埃及途中曾下令“让驴子和学者走在队伍中间”，但那是欧洲的驴子，我对驴子的感恩是缘于一头来自河南许昌的驴子。它是那么的平凡，灰的皮毛使人感受到世间的剥削和损耗，身上的鞭痕使人想到怜悯——三十年后的我是在一种怀念的袭击中想到了见它的最初的画面。在冬日的阳光下去、暮色渐紧的时分，一个驴车凑到了我家的土门前，我只十岁，一个陌生的外地人模样的人抻着脖子向我家张望，直到母亲疑惑地走近，那人在皮帽子下笑出声来！

是谁？这样怪怪的。我看到的是一张布满霜雪辙迹和脚印的脸。那头驴子，也是一种从无垠的荒野低头而行的模样，脚掌贴着冻得硬邦邦的满是寒气的大地，像后来看到的一幅本地画家的木刻——风霜雪雨、劳累剥蚀、饥肠辘辘、鸡声茅店、人迹板桥——两年的分离，闪回、转换、认出来！

那是我的父亲和一头远道而来的驴子。

都到家了，在寒冷的季节里，一处让人和生灵感到温暖和安适的地方。那几年是父亲人生失败的最低谷处，先是长疮，一年不能行走，再是到山西吕梁、安徽亳州，都是做货郎，我知道了黄昏和夜里，有谁拍你的肩膀，你千万不要回头转身，那是狼从喉间夺取生命的伎俩。对山西的最初的刻痕，就来自父亲这样的叙述。亳州是曹操的老家（春夏读诗书、秋冬弋猎的曹操是父亲所不知的），父亲带来了一只安徽的拨浪鼓。后来父亲去了河南的许昌，在那儿靠拖地排车苦力营生，时常在饭馆里像乞丐一样吃别人剩下的饭菜。父亲回来了，带来一头来自异乡的驴子。

那夜，整个平原都熄灭了。

不知什么时辰，后来母亲说那是半夜，驴的叫声突然"喂哇喂哇"地响起，声音高亢，在叫声中，那夜让人感到更黝黑更邃深，高亢的声音裹着浓黑从一家房檐到了另一家房檐，动静那么大，你就像躺在那声音的臂弯里，似睡非睡，像是人形容的假寐，但给人一种安定。

若是月夜，那月色便在驴的鸣叫里增添了振幅和动感；又若是春夜，麦香有点撩人，睡不沉实，就盼着驴叫，或者爬起看一下驴子再回来才能入睡。

驴在我家一年，就卖掉了。卖它的时候，父亲把家里的黄豆炒了一升，让驴好好吃一顿饱饭走了。

驴走后，我才感觉到了它在家庭里的位置和意义。平常父亲总是喜欢用驴车拉几车土垫垫院子，在秋天拉庄稼时，特别是玉米秸秆，父亲一捆一捆地码在车上，高高的像坦克。一次，是夜里，车装得很高，月亮出来了，父亲让我爬到车上，那时月亮是潮红的，而且很圆很大，在远远的地方，有人点起野火，好像是在烧豆虫，空气里弥漫着好闻的煳味。

父亲和驴子在前面踢踏走着，突然父亲像有了兴致。

“给你说个谜，‘抬头望月’。”

“……”

“猜呀？”

“仰光！”我有点自豪，在月夜里，我像是在一辆坦克上，而坦克飘在月光里，这时，驴好像感到月光的诱惑，它突然大叫起来，那种声音在秋的平原的空阔里，感到有无穷的魅力，一切都静止了。好像驴与我与父亲成了夜幕和月色的主要的角色，好像脱离了尘俗！

驴子卖掉后，父亲陷入了一种孤独与自责。父亲不善语言，他把与驴子无言的交流当成了一份生趣。在艰难的岁月里，与人处不易，这也许是驴子和父亲深层情感的隐秘。父亲在河南许昌赶驴做苦力时与驴订交，一共四年形影不离。冬天父亲把取暖的被子披在驴子的身上，霜雪把驴子的额头覆盖。但生活的逼迫，使得父亲不得不把驴子卖掉还债。

但是一天夜里，父亲说，“驴子回来了”，起身果然见驴子站在门前，那时天还未明，就像童话里的驴子一样，驴子在门口站着，我想它可能会开口说话，告诉我们它在那遥远村庄的事和它对于父亲的思念。父亲开开房门，让驴子进来。那驴子一点儿都不客气，径直走进房子，父亲捋捋驴耳，驴子用脖子贴贴父亲,就差没有拱手问安了。

父亲把驴子送回买主,后来,驴子隔一段时间还来,在门口站一下,又原道返回。那时在真切的驴的叫声里,在农村天色微明的田野上,那头驴子远去了。

有一天,父亲到公社拉着车子买化肥,远远地就见一头驴子拖着犁铧奔跑而来,蹄脚上满是犁铧碰撞的血痕,听见驴子后面人的吆喝:“疯了,驴疯了,躲开。”那驴子拖着犁铧飞跑着,全然不顾犁铧撞着蹄脚,“咣当咣当”。但等驴子到了父亲面前,它却沉静了。父亲细看,原来是我们家卖掉的那头驴子。驴子表现了一种激动,父亲拉化肥从这个村旁经过,这个村子正是父亲卖掉驴子的地方,不知是什么灵犀,正在耕地的驴子知道了父亲的经过,它好像要尽地主之谊,非得和父亲会面,它焦躁不安,向驭它的人发出信息,但它的现主人听不懂,于是就上演了从田野罢工、遁逃、飞奔的一幕。

父亲把这件事给大家说了,大家都感到惊奇。驴的脾气确然是倔,它可以不耕地怠工,你可以鞭打,可以断绝它的食粮,但它非得要见父亲一面。

可是后来,我离开了村子到公社上学,驴子夜晚到我家来过几次,我都没有见到。但驴和人一样,墓草苍黄,终要老去,老了的驴子步履开始显得迟缓,牙齿开始脱落,在一日夜里,父亲起来,他知道驴子来啦,但拉开门闩,父亲看到了这样吃惊的场景。

满是泪水的驴子前膝跪着,是那样的不依不饶。

驴子的买主看到驴子一天天老去，不能再做重活，就于夜里商议，天一明把驴子牵给屠夫宰杀换钱，敏感的驴子肯定是感到了血腥要扑鼻而来，它挣脱缰绳，回到了父亲这里。

已经没有多少毛发的驴子跪着，上面满是鞭痕，它开始悲鸣，一声一声，父亲说就像孩子的涕泣。这就是驴子的命运，老了的驴子难免被宰杀的命运。耕地，拉磨，侮辱，鞭笞，没有改变这头驴子的敏感的生命，在被蹂躏的日子快要终结的时候，它在夜里为它和像它一样的驴子悲鸣，真是何堪其痛，让鞭笞的人听到那种叫声都要低下头反顾一下，多少人听到了驴子的叫声再也睡不安稳，夜，驴夜，让人感慨！

我知道爱驴子被人看作不雅，但人和万物应该是一样的，关怀驴子是一种对生命的珍爱和敬畏，是一种良善。大儒周敦颐“窗前草不除”，人问其故，他说：“与自家意思一般。”因为窗前草体现了自然界的“生意”。“为天地立心，为生民立命，为往圣继绝学，为万世开太平”的张载喜欢“闻驴鸣”，这也不为别的，因为驴鸣体现了自然的生命和谐。驴叫看起来是小事一桩，但我们可以意会良多，回味良多。父亲把驴子赎回不久，驴子就死掉了，父亲独自把驴子埋掉，埋在一个不为人知的地方。时隔多年，父亲也死去，我总想为父亲立一块碑，上镌：“这是一个热爱驴子的人。”但碍于乡村的风俗，我一直没有这样做，但歉疚一直折磨着我，对驴子对父亲，我想说：

“我爱你们，驴子和父亲！”

美学格子

一

何谓节气，有一年农历春节前和朋友策划，让书法家谢先生把有关二十四节气的诗词写下，准备出成线装可翻阅的节气册子放在人的案头，让人感受日子的名字和起伏，就像有双手握着雕刀在岁月的立柱上刻着什么，那自然的刻度就在咫尺，能给当下负重的心灵一点儿温慰，但这计划最终搁浅，人们看到节气的内容只是摇头，谁懂节气？这有何用？收藏古董么？哪有收藏日子的？

那时我有一种无名的伤怀，这种规矩没人遵守了。

我说你懂寒来暑往么？春来草青，秋至木叶尽黄，这是先人给我们的实用美学啊。时间是走的，发明滴漏的人看到了，就画出了格子，节气也是一个个格子，是古人给我们画的美学格子。我们在这些格子里可以读到古人的匠心。立春、谷雨、小满、芒种、寒露、冬至……一个一个的格子里，储满了皑皑的雪，柳间的蝉鸣，稻田的流萤，木叶的尽脱。

这是节气的规定，冷的时候就冷，热的时候就热！节气在哪里？节气就在我们的身边，可惜很多人已经失去了感悟节气的能力。大家都懵懂地活着，不知今夕何夕，没有了精神的线条，有的只是岁月的肚腩，腐败的肠胃。没有了和自然同步的生活，自然被我们关在了门外，其实节气是自然与秩序美的约定，该来的时候都来，该走的时候都走。

但现在即使是我，也要翻看日历才知道哪天是哪个节气。对一些节气：小雪，望文生义，雪下得次数少，雪量不大，故称小雪；惊蛰，是谁把地下蛰伏的虫子打搅了吗？

后来见《月令七十二候集解》中有："小雪，十月中，雨下而为寒气所薄，故凝而为雪，小者未盛之辞。"虹藏不见，多么诗意，虹躲起来了，到该她出来的时候，绝对误不了事，该酣睡的时候就酣睡，该藏起来的时候就藏起来。

惊蛰，"二月节，万物出乎震，震为雷，故曰惊蛰。是蛰虫惊而出走矣"。惊蛰的意思是天气回暖，春雷始鸣，惊醒蛰伏于地下冬眠的昆虫，"出走"二字多传神，如离家逃学出走的孩子，出走何尝不是一种革命，何尝不是一种背叛。

这时暗暗脸红了，才知望文生义的不对来，小雪，不是雪下的次数少，而是雨遇到寒气，开始凝结，但雪不大，这个时候，天上不再有彩虹；而惊蛰，天上开始有了隆隆的雷声，这是自然自己的事情，人管不着，一切的自然里的东西，都有看不见的道在管理。所谓的依天时顺天意，按老天的脸子办事，是有深度的道理。就像闻鸡起舞，人听到鸡司晨，马上爬起，而冬眠的虫子，一听到雷的呼喊，也开始蠕动身子了，够了，睡了一冬了，把骨头都睡疼了。

在我的眼里，古代人的眼睛特别的锋锐，如鹰隼，又特别的温和，如佛目；古人的皮肤也特别的敏感，他们的心很静，自然界一有什么声响，他们就在心里划下刻痕，或者是在墙上，树枝上。

那种日子才叫淡定，真叫从容啊，有板有眼，不潦草，不妄为。

那时的人有一颗肃穆的心在，那时的人做事特别的虔敬，有古意。一年之计在于春，当春风来的时候，古人是那么的庄重，在古人眼里和概念里，风是上苍的使者，她从不误时，来的时候就来，是那么守信，人们对风是崇拜的，她从老天那里来，带来的是上苍的口信。《国语·周语》说朝廷有专门的乐官太师负责听春风，发现春风开始吹拂了，就要报告天子，然后朝野上下，全面动员，举行盛大的春耕仪式。

"孟春之月……东风解冻。"

"季夏之月……温风始至。"

"孟秋之月……凉风至，白露降，寒蝉鸣。"

"仲秋之月……盲风至，玄鸟归，群鸟养羞。"

风有雄雌，风有脾气。风也有喜怒哀乐，它的表情和语言，告诉我们：所有物种都离不开风，人也是无数物种的一类，不是异类。

我猜:所谓的节气,是以气的大小缓急来划分的,古人知道老天的脾气,顺着老天的脾气,不惹老天生气,对老天和和气气。不像现在处处拧着老天,说战胜老天,把老天打得血肉模糊。

二

节气的美学格子里储满了声音,古时的人的耳朵特别的敏感,不像现在的人耳朵里塞满了嘈杂,脑子里塞满了嘈杂,现在的人对自然的动静麻木,如古人形容的那样春风过驴耳。

有时我曾想从古人那里借一双耳朵该多好,那样就可躲在节气里饕餮各种声音,四季各有声音的标签。整个世界就如一个共鸣箱,但那声音,我们听得再多,也不烦。

若是惊蛰了,就听黄莺叫。

惊蛰,仓庚鸣,仓庚的名字好,仓,清也;庚,新也;感春阳清新之气而初出,其名最多,《诗》曰黄鸟,齐人谓之搏黍,又谓之黄袍,僧家谓之金衣公子,其色鹂黑而黄,又名鹂黄。谚曰黄栗留、黄莺莺儿,皆一种也。

这是一只能搅乱深闺的鸟,这声音是撩人的,也可以挑破人的梦,惊蛰了,情欲也从某个部位蠢蠢欲动,鸟声本是上苍赔给人类的音乐,是耳朵的享受,这黄鹂对老杜是一种神思旷远的清幽,而对梦到辽西的女子,无疑是“重金属”,把她的梦击破了。于是她就开始想到打跑鸟儿，把声音也打跑。

夏之烈，一半是各种声音的聒噪。立夏，蝼蝈鸣。蚯蚓出。芒种，百劳鸣；夏至，蜩始鸣。各种声音在夏天的节气里，扯着嗓子，有低音，有高音，美声，民族，世界就如一场音乐会，青蛙有和声，有多声部。

少年夏日，曾与父亲拉排子车到县城送货物，天晚归来，当走到村北的泥之河上，正躺在车厢里，睡意蒙胧的我被铺天盖地的星光和蛙声合围。我仔细分辨不同的蛙鸣，然后默默地计数：一、二、三——怎么也记不下那壮观的农事乡土的旷野合奏曲，似鼓，似锣，有弹有拨，有裂帛，有碎花，有茶盅跌落的清脆。但感到那时的喧闹乡村竟然是一个“静”的所在。

热是夏日节气的主调，要选夏日的代言者，非蝉莫属。这些声音渲染炎热，让你的汗腺贲张，你的血管就如一个温度计，能清晰感到地表的温度从脚趾爬升，一直随着蝉的“知啊知啊”到达腋下到达额顶。

但蝉是跨界的，立秋，寒蝉鸣；而到了秋分呢，雷始收声；那就开始听蟋蟀叫，我有个幻想，吾之同乡王禹偁在黄州太守任上，破如椽的大竹为屋瓦，他说住在竹楼上面，夏宜急雨，声如瀑布；冬宜密雪，声比碎玉，而无论鼓琴，咏诗，下棋，投壶，共鸣的声音特别的好；现在，若是捉千百只蟋蟀，放在竹瓦下，一只蟋蟀说话，千百只蟋蟀说话；缓缓地说徐徐地说，沉沉地说快快地说，舒舒缓缓舒舒，从立秋日说到冬至，把秋温一下子奏成冬肃，那该多能令人神畅。曾有一个在秦城监狱待过的人写过他在监牢的秋天里放风时,在草地捉几只蟋蟀,然后带回监牢,晚上就听这自然之声。

可是如今,推土机占领了城市,推土机斫伤了历史,也斫伤了现代,蟋蟀的唧唧愈是迥不可闻。记得有一个朋友的女儿问我,什么是地平线?我无法回答。现在的孩子们远离了乡野,远离了夕阳,亦远离了黄昏与地平线,马达的隆隆代替了青蛙的咯咯蝉鸣的嘶嘶,只是在夜里,也许还有一些坚韧的蟋蟀,从郊外潜回城市,为人们收拾一下前夜的残梦,让幻想留几个脚步在现代。推土机占领了城市,污染肆虐了城市,大自然无一不受伤,诗意逃遁,蟋蟀也像是一种惧怕污染的植物,从市中心悄然退隐,一直撤到城市的边缘,乃至死亡。

大雪呢,鹖鴠不鸣。冬天需要安静,所谓大美无言,热闹够了,就需要调养,一静一动,天地之道也。冬天是储藏的季节,一切的声音在储藏,在蓄积。那也是各类的动植物乃至人修复自己听觉的时候,那也是对一年的声响反刍的时候。曾在友人的文字中读到这样的故事:有一常年居住山里的印第安人,受一纽约人盛邀,要他到钢筋水泥的城里做客。等出机场穿越马路时,那印第安人突然喊道:"你听到蟋蟀声了吗?"纽约人大笑:"您大概坐飞机久了,是幻听吧。"走了两步,印第安人又停了下来:"真的有蟋蟀,我听到了。"纽约人乐不可支:"瞧,那儿正在施工打洞呢,您说的不会是它吧?"印第安人默默走到斑马线外的草地上,翻开了一段枯树干,果真,趴着两只蟋蟀。

为什么城里的人听不到节气深处的声音呢?是他们的耳朵

退化了么？不是的，而是他们的耳朵里满是车轮声、枪击声、演奏声、打桩声、滑翔声，种种人为的声音遮蔽了自然之声，久而久之，他们的耳朵淤塞了，劣币驱逐了良币，美好的自然之声，就被关在了外面。

三

我们先人的精神空间十分广阔兼可爱，有些事现在看来没道理，荒诞，但无理而妙，我想，我最浪漫的事就是按照古人二十四节气的规定重复一遍，再重复一遍的生活，而后在节气的某个时段终老。

古人一直是一年一年复制二十四节气的生活啊。

那时的人不急躁，心态从容，不像现在的人焦虑烦躁和郁悒。

古人认为，惊蛰的最后五天，鹰化为鸠。鹰，鸷鸟也。此时鹰化为鸠，至秋则鸠复化为鹰。

谷雨的时候，田鼠化为鴽。阳气盛则鼠化为鴽，阴气盛则鴽复化为鼠。

立冬之日水始冰，又五日地始冻，又五日雉入大水为蜃。

最妙的是大暑，腐草为萤。这是多么浪漫的事，那些可爱的萤火虫是腐草而化，这才是化腐朽为神奇啊，这是我们古人的愿望，古人相信万物有灵，且这些的动物植物可以互相转化，像串门那样方便。

古代人的浪漫和迷信,不是科学,但这是意境与想象,拿现在的科技来要求诗意,无乃关公秦琼之类太过乎?唯物主义不是那么可爱,多一点儿务虚之美,使我们的生活有了神秘,有了色彩梦幻,我们的生活,我们的周遭不再那么生硬,如今的一切都拿科学说事,我觉得我们现在人的审美能力下降了,美的情愫失落了。生活少了美感,多了疼痛。

我想到我的老父亲,已经故去二十年了,早已和泥土融为一体。

记得,每到霜降的时候,他就把地瓜用窖藏起来,那是如地道战里的地道那样的井窖,他把地瓜码在窖里,一块一块的地瓜,如婴孩那样肉肉地卧着,然后就用一层沙土覆着,那沙土讲究白,讲究细而软,你抓起来,就如水从你的手指缝里漏下。

一层沙土一层地瓜。一层地瓜一层沙土。有时那里面也放上白菜和柿子,一块挤在冬天里热闹。

最妙的是父亲给这窖井留一个气口,父亲说,地瓜要喘气,像人一样。

是的,特别是冬天埋辣萝卜胡萝卜,随意地在院子或村头挖一个坑,把萝卜放进去,用黄土盖上,那坑的中间位置就竖一根秫秸秆,就像现在病房里的呼吸机一样,父亲说,萝卜也喘气。果然,一年的大雪时节,下了一天一夜的雪,到了半夜时分,雪停了,月亮出来了。

外面是月亮的白和雪的白, 屋里也是雪的白和月亮的白。我半夜下床解手。光着脚丫,一踩地上,就如一层白白的冰,那种透心的凉使我打个激灵,随即小鸡鸡也缩如花生豆。

父亲让我往外看一看,有什么变化?

我看见俺家的院子,如裹了雪的被子,埋萝卜的地方,那根秫秸秆立的地方,特别是那根秫秸秆,一节一节地冒着热气。

我说不出。

父亲沉吟地说:谁都逃不过节气啊,该落的时候都落。当时我不明白父亲的意思,该落的要落,是指的雪么?好像又是又不是。

如今,我一年四季都脱离了大自然,像被土埋在坑里的萝卜,但我有一根呼吸自然的秫秸秆么?

现在埋我们的不再是土,而是一个个的商场,一个个的橱窗,是案头的电脑,是推不开的酒场。我们忘记了我们是喘气的,在这样的土覆盖下,我们会越来越窒息,直到枯萎死亡。

我想到有次要在雪天里吃包子,父亲弄了二斤羊肉,用刀剁碎,要吃羊肉胡萝卜馅儿的包子。

父亲派我一个活儿就是到雪地里挖胡萝卜。

我蹚着雪,在有秫秸秆冒气的地方,把雪弄开,那时的地,也冒热气,其实地是冻得十分结实。

干活干得我把棉袄脱了,那胡萝卜才露出脸来。

那萝卜真好,红红的,肉肉的,鲜亮饱满,看得出汁液鼓鼓囊囊的,奇妙的是,那萝卜的身上竟然长出了细细的根须,头上也有了绿莹莹的芽。

这是雪的梦么?

父亲说：喘气的萝卜不死！

是啊，如果农人在冬天在窖里坑里埋藏萝卜的时候，不给它留一根秫秸秆，等你吃的时候挖出来，那时的萝卜或者糠了或者腐烂了。

我们被现代的沙土覆盖得太深了，如蒙眼的驴子，在黑暗里消耗着生命。我们没有一根秫秸秆给我们输送养分。我们忘记了我们首先是生物，然后才是人。

若生物忘记了呼吸，若生物被剥夺了呼吸，你试试。那只有死。

父母故去多年，有时我回到那片土地上，我像一个陌生人在寻找着什么，在酒肆在饭馆在乡间野炊，乡音尚存，但少了一些滋味。年没有了年味，那时多好啊，冬至了腊八了，一家老小高兴地聚在一起讨论怎样置办年货，淘麦子磨黏面蒸花糕包饺子，求有学问的人写春联，期待着踏着雪走亲戚，讨一些压岁钱；但现在的故乡，一些习俗一些东西已经被肆意地篡改了，置身在被污染的河流与化工厂酸味中间，有时有一种怆然，想大步离去，但我还是不死心，目光炯炯地四处搜寻。

想迎面碰到一座老房子，一株上年岁的树，一调来自父老的乡野俚曲，想到集市上被那些喧闹的肩膀抗一下，被那些脚板踏一下，被大奶的农妇骂一下。但故乡太过纤弱，他的一些历史已经被挤压到可怕的虚无。到处是喧闹，内心里只想呐喊一声，故乡，你放慢一点儿，你的灵魂已气喘吁吁赶不上你匆忙的脚步。

有时发现一个民俗馆，我总是挤进去，即使到了闭馆的时分还是那么贪婪地看着念叨着，看到一件件农具，灶台、织布机、唢呐、纺车、虎头帽，刹时，我就像被一种巨大的幕布围裹起来。唢呐响了起来，织布机也唧唧复唧唧，纺车的吱扭声，红车子的鸣叫声。还有风箱的呱嗒，牛羊鸡狗，出栏的声音回窝的声音，整个展厅成了一个音箱。我走在其中，左顾右盼，前仰后合，我被那些声音和气息覆盖，像回到了我的童年。但我又想，这无疑是一些木乃伊，是一些悲怆的化石和僵尸而已。

现代的文明太霸道，太自负，也欺人太甚，这些纯朴未凿的原初生活，这些节气下的民俗，被无情地抛弃了，那些原本天然的东西变成了民俗馆的收藏。那些非物质文化遗产，像是医院里的呼吸机；我的故乡的风情，像是临终的抢救。

故乡已经毁容，故乡已经被凌迟，再临终抢救再临终关怀也挽救不了故乡的性命。

四

节气的格子就是天人合一的格子，是古人用墨线放线，然后用斧子锛，用凿子锯子，这些结构是榫卯结构，是依据天然，不改变自然的习性，与野草为邻，被露珠包围着，被雪花包围着，这格子里的房舍、草垛、牲畜，还有黄昏，都是和谐的，即使有些虫子喋喋不休，大家都能容忍。有些老中医会把脉，而一些农人也会为土地把脉，一些风雅的士人为风霜雪雨把脉，为晚睡的梦和梦呓、为鸟巢把脉。

古人认为万物是有灵的，古人认为万物是有情的。古人的生活是与自然同体。

雨水的节气到来，是正月中，所谓“天一生水，春始属木，然生木者必水也，故立春后继之雨水，且东风既解冻则散而为雨水矣”。

在这个季节，应该举行一些祭奠，这个活儿是獭干的，古人解释雨水用了这样一句陈述：獭祭鱼，獭一名水狗，贼鱼者也祭鱼，取鱼以祭天也，所谓豺獭知报本岁始，而鱼上游则獭初取以祭。这是多么令人感动的祭奠场面，水獭来祭拜上苍。满怀敬畏。先祭拜再食用，我想到母亲，在春节的时候，把饺子舀出，也是祷告上苍，然后让我们吃。

到了立春日，古人会喝春酒，古人的素常生活多的是情趣，是飘逸。就如司空图的《二十四诗品》有一品《典雅》：“玉壶买春，赏雨茆屋。坐中佳士，左右修竹。白云初晴，幽鸟相逐。眠琴绿阴，上有飞瀑。落花无言，人淡如菊。书之岁华，其曰可读。”这样的画面在我是十分欣赏的，常把“落花无言，人淡如菊”看作人的至高境界，但我对“玉壶买春”一词一直疑惑，是“小楼一夜听春雨，深巷明朝卖杏花”？把淡荡的春光买来，把杏花枝头春意插在梅瓶里，作为案头的清供么？古人是有这样的雅致的，《红楼梦》中有这样一情节：妙玉把梅花瓣上的白雪收集在一个坛子里，在地下埋了三年，再拿出来泡茶喝。而在今天的我们的都市，这样的雅趣怕是受到了阉割，已杳如黄鹤。雾霾来了，煤烟和汽车尾气造成的混合型污染，酸雨和二氧化硫污染面积扩大，雪还是白的么？如果再像妙玉一样收集“纯洁”的雪水，埋在地下三年，不知那水馊了几次死了几次？含有几多的致癌物质几多的细菌几多的无奈，哪里能喝，即使漱口，也是满嘴白牙变黑齿，徒呼呜呜了。

后来我知道所谓的玉壶买春，在中国古代的意思就是去打酒，买春酒。古人的生活很寒素，一般的人家冬日是没有取暖用具的，不像现在我们的暖气空调水暖地暖一应俱全，强奸了冬天，放逐了寒冷，改变了季节的基因，所以古人到了立春日，大家就会聚在一起喝酒祝贺：寒冷去了，春天来了，大家去踏青喝酒，这是多么雅的事。“酒”字前头着一“春”字，好像红杏枝头春意闹一样的喜庆一般的欢快。我想，所谓的立春日的春酒，一是指立春当天喝的酒，再是指为迎接春天酿造的酒吧。

但是现在的人少了诗意少了雅致，也没有了禁忌，也少了敬畏，禁忌是迷信么？禁忌毋宁认为是一种怕，我们古人是知道害怕的，但后来这种素质被灭失了，我们是在不怕的教育氛围成长的，天不怕，地不怕，不怕牺牲，不怕祖宗，对自然的一切都敢踏上一只脚。怕是一种可贵的精神素质，有个哲学家说：这种怕与任何形式的畏惧和懦怯都不相干，而是与羞涩和虔敬相关。这是当人面临虚无时，幡然悔悟其自身的渺小和欠缺。以羞涩和虔敬为质素的怕，乃是生命之灵魂进入荣耀神圣的虔信的意向体验形式。

也许这样的解释有点拗口，但“怕”在古人那里，在我母亲逢年过节对那些习俗的虔敬里，我看到了美的仪式，怕变成了一种爱。

其实古代很多的节气习俗，是关乎心灵的，关乎虔敬，上苍造人，是要人有所顾忌，有所节制有所不为，而不是为所欲为，胡作非为，人如果狂妄僭越，那就离发疯不远离癫狂不远，离死亡也近。

我想到《拾遗本草》有：

> 正月雨水：夫妻各饮一杯，还房，当获时有子。神效也。
>
> 夫溺处土：令有子。壬子日，妇人取少许，水和服之，是日就房，即有娠也。

这些药方子的科学性肯定是令今人惊诧狐疑的，甚至一听就会感到荒唐可笑，是游走江湖术士，还是庸医骗术在忽悠？但它也许是不科学的，但谁又能否认它在古时候的有效性可行性呢？

《拾遗本草》里开出的这些药方子，我们关注的不是这些药方子给出的具体的药物是否含有有效的物质成分，而是在这些药物以及这些药物名称所蕴含的精神的意义，以及由这些意义所引出的，人的虔敬的举止，正月的雨水能催出男女的精子卵子？答案是否定的，雨水肯定不能促进夫妻的内分泌，但正月雨水所暗示的万物复苏、生机勃发的语义却具备这个作用；人粪尿，作为肥料，具有肥沃、繁殖、生命的意蕴，而妻子也不过是供丈夫耕作、施肥、播种的土地，药方特别叮嘱要在壬子日服用，壬子者，妊子也。

这些药方的有效性，不是取决于现在被污染的自然，而是取决于一个尚未被污染被涂抹，而是被虔敬表述的、被心里愿望赋予语义的自然，它取决于一个同时贯穿了自然万物和人的身体的意义世界。

这些药物对经过现代科学洗礼的现代人肯定是无效的了，那是因为那个曾经赋予这些药物以意义和有效性的意义世界已土崩瓦解，丧失了本原意义的正月雨水、丈夫溺处土，这些物质成了赤裸裸的物质，不再引人遐想，从而也不再能激发身体的反应和生机。——而丧失了这个意义世界的依托，本草医学，也就从曾经的行之有效的技艺，一变而成为遭人诟病的江湖骗术和伪科学，这叫“人心不古”。而今人心不古而使山水不古，草木不古，自然伤痕累累，古老的秩序和天然逻辑被破坏，它冒犯的不仅是神性，损害的不仅是生态，更是对人类精神家园的摧毁，对一种精神美学的摧毁。有什么样的人民就有什么样的山河草木，你已经人心不古，何求江山千古？

古时，多好，无论动物植物人物，大家是相让的，山有柴，春天人把斧头封住；春天河里有鱼，人管住自己的嘴巴，人是知底线，有良知的，那时端坐在大雄宝殿里的菩萨是认真的；土地庙里的神明，是正常值班的，百姓是心怀敬畏的，小人是得到报应的。

那时节气是管用的，该风就风，该雨就雨。

那时的人生活的古风古意，冬天了，大家一起过冬，兽长了绒毛，人蜷缩屋里，顶多弄上那个火盆，不如现在空调破坏臭氧。

节气来了，最先能感知到的是植物，那主要的是风与水，春天水足风暖，春暖百花开，动物交配，农事繁忙植物发芽，大地一片绿色，生机盎然。夏天风热水蒸，热风载水，滋润着万物茁壮与茂盛。秋天风凉水静，水收风干，植物果熟叶凋。冬天风寒水冻，植物藏而归根，动物也进入了冬眠。

水动风暖春天来了，风热水蒸夏天到了，风凉水静秋天来临，风寒水冻冬天一统，缺水定旱，水泛成涝，风急多损。

迷信风水不是坏事情，让风和水按时值日多好。古人对节气的遵循与敬重，隐含着中国人"敬天知命"的精神，随着时间的过往，世事的迁延，古风不在，还有多少人懂得节气蕴藏的富饶的旨趣呢？一年有春夏秋冬四季，四季有四六二十四节气，这些既形象又诗意的制式化的概念，在我们的内心悄悄安置一个"时间"的感觉的结构，是一个诗意的齿轮，但现在这个齿轮的齿子磨秃了，大家像生活在一个飞速旋转的陀螺里，上气不接下气。

现在节气有点不合时宜。但亲近节气就是亲近自然的一种形式。我们应该找回被我们抛弃的节气，我们应该修复现在看来不再管用不再应时的节气。

为什么节气不再应时？是人们把自然的生态毁掉了。河流被改变了，大雁栖息的芦苇没有了；山岳被改变了，狐狸的巢穴没有了；天然的本性被改变了，有几只鸡是不吃饲料长大的。我知道现在一只鸭子，昼夜在灯泡的照耀下成长，只是吃吃，然后被吃。

节气是自然的存在，是人发现的一个一个的美学的格子，它只是自然的秩序，人不能创造自然的秩序，人其实很渺小，人要低眉弓下身子在自然里安生，但人太吵了，处处按着自己的性子。很多的生物没有了，人不能创造自然的生物，人不能创造自然的美。但人可以毁弃自然，现在的人违反自然的生存，违反节气，逆天而动，没有了质朴，少了敬畏，而今，雾霾如鼠疫一样开始肆行在城市与乡村，天空不再蔚蓝。在上年的冬至的节气，北京的遭遇让我如此的恐怖，那天一下火车，我的喉头就如挂满了胡椒一样焦灼，鼻腔里一直有堵住棉花一样的奇痒，想是感冒还是上火？但多日一直如此艰于呼吸，吃药打针也无法奏效，只是感到了呼吸的急促，上气不接下气，看到天灰蒙如穹隆如锅盖。

冬至时的北京，日星隐耀，山岳潜形，整个天地，淤滞呆沉，仿佛藏污纳垢之所。冬至到了，本来是应该贺冬的，但早已没有了那种心情，其实在我的鲁西南老家，冬至这天，是要吃饺子的，据说这来自于医圣张仲景，他曾在江南为官，当他告老还乡，时适大雪纷飞的冬至，寒风凛厉。他看见乡亲衣不遮体，有不少人的耳朵被冻烂了，悲悯之心油然而起，就叫随从弟子在家门口搭起医棚，用羊肉、辣椒和一些驱寒药材放置锅里煮，捞出来剁碎，用面皮包成像耳朵的样子，再放下锅里煮熟，做成一种叫“驱寒娇耳汤”的药物施舍给百姓，大家服食后，乡亲们的耳朵都治好了。后来，每逢冬至这天人们便模仿做着吃，因此形成“捏冻耳朵”这种习俗。以后人们称它为“饺子”，我家乡的人称为“扁食”，人们传说吃了冬至的饺子不冻耳朵。

但如今京城的冬至是不可爱的，很多地方的冬至也不再可爱，我知道这是我们生存的世界出了问题。

我想，人在世间现在要的应该是谦卑，肆无忌惮的掠夺，对山川河流，到处开发到处污染，把鸡鸭全天放在光明里，不让那些小生灵睡觉，改变它们的植物神经，让它们肆意生长，剥夺了它们的童年，剥夺了它们的闲暇，剥夺了它们的交配；让鱼吃避孕药让牛吃添加动物骨粉碎末的饲料，这些伤天害理的勾当只有人类才干得出。这些动物植物们无法用人间听得懂的语言抗议，这是人对他们的老虎凳和辣椒水，这是人类对他们的极刑。

不再遵循节气，不再遵循上天给予的权利，而是肆意变乱上帝排列好的生命密码，这是一场生物的暴乱，节气的暴乱。我曾在《天有病，人知否》里写道：节气不行，反季节通行，规则不行，潜规则通行，正道直行不行，污秽通行，黄钟毁弃瓦釜雷鸣，正常的健康的社会因子被卑鄙所篡改，健康的人性被扭曲，权力不是被关在笼子里，而是在街衢通途明目张胆的杀人，人类的生存场被毁坏，无耻无所不能，这些如鼠疫一样的暗物质在侵蚀着我们的肌体和灵魂：卑鄙成了卑鄙者的通行证，高尚跪下成了躺倒的墓志铭。多少的荒诞变成了正常，多少的不该变成了应该，多少的歪理变成了合理，这何尝不是一场人性恶的暴乱。

这样的后果大家都能看到：季节乱了，节气乱了，就如加缪的《鼠疫》描写的鼠疫般的雾霾来了，冰山化了，臭氧的洞越来越大，每个物种每个节气都有他存在的伦理，存在的价值，即使我们呼吸的空气也有它自己存在的伦理，空气的洁，不仅是空气自己的尊严，也是它存在的价值伦理的内核。

自然的伦理是应该受到尊重的，天地万物都有其自身固有的价值，节气也有她的道德的权利，不允许他者随心所欲地侮辱她践踏她。如今节气和自然像是一个婢女，成了看人脸色的弱者，她们被要求牺牲、奉献、吞噬宰割，她们被利用，被盘剥，我们没有想到过自然的痛苦，我们没有想到节气的权利，我们没有想到她们也应该和我们平等地不受伤害，彼此尊重。

是人类侮辱改变了节气，贪婪的人们越来越越界，越来越狂妄。记得古人曾有“为月忧云，为书忧蠹，为花忧风雨，为才子佳人忧命薄，真是菩萨心肠”，是啊，对自然的菩萨心肠就是对自己的供奉。

“我拒绝人类的末日。因为人类有尊严！”

是的，人类是有尊严的，虽然现在还有各种鼠疫的DNA在潜伏，他们如鬼魂在暗处伺机窥视着善良的人，其实改变节气的背后正是患有鼠疫一样病菌的心灵在演绎着贪婪，演绎着各种突破道德底线的无耻。无休止无节制地掠夺，无休止无节制地搜刮，对自然的环境和社会的环境，上演着一幕幕的疯狂。

节气有病，就是生活有病。

生活有病,就是人类自身有病。

人类自身有病，就是如鼠疫一样的病菌侵蚀着人类的良知,把GDP当成唯一,拿它来毁坏森林矿山,拿它来制造物质的虚幻,这其实就是一种荒诞,就是一种鼠疫症状患者。现在的人们很少有GDP免疫力,这是赌一个民族的未来。

也许节气是我们最好的读本,我们可以诗化地还原它回到原本,回到优雅,回到那种朴素与从容。我们反抗悖逆节气的倒行逆施,正如加缪在《反抗者》里所说:

> 反抗永远不是一种浪漫主义,相反,它支持真正的现实主义。若它要求一种“革命”,那它为的是生命而不是反对生命。这就是它为什么首先依靠最具体的现实:职业、村庄、存在物与人的跳动的心脏……至于政治,它应该屈从于这些事实。

是啊，让我们修复被我们践踏的节气吧！让我们从迷幻GDP中醒来,修补我们的生活,修补我们的诗意,这是一种无量的工程,一场看不见的输不起的战争。

一棵树能站多久？

平原深处上的木镇，没有人能说清树能站多久。

木镇有很多的树，高过屋檐高过炊烟的是那些树，挽高房檐挽高炊烟的也是那些树。就像一只瓢虫把玉米秸秆当成依靠，我把木镇的那些无论是椿、楝、桑、槐，还是皂荚、白蜡、棠梨当成乡土的依靠。有时我从外面回到木镇，走累了，也会靠一棵树休憩，如靠在祖父的膝盖上，感到接到了乡土的脉管。但这树上有一种鸟，那是唤作黑嘴岔子的鸟。我知道鸟们也有争吵和大打出手，为了秋天的一粒玉米、一穗谷子，为了春天头上的一朵花戴。我一靠近树，那黑嘴岔子就如鲁迅夫子笔下的杨二嫂，口齿伶俐地诈唬开了，看我在提醒下还是没有走离的意思，于是就提高了分贝扯起嗓子什么脏话难听话都倾倒出来，直到我规矩臣服离开它的领地。

得胜回朝的是黑嘴岔子，满树林子的鸟开始嘲笑我。离开家几年，木镇的鸟也开始欺生。

我想，如果没有了树，也就没有了树上成立的蚂蚁共和制的国家。就像炊烟高过麦垛，牛羊高过鸡鸭大鹅，乡村也是有秩序的，白蜡、榆树和插杨高过荆条、杞柳。乡村对树是仰视的。父亲说树是站着睡的，就像马。马到了暮年，就躺下睡，然后腿抽筋立不起来了，牙齿脱落，马毛无光，连狗也敢对着卧在草堆的老马发狠狺狺切齿。

我不知道树们有没有同姓和外姓的隔膜，比如姓李的李树与另一棵姓杨的杨树，在夜间是否对话，但树在乡村也是有身份和户口的，有的低贱，有的骄纵。

在我家的老院，空闲地随意地栽种着各式各样的树，花椒、榆树、槐树、椿树、枣树、梨树、杏树。这些树每个季节早晚都不一样，有脾性有语言，父母能听得懂。这些树是父母生命的一部分，父母对树有敬畏也有宠爱。这些树曾是父母生命的一部分。

我七岁那年，父亲把割下的一捆芝麻秆放到树杈上，放在地上会被猪糟蹋鸡刨。有时把玉米棒子也放到树杈上，那树就高举着。到了雪天，黄黄的玉米的皮已经发灰。记得下雪了，玉米就顶着雪，母亲让我爬树够下几个玉米棒子，要做糁子稀粥，谁知，层层的玉米棒子如塔，里面竟有了几只老鼠肉肉地从雪里滚下，玉米棒子早被老鼠掏空，母亲也不恼。

母亲相信共处，老鼠和人都要活，树也要活，无论植物动物还是人，都在土里刨食，活着都不易。母亲说 1942 年的大旱来临的时候，人们还没感觉，老鼠就从房屋的缝隙、从地边、从树上下来。它们成群结队，一只接一只，互相咬着尾巴，穿过大路，渡过河流，人们用车轧死，猪的食物是老鼠。无论怎样，老鼠最后还是义无反顾地逃。母亲说过老鼠，这件事在曹濮平原上的记忆很深，我童年就知道过老鼠的事，后来知道是1942年的大旱。那次大旱一连持续了两年，人随着老鼠出逃的活了下来，后来的连出门也晚了，几千里的大旱，河南山东饿死上千万的人。

我知道，那些年，树没有逃，树往哪逃呢？树从来都不胡乱动。后来逃难的人回来了，看见那些树还在院子里，在村头站着，还是老地方。树替离家的人看家，它看见了一队一队的老鼠，也看见逃荒的独轮车走着走着，推车的人仆地了，张着嘴抻脖子喘粗气，最后被子一裹，往沟边一滚。谁也不知道树怎么想，它留下了。

树不抛弃它立根的土地。人们回来了，那些树还在老地方站着。但有些人没有回来，回来的是一把骨殖，埋在这片土地里，旁边栽种一棵树，那灵魂就开始在树下生活。

我知道父亲有一个遗传爷爷的习惯，好背靠树干剔牙。刚吃过饭，还要喝碗水喘口气，母亲要用泔水喂羊，儿女们有的蹲在砖头上，有的屁股下垫着鞋底。

“树枝是树扎在天上的根吧！”

冷不丁父亲说出了这没头没尾的话。我们看不见树扎在泥下的根，但看到越过房檐的树枝。是啊，树是由两部分组成，那些地下的躲藏在土里的根，那些划拉在空白中的枝梢。我们猜想地下的根，它们呼吸地气，采集养分，我有时胡乱想，树根该是木镇最敏感的神经吧，它把细部、把触角伸到泥土的深处，它们最理解泥土,它们抱着泥土。有时泥土累了,它们胳肢泥土的胳窝,直到泥土咯咯笑出声,笑得抽筋,父亲说那是惊蛰了。父亲的手也像皴皮斑驳的树根,他也在泥土里摸索,这手指也吸收泥土里的养分,什么时候,手指不能接受泥土的养分,那人也该成了泥土的养分,回归到泥土里。

但我们能知道多少树的秘密?在我们不知道的夜里,整个树都躲藏在我们的察觉之外,那时候的树是什么模样?即使高过房檐的树枝,我们知道多少呢?有些事是神秘的,树也是如此。长成一棵树不易,就如我家老院里的杏树。邻居家盖房打夯,虽然离我家的老院还有几十米的距离,隔着几家的屋檐、几处土墙,但没多少时间,那花也开晚了,果也挂少了,你说奇怪不?第二年还是如此,惊蛰三天了,这棵杏树,才迟迟疑疑地打了点花苞,勉强地露出了笑,像春天也蹒蹒跚跚、迟迟疑疑,不想亲近木镇了。连续几年那棵老杏都高踞在我家的老院,不再繁花似锦,好像是坚守朴素,只几朵素素的花,像一个个翘凸的嘴唇,但说的什么我没听懂。

父亲是听懂了,父亲说这树被惊吓了,得几年才能缓过劲来。是的,在我们看不见的地带,树有树的生存方式。父亲说柳树不怕杀头,你头年秋天把它头部以上的枝梢砍掉,第二年照样一见风、一见阳光雨水就像被人用手提溜着,呼呼地往上蹿,一天一个模样。父亲说梧桐树质地软,如西瓜瓤子,用手指一抠,就能见凹,但用它做曹濮平原上独有的筝,那音就特别的有韵味。是的,在乡下的夜间,听说唱人抓筝说书,才上小学的我,一动不动地坐在木镇街头满是星星，还有点潮湿的树桩上，在琴曲中想:梧桐变成了曲子,梧桐是死了,还是托生另外的一种物质呢?它腐朽了,还会不会再发芽?当时还是早春,木镇的树大都还没长出叶子。木镇的人坐在皂荚树下听说书,树杈上有个鸟窝。其实要不了几天,几场东南风一吹,那在屋角的树,原先还乌眉灶眼、半死不活的树枝头上,就像一下长出了角,有红的,有绿的,好像是斗牛场上的牛的犄角。其实木镇的人看到那树枝,就说:发青了。那代表春天来了,对杏树也说:发青了。他们言简意赅,一针见血,就是木镇人常说的,一斧头砍到脉。他们不像诗人说春意在闹,这是完全不同的对春天的看法。当木镇的人看到一个女人,他们看到的是两只如大白兔一样浑圆的妈妈(方言:乳房),只有诗人的眼睛才会看不见女人的妈妈,诗人会说那是生命的源泉。

有的树,是被人砍下死去的,那是木匠相中了或者有人想拿树来换钱了,确实很多的树不是它想活多久就活多久的。有一年,就是春分那天,一个响雷,把我家老院的杏树劈开了一半,神奇的是那劈开的树干的中间,竟然有几枚袁世凯头像的银元。是怎么长到树中去的,还是有人曾把树某个部位掏空放进去的?这是一个永远的密藏了。

父亲以为这棵老杏要死呢,看它的半边身子要瘫痪了。第二年的惊蛰前两天,父亲看这棵老杏还没有动静,就琢磨这棵老杏怕要寿终正寝。就在惊蛰的夜里,没有炸雷,没有鸡叫,只是我家的狗突然汪汪对着父亲睡的屋子狂吠,正是半夜,父亲正想披衣解手。他打开房门,狗温驯地依偎着父亲的膝盖,父亲迈下门槛,他吃了一惊,满满的星光下,那枝头的杏花像商量好了,一下子都张开了小嘴,是它们一起对着屋门喊父亲了么?小嘴吹出:“唔……唔……”兴许那时父亲睡得沉,父亲没听到,那狗子看不下去了,就狂吠。父亲看到杏花开了,用手抚摸一下还剩半拉身子的老杏,回到屋里对我说:“咱家的老杏没死。”

我感到我的枕上有泪,不知是父亲的还是我的。

但木镇的树有时也会老死的,树在那里站着站着,有时候就空了,谁要踢上一脚,那树干就轰然仆地。是啊,树老会死,但父亲说木镇的树很少能老死,像人一辈子经历七灾八难,能活成个老头可不容易。

后来,我在填写履历时,在亲戚社会关系一栏,真想填上:“老杏;年龄:八十;户口住址:木镇;党派:无;与本人关系:老杏比我高一个辈分,是我的父辈。”

向泥土敬礼

炊烟和蚯蚓是邻居，木镇的人就像孔夫子所言：与德比邻，道不孤。木镇人有木镇人的道，远亲不如近邻，近邻不如对门，对门的是树和泥之河。一打开屋门，房檐下排闼而来的是草绳般的河水，不事喧哗，冬季里只有一扁担宽窄，结冰了，牛啊羊啊，在冰上踏过，有时就跌跤，牛羊就无奈看着春天还软的河水，到了冬季就有了脾性和骨头。都是邻居，怎么就有了鬼脸，就舍得下起了绊子？

但大地不言语，大地什么时候大声镗嗒地咋呼过呢？人们说乡村是泥土做的，是啊，木镇的一切都在泥土上。父亲说泥土就如一令席子，植物、动物、泥之河与人都或蹲或踞或躺或卧或立或动在这令席子上。我知道每到秋季，泥之河的芦苇就白头了，那些缨子如白蜜蜂乱飞。童年时家里穷，父母常为衣食而忧。到泥之河里割芦苇，然后编席子编草鞋可到集镇换钱，一家都在秋风里。每到秋风来到木镇，母亲就睡不着。秋风一掀覆盖窗棂的草帘子,父亲的脸就抽搐一下。等鸡开始乱叫的时候,母亲听到父亲下床开始在院子里"嚓嚓"地磨镰。母亲有些于心不忍,就折身静静掀起草帘的一角,朝黑乎乎的窗外看。能看到什么呢? 哦,下霜了,在草帘的一角,哎呀,满地银银的白霜透过,地上、墙上、房檐上,都是银银的,如满处的芦苇缨子粘在那里,而黑乎乎的是父亲在院子里磨镰的剪影。母亲放下帘子,缩回了身子,温温地说,时间还早,再迷瞪一会儿。

父亲编的席子像云彩,有诸多的花样,人们可铺床,可做窗帷子,可围起做盛粮食的囤。但父亲说泥土如一令席子,是要人爱惜席子一样爱惜泥土。

木镇的人不识字,但不妨碍他们把泥土当作《圣经》。他们知道大地上的一切都是泥土给的,炊烟呼吸,鸡叫驴打滚,草的种子,这只是《圣经》不同的文字。如果说草的种子是汉语印制的,父亲能读懂,那村长折腾土地的脾气就是英文印制的,他读不懂。有时村长让大家种水稻,但却颗粒无收。父亲说我们这里的地寒,水稻是金贵喜暖的玩意儿,泥土有脾气,你不要拗,种子也有脾气,你把庄稼种到石板上?你把草籽把蔬菜撒到瓦楞上?

席子在家里要金贵地用,对土地,对土地上的一切,亦应如是。泥土与人,人与草,草与谷粟,大家都是平等的,要照顾各自的脾味,不要人有脾气就欺负泥土、欺负鸟雀。大家都是对门合户的,抬头不见低头见,以免做错了事说错了话,脸红。

我看到父亲在田埂上掮着锄头走,一遇到牛从对面思索着过来，父亲就退后一步，不像西方的人把手捂着胸脯心跳的地方那样，但绝对地虔敬，如除夕从祖坟把先辈的神灵请回过年一样。父亲相信离牛头三尺的地方，和人与谷穗离头三尺的地方都有神灵。

我读过父亲的手，虽然如树皮一样皱褶苍老，有点变形，手上的青筋如蚯蚓，但他和泥土多年相互扶持，有着泥土的温暖，我一握的时候，就像庄稼的汁液传到我的脉管和血管，这是泥土的温度。父亲的手粗糙么？但这样的手在泥土里绝对灵活。他锄地时，绝对不伤害庄稼，而对草，也是尽量照顾，只要能和庄稼和谐相处，父亲是不会对草痛下杀手的。父亲的手上长了一双灵眼，只要灵眼一觑，草留几棵，庄稼留几棵，那是一定可巧的。父亲说，草来到庄稼的领地是来串门，如果草多了，那是草霸道了，反客为主，那就要教训了，但一般也是警告，不会判处死刑，把草们拿到太阳下暴晒。

但父亲年老了，手指有时不太灵便，这使我想起了一件事。在春天的惊蛰后，他在麦田松土的时候，不小心把一条在泥土下路过的蚯蚓斩断了，父亲内疚地喃喃："这怎么好，这怎么好。"

父亲停下手，拿眼睛乜斜地看我一下，从兜里掏出一支用烟叶卷成的烟，"嗞嗞"地点着，然后闭上眼睛，他说出了令我吃惊的话："让我装死一会儿。"

当时我一时没有明白父亲的话。作为农民不能不耕作，在耕作时，父亲总是小心翼翼，但他有时无法阻止悲剧的发生，就如他不小心斩断了一条蚯蚓。他却屏住呼吸，说“我装死一会儿”，这是在推己及物想象蚯蚓的痛吗？（多年后，我读到狄金森的一首诗，我想到父亲：“如果我能使一颗心免于哀伤，我就不虚此生，如果我能解除一个生命的痛苦，平息一种酸辛，帮助一只昏厥的知更鸟，重新回到巢中，我就不虚此生。”父亲不是诗人，但他在泥土的《圣经》里读出了道悟出了道。作为生命，谁能比谁低贱卑微多少呢？）

确实，木镇的事物在自然的律令面前，懂得尊重。说惊蛰了，羽毛开始上扬，泥之河的冰块开始放下身段，泥土也解开了怀；说立秋了，知了的声音就谦逊了，夹袄开始在早晚派上了用途，披在早起晚归人的肩头，而泥土也开始看着牛的反刍盘点一季的收获。

即使冬令时节，父亲也闲不住。父亲会把土墙上的野蜂窝盖上麦秸，怕小生灵跋涉不过雪季。他也常和叫作家贼的麻雀对话，有时就撒出一些苞谷犒赏一下这些小家伙，作为一年在窗前恪尽职守叫醒农人的奖励。有时父亲要在阳光晴好的时候堆粪翻粪晒粪，这不是轻松活，这是为了对泥土来年的报偿。泥土在收获后，如产后的女人，它陪伴着小麦走了一春，陪伴着苞谷走了夏季秋季，如今到了该歇息的时候，就如女人产后要吃红皮鸡蛋、喝红糖水。父亲在把庄稼地腾出来茬以后，就想着为泥土养身子了。到了秋收罢了，父亲还会到田地里去，他像逡巡的士兵，把泥土里的瓦块砖头剔除，怕这些骨头硌着睡眠的泥土，怕在地里漫游的小动物们闪了腰，怕来年开春撞坏了犁耙。

在木镇，村长曾想让我起草个乡约。在回木镇的冬季，在煤油的灯下，我拟定了几条，还没有定稿，有几条是这样的，木镇邻里乡约：

> 无论植物、动物、人物，无论姓张的人、姓李的人，无论姓杨的树、姓李的树，还是姓白的羊、姓乌的猪，都在这片泥土上平等；大的动物、人物如果见到搬家的蚂蚁，脚板要后移五厘米；若是下雨，植物要肯把自己的枝条借给蚂蚁作舟楫；要珍重生命，老死的蚯蚓的尸体要掩埋，以免暴露在野；在过节的时候要互相问好拜年，要长幼有序，知道尊老爱幼……

当父亲从田野回来，母亲就上前接过手中的农具和衣服，父亲的头上冒着汗。我看母亲接过的农具是锄，就疑惑，冬季了还去锄地？母亲说这是为了保墒，父亲到地里翻土敲打土坷垃。其实这样的活就像城里兴起的按摩，这是为土地，为贡献了一茬一茬庄稼的土地按摩。父亲心里最清楚，土地糊弄不得，土地和人是兄弟，多少辈子都比邻而居，对别人好也是对自己好。

从地里回来的父亲脸上有一块泥巴，母亲想用手抠下，接着就想卷起衣襟擦，父亲招呼了一下说不用了，是见我在旁边守着，父亲羞涩了。但母亲的亲昵是对劳作的一种尊重，泥土在脸上怎么了？有时米粒和碎馍掉到地上，虽满是泥，父亲吹一下，或者母亲用衣襟擦一下，就填到嘴里。土地在父亲的脸上，是土地的徽章吗？作为对一辈子的老邻居的奖赏，是否在父亲的脸上撒一把草籽，用洗脸水一浇就能发芽？诗人雅姆说："如果脸上有泥的人从对面走来，要脱帽致敬先让他们过去。"

是啊，我们什么时候，对脸上有泥的人有过足够的尊重呢？我们向泥土敬个礼吧。

白夜

雪一住，星星就让人措手不及地四面闪烁。

这时候，狗也减了喧嚣，只是趴在草垛里，看夜是这样的异样陌生。从晌午过后的大雪，把平原的村子弄得仿佛重回了太古，一切都显得圆咕嘟噜。远处河堤如痕，割下垛起的苇垛三处五处如芥。也许是夜和雪之媾和，那夜就有了一种令人晕晕的蓝。

这时阒静的夜给人的感觉竟然是期待，总感到要有一些什么事发生，人都是难以成眠。谁家的大人从门楼里踏踏走出，把脚放进雪里，“吱吱”，仿佛一种亘古的亲昵，有醉人肝肠的力量。

“有灯油吗？”有人在敲代销点的门。

代销点的女人用手掌笼住浮漾的灯花，打开门，把白夜也引进了屋内。这么亮，是谁的诗“山南山北雪晴，千里万里月明”？只要是雪霁，有月和无月是不足论的，那样的星空更是恍如处子的静。代销点的女人小心翼翼地围住浮漾的灯花，好像灯花要跌下去，会把大地上的蓝给惊散去。响声反使白夜愈加安谧，人真如生蛹未出地躺在厚厚的被窝里，旷古如深井。

是的，响声有了，开始洇染，先是一颗戴着棉帽子的脑壳，从一家门楼的门扉里挤出，然后腰渐渐地直了，一个人形渐渐长高渐渐长大，终于臃肿的棉袄上面有一生动的脸，脖子如灶底的人长出来，没有了书包，再不用背诵，手里拿着蘸了猪油的蒲苇棒，有的还用过年的红纸放在了猪油里，蒲苇棒真如一鲜艳的蜡烛了。村后的泥之河是芦苇和蒲苇的天地，雄的蒲苇在秋季结出褐色的花穗子，当花穗子老了，用石块或者是弹弓比赛谁能掷得准，那就如一团的鹅毛，突地被炸开，雪白的蒲苇绒像鹅毛一下飞溅，像雪。

有时，我们站在放学回家的小桥上，正好是顺风的时候，就站在风口的高处，一个人喊“一二”，几十只蒲棒如乡村的铁匠挥动锤子，也如在棉花坊里大家一起踏起轧花的弓车。风把蒲绒送到过路人的脸上额上、女生的辫子和眉毛上，过路的人“呼”地一扎自行车，我们就“嗷嗷”地四散了，蒲棒绽开的绒，像梁山伯化出的白蝶遮天蔽日。

一支蒲棒的蜡烛举在白夜里，两支蒲棒的蜡烛举在白夜里——每支蜡烛的后面都吐出两行脚印，歪歪扭扭的，每个凹处储满了浅的蓝，像我们不小心把刚学会用的钢笔里的墨水洒在白纸上，那些省略号，长长地延伸开去，在泥之河边的敞阔的场地上聚拢。由于走得匆忙，竟把脚下的雪踢到了脖子里，大家抖着棉袄把冷的雪抖落，从脖颈到裤管。

这样的场景一生也未必能遇到几次，有白夜的时辰。虽然我现在距故乡的物理距离不是太远，但总感到白夜那样的场景和秘密一直埋在心底。有时候下雪的夜，就感到故乡的白夜追逐着我，揉搓着我，是亲近的苦涩的忧伤。我曾看到一张摄影，雪裹着的木屋，是夜，红红的灯光从窗棂漏出，而天是童话的蓝，迷离，迷蒙。我想，我是一滴流浪太久的泪，在这样的屋子可以安置。那时我想到故乡的白夜，最温暖人的取暖的方式，是在白夜里回家呢。

雪下得正紧的时候，正巧是下午放学，老师冷峻的面貌和雪与学屋的黑衬托，我们却像数十只欲飞欲噪的麻雀，在书包拍打屁股的嗷嗷童音中开始走进那苍茫和霏霏，老树上的鸟儿在童音中被吓走。大家在雪地像从学屋射出的一个个臃肿的白的弹丸，肥硕的。

学屋的钟开始引人敬仰，那也是裹上了雪，黑咕隆咚的井开始被雪盖住，放学的人开始伏在井台上，朝里头望着，同时口中喊，同时井中的回声喊："哎——"

下雪真是好，环村皆雪，而在屋里的大人们也开始惊叫：

"娘唉，真紧呢！"

一声喊就惊动起左邻右舍，还有植物和动物，一起动弹，从门缝里挤出脑袋，有的是人，有的则是狗子。默不作声地，雪开始下得贼紧，屋顶上的瓦松没有了，是一层白，岂止瓦松，连黑黜黜像老师手风琴琴键的屋瓦也没有了，也是一层白。出了学屋，看见通向各自巢穴的路，也是一律地白过去！天上地下，全部融成洁白的世界。

“一蝉一蛾，飞过奈何——”

大人们却是走得匆忙，在蓑衣下，将腰弓住，那高粱叶子或者芦苇叶织成的蓑衣，在雪里，仿佛是要去奔赴邀约的刺猬。

白夜来了，真不知道该怎样形容这样的令人感慨的幽光，周遭是茫茫白夜。这是我平生第一次在平原的老家，看到这种夜色。

大家拿着蒲棒的蜡烛。在白夜里，点蜡烛像是多余，那只是一种装饰，或者大家在上面烤手暖和，红红的蒲棒烛和那苍白的空气和那玻璃一般银子锡箔一般的光混合了，也许人们觉出了这样美丽的夜色是不可多得、一碰即逝的，所以大家开始消受。

当时不懂明代张宗子在杭州遇到大雪的雅兴。大雪三日，湖中人鸟声俱绝。到夜里更定，张宗子拿一小船，拥毳衣炉火，独往湖心亭看雪。雾气弥望，天与云与山与水，上下一白。湖上影子，唯长堤一痕、湖心亭一点，与余舟一芥、舟中人两三粒而已。

到亭上，有两人铺毡对坐，一童子烧酒炉正沸。见到张宗子，大喜曰：“湖中焉得更有此人！”于是就拉张岱同饮。张岱强饮三大白而别。问那湖心人的姓氏，原是距杭州数百里之遥的金陵人，客此。张岱到岸下船，划船的舟子喃喃说：“莫说相公痴，更有痴似相公者！”人生快意无南北，也许，那白夜是同一切无法久留的美色一样，因为无可挽回，所以也会勾起乡间人的哀感快慰。

远远的泥之河滩上，很多的苇垛，像一群白马的苇垛，不知排到遥远的何处。有时放学后，我们就会在苇垛里掏出一个洞，蜷缩在苇子里，温暖幽深。也许是大家的喧嚣的动静大了，那些在苇垛里借宿的麻雀，喳喳叫着被吓得在天上奔走，夺路在天空飞起的麻雀显得格外的无助。

也许白夜的无边的空洞唤起了大家想填充什么的欲望，在夜里做些什么？不知是谁说点云灯。点云灯，点云灯。在夜里点云灯确实无比的兴奋。那云灯往往是大人做的，先用铁丝绑扎竹篾绕着石磙做个圆筒架，与石磙一样高矮，而后用大张白纸糊起来，中间是一团吸足煤油的棉絮，然后是几个人同时架起云灯，点燃棉絮。很快瘪着的灯体膨胀起来，一股很强的向上的力量冲顶云灯，于是扶灯人一齐放手，云灯就迅速起飞，很快便升上高空，就像一粒一粒的星子在飘。

“我们放云灯吧。”

“放。”

“放。

“用什么放？”

“麻雀。”

大家想起种种关于云灯的美丽故事，一下激动起来。顽劣的心、好奇的心，便“哇啦哇啦”叫着跳着，恨不得马上能奔到云层里去。

平原的童年有谁没受过捉麻雀的蛊惑？大家也不是模仿小学课本，也非复制鲁迅童年，这也许是最原始的童年游戏，只要有雪，只要麻雀不绝，这样的记忆会一代代地被四处的儿童们克隆。在雪地里，扫开一片空地，中间用一个一尺长的小棍子支起一个圆圆的簸箕，下面放些谷子、玉米一类麻雀爱吃的东西，饿极了的麻雀就会跳进来啄，你远远地看着，等麻雀都进去了，就用绳子一拉，麻雀就被捉住了，回来可以放在灶下吃烤麻雀了。

但这次却是在场院旁的柏树的枝杈里找冻得瑟缩的麻雀，用蒲棒蜡烛一照麻雀的眼睛，那麻雀就死死地待在那里，把头缩在曾钻在烟囱里沾染的黑乎乎的羽毛下，一动不动，如一粒一粒的石子，有的则是圆圆的眼珠瞪着，茫然，不解。

下面的命运是什么呢？

把捉住的麻雀拢在袖子里，走到远远的知青拉苇子的拖拉机那里。因为下雪，林场里的知青让拉苇子的拖拉机就在泥之河边趴窝，这下，可勾起了大家的想象。我们寻找柴油，把拖拉机的油箱打开，黑乎乎的柴油有点浮冰。

“把麻雀沾上油，点了，看它飞。”

“点了，还能吃吗？”

“傻蛋，草烧的才能吃，柴油的有毒。”

把麻雀沾上油，湿湿的麻雀的羽毛像是裹在了一起，惊恐的眼睛看着这一切，等待着末日的审判。“咱们开始吧！”叫二啃吃的同学就后退一步，用手里的蒲棒蜡烛开始接近我手里的麻雀，那时我的身上感到通体有一股气从脚尖直钻头发，又急切又刺激。“呼”的一下我手中的麻雀着火了。几乎在点火的一瞬，我把麻雀抛到半天里。麻雀在火焰的炙烤下，开始绝望而惊恐地挣扎。在蓝的弥蒙的白夜，一只两只的麻雀，开始在我们兴奋地欢呼里飞奔。

白夜的空中，望得见如蝌蚪般而且像是说话着的星星，这时开始有点急遽的忙乱，倏然，在墨蓝的半空，有了许多惊叫的生灵。那声音比我们的叫喊还传得远。

大家跑起来，脚下就裹起一排雪雾，在白夜里什么也看不清。大家捂住蒲棒蜡烛，在白夜里看着天上游动的自己的杰作，腾地浅一脚，腾地深一脚。有人“嗷嗷”地吆喝，泥之河里有回音。手中的蒲棒是一线红。

也许在麻雀的挣扎里获得了邪恶的满足，大家看着先是红的火球，最后是一道垂直下落的已是灰烬的生命，如夜里的扫帚星，落地无声。

我们把蒲棒蜡烛抛到白夜里，它们也像那些鸟儿蹿飞起来，在近处盘旋，在远处盘旋。

然而，就在大家的欢呼里，一只火麻雀蓦地落在了远处的一个苇垛上，在我们的前方，出现了一个红红的、顶天立地的圆柱，圆柱飞速地旋转着，向着白夜逼近。虽然是雪天，那些苇垛在寒冬里忍受了许久的寂寞，这火给了它们激情和冲动，当麻雀落在苇子上，刚一粘连，“嗯”的火的口哨就响起，紧接着传来尖利如雷鸣的“噼啪”声，就如林冲看守的草料场“哔哔剥剥”地爆响。大家惊呆了。

突然传来大喊声——

“快跑！苇子垛着了！”

声音很大，在白夜里有一种力量横贯过来，接着开始一圈圈把惊恐传递。大家在惊愕中如触电似的一阵麻木后，开始如鸟兽四散。等跑到家，在窗棂里拨开麦秸堵的帘子，循着把白夜映红的天空望去，在泥之河的方向，有高高的火焰像呼啸的大风把星子吹没了。

整个村子都惊呆了。

一只只惊恐的麻雀在白夜里夺路飞撞。

一瞬间在空中划出很多着火的会飞的有翅膀的弧线。

不知什么时候，父亲从外面回来。他拍开门，母亲惊恐地问他脸上怎么这么多的灰尘，横一道竖一道的。我的父亲说：“苇垛着了。”母亲睡得死死的，她是不知道苇垛着火的事，但说一句：“我说天咋是红的呢。”

接着母亲又问：“雪天苇子也着，奇怪了。”父亲说在一个苇垛里跑出两个赤身裸体的知青，一男一女，什么都没穿。

父亲说：“在那地方相好怪暖和。”

我躺在被窝里睡不着，明天到学屋等待着怎样的命运，四顾茫茫。

一个少年开始无尽的愁绪，而外面是无垠的迷蒙的白啊。

谁删减了黑夜的浓度

一

曾经我是惧怕黑夜的，在乡下。准确地说惧怕的是黑，惧怕的不是夜。

那种黑，乡村夜的黑，现在在城市是不存在的，我努力想象那种黑什么时候在城市走丢了，在今天（正月初一）晚上，在小城的树上，在河边，在桥头挂满了“不夜工程”、“亮光工程”的发光的东西，肆意篡改着夜。

我怀念的乡村的夜，是黑和亮的均匀，星星与萤火与灯光，那些光与黑的协和，那是眼睛和心灵的福气，不是光的霸道。在暗夜里，微光如萤，有灯如豆，星如芥，弯月如痕。古代的夜，是可以测量的，那黑深，但你又不知道深的尺度，只是一种感觉。

《诗经·庭燎》曰：“夜如何其？夜未央。庭燎之光。”

读这样的句子，给人的感觉是：夜没有尽头，黑得浓酽。而现在的夜，黑度不够，厚黑不够。这令我怀念那种黑，伸手不见五指的黑，这是小时作文常用的、用烂的词语，现在却让我感到亲昵。

在初中的时候，在乡下的油灯下，曾读过俄罗斯柯罗连科的《爝火》，多年来，印象最深的是那黑和那爝火。人们说萤光爝火，爝火虽然微弱，但给人的是希望，正因为那夜是爝火的分母，夜的深透才给了那微弱的火以背景。我在网络上找到了译文，不知是不是少年的那篇，但接近我少年时读到的那篇，那时我曾抄写到草纸上：

> 一个黑暗的秋夜，我在一条险恶的河流中航行；没有星，没有月，天黑沉沉，地也黑沉沉，一切都是黑沉沉的。忽然望见前面河流的转弯处，乌黑的山脚下面，闪动着一点儿爝火。闪动得又明显，又强烈，并且十分临近。
>
> 我很喜欢地说："哈，老天保佑！快近住宿的地方了！"摇橹的人转过头来望一望，淡淡地说："还远呢！"
>
> 我不相信，爝火明明就在前面，看去只需再摇两三橹，就可以到了。
>
> 但是，摇橹的人说话毕竟有经验：我们的船，还在黑如墨水的河流中，航行了许久。中流突兀的怪石、两岸峭绝的悬岩，渐渐地迎面泅来，又渐渐地泅了过去，落到晦冥无边的远处。可是那一点儿爝火，还在前面，一闪一闪，在那里招手。总是这般近，又总是这般远。

人生，就像在这种险恶的河流中航行，爝火还离得远呢！但是，总在前面，一橹一橹地摇上去，总有到的时候。

在那时写作文，曾用过这《爝火》里的词，记得写黑夜是：黑如墨水。老师在“黑如墨水”那里画很多的圈表示赞赏。乡村的夜就是从墨水瓶里渗出的，不，应该是从砚台里渗出的，那砚台就是曹濮平原里的池塘，到了傍晚，池塘开始面目暧昧。

那些树、草垛、鸡、狗，开始和身旁的参照物界限不分明，大家好像接到旨意，开始披上浅灰。此时池塘里的水，也不如白天清澈见底了，像是谁刚刚放进了一块墨锭，层次开始起了变化，上半部分清水里开始掺杂了如烟缕的颜色，下半部分已经有些微微地浑汤了。那时你就知道，“时辰”这两个字，竟然会有这么大的神通。古人用时辰来为时间找刻度：夜半、鸡鸣、平旦、日出、食时、隅中、日中、日昳、晡时、日入、黄昏、人定。

那墨锭开始准备的时候，应该是日入，鸡开始归巢，池塘里的水已经沾染了墨色，还未浓，但墨色已经共享了。先是风把墨色传播，让平原知道墨分五彩，让父老知道了诗意。你看，那霞色中的烟囱，它们悬腕狂放，癫狂如张旭、怀素的如椽的笔画。那笔画不再讲究横平竖直，而是浓处如乌云骤至，虚处是雪霁风定，记白当黑。真是行于所当行，至于所不可不至，完全是飞白是天书。炊烟，实在是太超逸了，墨点就恰似一个个黑色的鸟巢悬在枝丫上，一个一个露了出来，远远看去，正是墨点淋漓的垂露……

慢慢地夜色浓了，开始加深加厚。到黄昏，那时天色以黑色为主色，别的颜色只一点儿成分。到了人定时辰，是全部被黑暗俘虏了，人开始如襁褓里的稚子被夜围裹，沉进夜的床铺。那是安眠的时辰，过去的夜，承担的责任就是栖息，就是把黑管好，人在黑夜，就如人在子宫里一样安恬。

曾有一年的时间，我住在京城的一地下室二层，但那里也太明亮，太吵闹。一些特殊职业的女性，在地下室的三层。她们是流莺，不是流萤，她们的尖叫、她们的洗漱使夜有了噪声。夜间的吵闹和光，常使我一夜一夜睡不着觉。我用棉花塞住耳朵，用枕巾盖住眼睛，但还是折来折去，辗转反侧。

一年时间，病病恹恹，当时乡间的母亲还在，我回到了老家，母亲看出我缺觉，就不打搅我，我一连睡了两天两夜。

乡间的夜多好啊，乡间的夜里也有声响，但那是老头老太们嗓子发痒而咳嗽，几声过后，也就沉静了。偶尔有狗的叫声响起，即将进入梦乡的父老也知道是谁家的人晚归了，低声嚷一句或者什么也没问，就翻个身，接着倒头继续睡。如果全村的狗乱叫，那就可能是生人过路，或是村里进了小偷，各家各户的人就会起来，操起家伙出门察看，或站到屋顶瞭望。

乡村有天然的更夫，那是狗在值班溜达，它们可以很随便地站在春夜里，对着天边的月亮发言，或者发情，也可以在电线杆或墙角撒上一泡尿做记号。乡村的狗在夜间活得很自在、很自我，没人束缚它，没人教导它，那样的狗活一辈子才像狗。

二

世间不只有光明，还要有黑平衡，是黑平衡了光，光的过度就是污染，就是失衡。

而没有光，那样的夜更可怕。我说的光，是那种被人为驱逐，是曾经在我童年飞舞的，在历史中出出进进几千年的光。去年的夏天我回故乡，由于父母故去多年，我也有五年没有回到那片我曾称为血地的地方。而这次回去，我记忆的故乡已经被毁容，那个小镇，已经没有了青草的土腥气，也没有了夏季晒粪的那种刺鼻的味，街道开始硬化为柏油和水泥。

到晚上，我去了在我的散文里曾反复描写过的河：泥之河。但宽阔的漫流的水面没有了，蛙声没有了，芦苇没有了，那些原本低洼的河床已经被开发成了一栋栋住宅，那窗户里明灭的是现代的灯火。窗户里是现代的音响和肆无忌惮的阔笑。

那萤火虫，我再也没有见到。我突然感到这样的夏夜，是少一种东西的。那些打着灯笼的小精灵呢？它们移民了，还是嫌弃了这片土地，自己消亡了？我有一种悲抑的神伤，一种风情不在了，一种审美的道具不在了。我想象当我到了暮年，自己的孙辈问我："爷爷，杜牧的《七夕》写的流萤，是一种什么物质？"

银烛秋光冷画屏，轻罗小扇扑流萤。
天街夜色凉如水，卧看牵牛织女星。

我能回答什么？我说萤火虫是一种已经消失的尾巴会发光的生灵？在爷爷小时候，我们老家的泥之河旁，就有很多。

对水质要求苛刻、对黑夜要求苛刻的萤火虫，给人以遐想以诗意的小精灵消失了。这样的夜，已经不能称之为唐代的夜色、宋代的夜色。现在的夜色已经减轻了夜的纯度，如羼了水的原浆酒。

我想到日本宫崎骏的动画电影《萤火虫之墓》的第一句台词“昭和二十年九月二十一日晚，我死了”。

我想，这也是我故乡的萤火虫留给世间的话：某年的夜晚，我死了。

有萤火虫的夏夜，多么快乐。我不知我是在怀念故乡的萤火虫还是和《萤火虫之墓》混合了，动画里恍惚间，少年清太看到了他死去的妹妹，看到了那个飞满萤火虫的夏天。

那时候的哥哥和妹妹节子是幸福的，装满糖果的小铁盒子，漫天飞舞的萤火虫，哥哥拉着妹妹的手在夜晚奔跑。在漆黑的废弃山洞中，哥哥将萤火虫捉进蚊帐，漫天飞舞的萤火虫在夏季闷热的深夜里明明灭灭。哥哥将熟睡中的妹妹紧紧抱住，生怕一松手就又会失去。只有十四岁的他并不知道，战争本身就意味着失去。而现在，故乡的街道的改造，老房子的拆去，故乡的丧钟也在敲响，现代化本身就意味着故乡被连根拔起。记忆没有了，因为现代化改写了故乡，没有了童年吆喝的叫卖声、没有了小贩、没有了羊杂碎、没有了斗拐和铁环的故乡在消失。

萤火虫的一生只有一个夜晚,一切都会在夏日微荡的风中悄悄逝去。

(原声画面:妹妹轻轻地将昨夜萤火虫的小尸体埋进自己挖好的小坟中,对哥哥说:“我很想念妈妈,妈妈也在坟墓中。”哥哥瞪大眼睛吃惊地望着妹妹。)

一捧捧萤火虫的小尸体,从节子手中坠落,混入泥土,化作尘埃,哥哥仿佛看见了妈妈那同样脆弱的肉体燃成灰烬的样子。死亡再一次击打着哥哥幼小而坚强的心灵,这时滚过面颊的泪水,也许是为了妈妈,也许是为了萤火虫,也许只是为了生命不堪一击的脆弱。

萤火虫,只能活一个夜晚。在美丽的夜里,它却尽情展示它的美丽,然后在黑暗中悄然坠下。恶劣的环境使节子身上起了湿疹,但他们没有钱去看病,更没有钱去买来药品……终于,年幼的妹妹没能逃过饥饿和疾病的双重折磨,悲惨地死去。故乡的萤火虫没有了,故乡的萤火虫也像节子一样,身上起了湿疹,这样的病对萤火虫来说就是绝症。萤火虫的消失,不在萤火虫自身,是生态环境污染所致,是水的不洁,是人类光的放肆,是这些要了萤火虫的命。

节子死的那天也是在一个满天都是萤火虫的夜里,她含着笑,在最美的风景中去找那只有在梦里才能过的幸福生活。

当萤火虫再次亮起的时候,那个装糖果的小铁盒子、那个有着银铃般笑声的名叫节子的小女孩、那个山脚下门口搭有秋千的防空洞、那漫天飞舞的萤火虫……所有这些镜头都令人感受着一种令人窒息的悲凉。这是一种挽歌，我把它想象成我故乡萤火虫的挽歌。

（原声画面：哥哥平静地点燃了盛放妹妹尸体的小竹筐，血红的火苗在哥哥不再清澈的眼底闪动。）

一切都那么残酷，一切都那么不近人情，在战争面前一切都是那么徒劳。哥哥为了妹妹和自己能够生存下去已经拼尽了全力，可他仍然不能保住这唯一的至亲。绝望伴随着夜晚降临，当火焰渐渐熄灭，幽幽的萤火虫为孤单的哥哥唱起最动人的旋律，纷纷扬扬升腾着的萤光在最远的天空结成温暖的笑脸。那是战争夺走的他的生活的全部、他的所有亲人。

现在的故乡也在进行一场战争，故乡的保卫战，注定我是失败的。我保护不了村头的那棵树，我保护不了那些蛙声，我保护不了在夏夜飞舞的萤火虫。我想寻找故乡土地上萤火虫的尸骨，我要做一个个小小的棺材，为这些小精灵筑建一处墓穴，上面写："萤火虫之墓"。

我看过一则材料，科学家说："萤火虫看起来似乎毫不起眼，但它们对生活质量可挑剔得很。萤火虫只喜欢植被茂盛、水质干净、空气清新的自然环境，一旦植被被破坏、水质被污染、空气变污浊，它们就会消失得无影无踪。"

人工光源带来的冲击，河流、沟渠水泥化所引起的危机，农药的使用，水污染造成环境的劣化，外来物种的入侵，人为捕捉……这些，无疑给萤火虫带来了厄运，城市中的钢筋水泥和噪声等多种因素，联合绞杀了这小精灵。

萤火虫也是生态环境的指示物种。科学家指出，凡是萤火虫种群分布的地区，都是生态环境保护得比较好的地方。换句话说，如果萤火虫在地球上消失了，足以证明生态环境已经十分恶劣。

有的科学家甚至认为，与华南虎这样的“明星”相比，萤火虫可以说是“无声无息”。但如果像萤火虫这样的物种灭绝，可能会造成整个生态系统的崩溃。

萤火虫没有国界，喜爱萤火虫也不分国界，日本也是一个非常喜爱萤火虫的国家，但他们就非常注重保护。据了解，为了保护萤火虫，日本先后指定了十个“天然纪念物”地区（自然保护区）。萤火虫受国家法律的保护，这在其他国家是没有先例的。日本是一个喜爱萤火虫的国家，在电影童话文学作品里，萤火虫是常常光顾的。日本人好像很偏爱萤火虫，浮世绘里常常有这样的场景：穿了华美和服、梳了岛田髻的女人，身后跟着摩登丫环，在那里扑萤火虫。歌舞伎里，也有这个“轻罗小扇扑流萤”的动作。

安房直子写过一篇童话《萤火虫》，我在编选《外国金美文》的时候选了进去。贫寒之家，要把妹妹送人，哥哥去站台相送。妹妹的火车开走了，那张脏脏的小脸再也看不见了，哥哥还不肯回家。在阴冷的站台上反复踱步，突然他看见一个小女孩，很像他的妹妹。她掀开一个大箱子，里面飞出好多萤火虫。他追着这些蓝色的星星，怎么也追不上……

萤火虫微小，柔弱，以自燃发光。古代人说萤火虫是腐草而化，虽长于草泽，却生性清洁，它是指示物种，要求自然的纯度高，一点儿也不苟且，污染严重的地方，就不会有它的踪迹。

我想到我童年的时候，父亲和我一起去捉萤火虫，我们用纱布缝个袋子，把萤火虫装在袋子里挂在睡觉的床头。

晚上，我把萤火虫放开，放到蚊帐里，那真是满床晶光闪烁，我像是睡在天上云端里，一睁眼，前后左右都是星星。但后来睡着了，第二天起来，见昨晚的萤火虫全都死了。

父亲给我讲过隋炀帝杨广曾“征求萤火，得数斛，夜出游山，放之，光遍岩谷”。杨广是个有诗意的皇帝，会写诗，懂得美，他的想法富有童话色彩。

黑夜有黑夜的伦理，不要删减黑夜的浓度，也不要增加黑夜的分量。前几年，北京行道树油松生长不佳，一直原因不明，经过有关专家集体会诊，确认“就是灯光惹的”，那些缠绕在行道树上的灯。有个科学家，他长期观察一串红花的生长情况，曾经在夜里进行过绕灯试验。几天下来，一串红竟开不了花了。日夜不眠，植物也累倒了，无法产生营养，自然无法开花。

黑夜的伦理，是允许光的存在，但那些光，比如星星、月亮，还有萤火，这是黑夜天然的伴侣，好像亘古如斯，是上帝原配给黑夜的。黑夜的黑和光，谁占几分，谁占多少，是有我们看不见的比例的，而今比例失调了，光的比例大了，植物不适应，动物不适应，有些虫类，开始了噤声。如今的夜是嘈杂，是人的噪声的充斥。

三

我以为，夜是给人安眠的场，它的黑度是指标之一，它的静幽也是指标之一。如果把一个人的卧室放在一个锯木厂，那锯和斧头的噪声如锯齿，一下一下啮食你的耳朵，耳朵被折磨久了就会起茧子，就会失聪。现在城市人多的是失眠，多的是忧郁症，整夜眼睛环视天花板，生不如死。我想，那多半是喧嚣的世相造孽惹下的：机车的轰鸣、装修、拆迁、卡拉OK。夜的空间越来越小，心灵的空间就逼仄，人的身体是会反抗的，反抗就是身体的某些部位怠工抗议。

而今的夜，已经不再是传统的夜，黑度不够，那些与黑度结盟的动物与音响的比例失调了，最后崩溃消失。乡间的夜里有声响，那声响多的是自然之声，很少人为的造作，很少扭曲自然。王维《山中与裴秀才迪书》中有："北涉玄灞，清月映郭。夜登华子冈，辋水沦涟，与月上下。寒山远火，明灭林外。深巷寒犬，吠声如豹。村墟夜舂，复与疏钟相间。此时独坐，僮仆静默，多思曩昔，携手赋诗，步仄径，临清流也。"

王维笔下灞水深沉，月照城郭，辋川在月光中涟漪起伏；山上灯火，透过树林隐约可见。如一幅水墨国画，着墨淡雅，用笔清疏，写意传神，基调寂静而清幽，而最惹我欣慰者是"深巷寒犬，吠声如豹”。幽深并非无声，在我辗转反侧的时候，我想潜回到多年前的故乡，在故乡里，用一架硕大无朋的录音机器，录下十里或二十里的自然的声响。一到晚上我把窗子、门都关好，我录下的是夏的急雨，有瀑布声；冬的密雪，有碎玉声；有鼓琴，琴调虚畅；有咏诗，诗韵清绝；有围棋，子声叮叮然；有葫芦里的蝈蝈，鸣声铮铮然。

那故乡多年前的声响是天籁，那春的花开、夏的蛙鸣、秋的虫叫、冬的风号，它们给予耳朵的是滋养，给予心灵的是抚慰。

而在老家的那夜里，我竟然没有听到鸡叫，鸡鸣枕上成了绝响，心就一下子堕进了绝望，体悟到什么叫黯然心绪。没有鸡叫的乡村是否还能称之为乡村？那样的夜是否还能称之为夜？我想到了《潜伏》里的翠平和余则成。翠平是一典型的乡间妇女，她受组织的指派到了天津城做官太太，任务是为余则成洗衣做饭。翠平的思维仍是乡村的思维，日出而作，日没而息，听鸡叫而早起，早起而做饭、洗衣服。

> “都什么时辰了，城里的鸡怎么都不打鸣呢？”
>
> 余则成说：“不是不打鸣，而是没有鸡。”
>
> 翠平不知道天津卫里没鸡叫，更有意思的是她秉持的是乡下人的立场和观点，在男女情事和恋爱上常常让余则成扫兴。余则成就不得不教翠平如何恋爱。
>
> “你必须学会恋爱。”
>
> “恋爱，什么是恋爱？”

"恋爱就是说说话啊,拉拉手啊,散散步啊。"

"就是钻玉米地。"

"对,就是钻玉米地,在玉米地里说悄悄话啊,拉拉手啊。"

"就是要有月亮。"

"对,月亮,月光,读书人叫浪漫。"

我有点绝望了,在多年前的天津卫早没有了鸡鸣。我不是反对现代的文明,但它要有个度;我不是反对夜间的火把和灯火,但要给萤火虫一个空间;我不是反对丝竹之乐,但也要给自然的声响一定的音域。

我常回想在童年的乡间,那枕边的耳朵,就是自然的接收器。比如风来了,如《庄子》里写的:"夫大块噫气,其名为风。是唯无作,作则万窍怒呺,而独不闻之翏翏乎?山林之畏佳,大木百围之窍穴,似鼻,似口,似耳,似枅,似圈,似臼,似洼者,似污者。激者,謞者、叱者、吸者、叫者、譹者、宎者、咬者,前者唱于而随者唱喁。泠风则小和,飘风则大和,厉风济则众窍为虚。"

那风,那呼啸的风在窗棂外,删繁就简,把一切的物件都当成了笛子,只要有穴有窍,有坑洼,有凹凸不平,那就有了天籁之响,那风声更加深加厚了乡间的夜。

我想起一句民歌的歌词:"到黑夜叫我想你没办法。"

是啊,到黑夜,叫我想故乡原来的黑夜没办法,那种本源的、原配的、没有删改浓度的黑夜,到黑夜叫我想你没办法!

谁的故乡不沉沦？

一

曾看到过一幅照片：一个农民在被拆迁房子的瓦砾上趺坐，茫然吃着午饭，只是一个馒头和一棵大葱，那模样像是我久在风雨暴晒下才有的酱色的父兄。这是一幅为“农村上楼”而配发的照片。看到这个片子，看到一片狼藉，像是涌动起莫名的风雨飘絮的黍离之情，只觉得无边的乡村在沉沦，或者说一点点坍塌，一点点沦陷，真的有点出离愤怒。

多少乡村在哭泣！多少乡村被连根拔起！乡村成了一种空间飘浮。我看到报道：一场让农民“上楼”的行动，正在全国二十多个省市进行，拆村并居，无数村庄正从中国广袤的土地上消失，无数农民正在“被上楼”。

乡土的中国、故乡的中国真的转换这么快？我对某些举止向来是不惮于恶意揣测的。不错，乡村是需要引导的，农民是需要引导的，但一夜之间，从土地里不再种出庄稼而种出了高楼，这是农民的狭隘所到达不了的，在农民没有意愿的情形下，是否有的人对土地别有图谋？城市化是人的市民化，而不是土地的城市化、楼房化。

农民被上楼，就如镰刀割下了谷子，这不是一次收割的事件，而是一个精神的事件。有人说这世界的消失方式不是一声巨响，而是一声呜咽。我想镰刀碰到谷穗是呜咽，谷子倒下时也是呜咽，推土机的巨响、脚手架的巨响、龙门吊的巨响，使他们听不到故乡的呜咽。农历没有了，节气没有了，一种生活方式、一种生存伦理被改造了。

古人有揠苗助长的话头，也有夜雨剪春韭的诗意，但乡村的消失证明着一种东西。故乡的脆弱，美的危险，土地不再为农人服务，土地开始为GDP服务。没有了故乡的人是无根的，离开了地气的脚步注定是走不稳踉踉跄跄的。

有一成语叫背井离乡，背是背离，这是孩子都能理解的，但我宁愿理解背为背负，一个背负着故乡井水的人是有底气的，无论走到哪里都有故乡井水的滋润，有故乡做依靠。记得，在一次文人雅集的酒桌上，有个人问我，你的眼睛为何这样亮？我说那是故乡的水井！你的头上隐隐像有什么东西，那是什么呢？也许，是我醉酒的缘故，我回答，那是故乡的屋檐。友人愣住了，不知如何回答，他有点黯然，然后醉了，他说，我没有故乡的屋檐。然后就伏在桌子上“呜呜”大哭起来。

故乡是一个人的血地，你离开了那空间那地址，你离不开那里蒸腾的气场、那里的细节。虽然时光流逝和空间隔阻，但“任它草堆也好，破窑也好，你儿时放摇篮的地方，便是你死后最好的葬身之所”。台湾地区把故乡叫作原乡，作家钟离和说：“原乡人的血，只有回到原乡，他的血才能停止沸腾。”真是透到了骨髓，彻骨彻肤。

但原乡在哪里？即使你千里迢迢回到放摇篮的地方，但拆迁的速度，要比你的脚步快几倍，在某些趾高气扬者烟灰弹落的瞬间，无论老房子无论老城墙，都会谈笑间樯橹灰飞烟灭。故乡小桥的容颜你无法再睹物思情，没有铜雀台可以锁住那也叫小乔的恋人，即使是铜雀台也会被拆迁成瓦砾。你有的不只是乡愁，而是目睹故乡的凌迟、故乡的死亡。

我想，拆迁的那仅仅是一座座老屋么？拆迁的是那些有形的表面的东西，那融入人生的部分呢？那故乡的气味呢？要是再向人回答三十年前的故乡，你准会遇到听众的不解，因为你的斜阳流水、你的蛙鸣溪头荠菜早已无有踪影，大家以为你在说谎，说不曾存在的诗意，说你的梦呓。拆迁的巨响，它不仅仅伤到了我们的骨头，它给我们不能指认故乡的人一种暗伤，在咯血，你看不到那血丝，你感到那虚空，那是一种大地的整体失忆和乡村历史的短路。

故乡是一种容器，故乡是收藏我们童年哭声的地方，一石一础，一草一叶，井栏榆树，那都是我们的见证。那里勾留了我们的年轮，涂抹了黄昏时我们读书的影子，还有那塞满草的窗子。当我们夜晚背诵课文的时候，常仰着脖颈望着窗外的星空，像是背诵着夜。现在那里的夜还是那样纯净么?没有一丝的阴翳,没有污染没有毁容?

我知道故乡之“故”,是旧的意思。衣不如新人不如故,但家还是老的好。但当下一切唯新是尚,人们喜新厌旧,不再喜欢原配的故乡。现在城市的家是没有光阴刻痕的,没有记忆的负载,没有积淀没有历史。这样的家,就是为你提供一张床供你安眠,为你提供一片空间供你栖身。这样的家,是名词,不是动词,没有让你冲动、让你念想的精神成分。

人们说故乡现在已被穿上了制服,你的和他的,他的和你的,没有了个性,互相模仿,互相雷同。楼房是一样的,猫眼是一样的,这种批量生产的所谓的乡村,这样的地方还能称之为故乡么?那牵动我们心灵抒情的攒动的河水,那林子间白色的如棉布的雾帐,那货郎的鼓子,那如旧照片一样发黄的夕阳,好像如今成了梦幻,成了失踪。(写到这里,有网友“知了的秋天”留言:“只记得故乡原貌的淳朴风貌,却忘了小巷土路的坑洼,没有排水设施的泥泞,用柴火煤炭烧水做饭时的烟熏火燎、呛人口鼻,不用电的不便,接水的不便,上厕所的不便。城市化乃是大势所趋,但城市化中保留地方特色确应注意。让农民享受现代化成果不应是空话。”)

我想说,我不反对现代化,我反对的是过度和对故乡的损伤;我是怀念一种乡村的精神质地、一种氛围和一套完整的乡野价值观,那种安恬那种惬意。故乡是我们生命的一部分,也是我们人类历史的保姆,她提供的是一种见证,是我们的童年,但现代化现在成了一种不容商榷的规则，顺我者昌逆我者亡，有着罚民吊罪讨伐一切的权力。

过去那种低碳的生活、那乡村的牛粪和泥泞，曾是我发誓逃离的，那不是矫情。当走过了人生，当失去了故乡，当看到沉沦的故乡，失去了才知道珍重。现在城市的人手不能提物，肩不能负重，腿不能远足，心灵逼仄如蜗牛。城市里没有牛粪，但城市里也没有可以仰望星空的精神屋顶，对城里人来说失去牛粪也许不是失去营养，但失去星光，人类的夜晚该是多么的黯然。说白了，故乡伦理给我们的是一种精神的守护，是一种恩养。

在我们人生的路上，应该有故乡。

二

故乡是美学，故乡不是经济学。有些是可以用数字计算的，有些则无法计量。

乡愁是不可用数字换算的，但故乡的土地可以丈量；故乡的芬芳不可丈量，但故乡的花朵可以点数；炊烟不可丈量，但故乡的烟囱可以点数。可丈量可点数的能被钞票收购，不可丈量的也就失去了生命力，开始隐形。

曾有美的传说，说人死后，他的魂魄要把生前留在世间的脚印都重新捡起来，把生平经过的路再走一遭，到阴间交差。无论是乘过的船、走过的板桥，无论是泥泞的雪雨土路，还是老屋的檐下，那些脚印都会在某个你看不到的地方封存。纵然板桥的梁木已经朽腐，纵然船已经沉入河底、樯橹无影，纵然土路已被铺上了柏油垫上了石子，纵然那河水干涸、渡口无存，但魂魄一旦重访，那过去留存的脚印自会一个一个走出与主人相见。

我想这也许是一个思乡人打造的美的童话，一个泊荡在外的异乡人，对故乡总有一种搁不下的念想。生不能还乡，死也要还乡；如不捡回脚印，就会成了孤魂野鬼，在野外啾啾，享受不到牲醴，享受不到香烟。

说起来，这是一种唯美诗意的逆向倒流，是从老年向中年、向青年、向少年、向童年的回溯，最后，返回到故乡的草垛土炕，返回到母亲的子宫，返回到缘起。当放学的路上，你脚印浮现时，正是七岁，“小呀嘛小儿郎，背着那书包上学堂，不怕太阳晒，也不怕那风雨狂，只怕先生骂我懒哪，没有学问呀，无颜见爹娘，朗里格朗里呀朗格里格朗”，这随脚印倏然醒来的儿歌，记得你的七岁；当第一次脸红的脚印浮现，正是十五岁，在草垛旁，你看到了姑娘的乳房在衣襟凸显；在挥别家乡的渡口，那脚印浮现了，你二十五岁，你挥去的是炊烟，挥不去的是母亲送别的白发边的草棒；还有，还有很多的脚印，脚印多了，就成了路。

其实故乡就是一种依靠，也是一种收藏，她永远站在我们记忆的深处，召唤我们灵魂柔软的部分，让我们在夜深人静的时候反顾来路，反顾我们血脉的上游。

曾记得一个台湾老兵的故事。说刻骨铭心的思乡者，把一个装着故乡土的玻璃瓶子弄丢了，他的魂魄也随之丢弃了。老兵住院，什么样的医术也疗救不了他这种思乡的痛。他的事传播开来，人们同情他，给他送来各种各式的土，特别是一研究生翻找资料，在实验室里，为老兵配制了家乡的土。研究生说："用科学来看，配制的土才是真正华北平原的黄土。"研究生在配土的时候特别多放了一点儿盐分，用以配出老兵家人在这土地上所流过的汗水。但细心的老兵呢，看出了黄土是用色素染成的！他说平原的土，是可以用比例配制的，但故乡的土，是不可以用实验来配制的，那些童年的声音留在土里，那些炊烟留在土里，那些牛羊的哞叫，怎能够培植出？土的颜色可以用色素，那些情感蛊惑的元素，怎能用一克两克的色素配制呢？

老兵说什么好？他感激那些人，为他送各种各式土的人，他感激那研究生。老兵最后说，这一瓶配出的黄土里面缺一样要紧的东西。当初，妈妈把黄土放在白纸上摊开，低下头去审视的时候，有两滴眼泪落在土里，这一大瓶里却没有！

是啊，那半瓶黄土里有祖父和父亲的汗，有母亲的泪。母亲有胃病，长年吃中西大药房的胃药，母亲亲手把土装在空玻璃瓶里。在老兵的家乡，玻璃瓶也是好东西。母亲把土摊在白纸上，戴好老花镜看过、拣过，弄得干干净净，才往瓶子里装。老兵带着这个瓶子走过七个省，最后越过台湾海峡。

我不知道这个老兵最后的所终，但我知道揪心的是灵魂还乡。被毁容整容后的故乡，灵魂能顺当回返么？他能找得到胡同口遥望的母亲么？

当故乡变成了一个词汇，当这个词汇没有了具体所指而被抽空，就像阿房宫只是一个词，地面上没有了廊腰缦回、檐牙高啄，没有了负栋之柱多于南亩之农夫，没有架梁之椽多于机上之工女，这样的阿房宫是否叫阿房宫？阿房宫这样的词汇是贫血的，没有了人的声口没有了活的内容，如果故乡也是如此，这样的故乡也就是死掉的了。

当毁容的故乡只留下一个名头时，这样的故乡也是半死不活的。我要追问，当故乡被毁容，你的魂魄还能找到过去的印记么？门前的石礅没有了，记忆的原址没有了；老屋的燕巢没有了，睹物思情的指示没有了；家族的墓地没有了，祭奠就成了十字路口随风飘扬的纸灰。这时你面对的不是“儿童相见不相识，笑问客从何处来”的诗意尴尬，而是看不到故乡遗容的那种孝子的锥心之痛。

祭祀无日，哀痛不已！

毁容的故乡与记忆完全不符了，但故乡不能忘记；故乡可以忘记，但童年的记忆不能忘记。故乡不仅仅是地名。三棵树，也许那是祖辈的记忆，当初移民的时候就有三棵树；刘举人庄，当初村子里就走出了举人，成为后辈的炫耀；观上呢？也许村子当初就在道观的旁边；九女集呢？是一个老太有九个女儿而叫的村庄？

我知道在故乡整容的时候，人也有的退化而整容。祖籍是父辈走出的故乡的印记，但却是履历中死的文字，不再是炊烟和泥腥的土味。我的故乡是什集，是明初移民，十家人家聚居而成了集市。提到什集，我的脑海闪回的是炒焦花生的沙土，还有冬夜啃羊头的热腾腾的气与“噼啪”的木柴的炸响，但对出生在城里的儿子,什集只是一个词,没有了体温,没有了那种几百年生活的暖与安详。什集的什字,本来念什(shí),是古代十字的大写,儿子也许会念“什么”的“什”(shén),不是一字读音的差异,是一种文化符号的转变,是一种故乡变成了异乡,是别一种物质,是地点异化成了虚空,是名词变成了虚词,变成了反问句式:“什么?”

好像在不友好地审视!

我知道现在有的人为了加薪为了提干,在私下窜改履历、年龄和学历,这也算是别样的整容吧。不知道这些整容的独在异乡为异客的人要走回故乡,碰到整容的故乡,怎样和那片土地对视。都是赝品,都是一样的货色,都是失去了本色的家伙。那真是近乡情更怯,不敢问来人。

三

故乡在沉沦,有的乡村虽躲过了拆迁,但也精神沦陷。年轻人走了,土地荒芜了,村子里多的是暮年的老人和留守的孩童。这些老人和儿童是否能抵抗住故乡的沦陷,我是持怀疑态度的。农民是弱势,农民的父和母与农民的孩和子,一老一少更是弱势,若是现在还乡,鬓毛未衰的你就会看到故乡一方面是苍颜,一方面是毁容。

我读到过一首诗:“村里的动物越来越少 / 村里的童年越来越少 / 原来的童年有狗陪着 / 狗当童年的影子 / 原来的童年

有牛的影子 / 跟着牛到处阅读青草阅读蝴蝶 / 村小学由五间教室减少到两间 / 最后村小学取消任何一间教室 / 这个村和那个村还加一个村 / 拼成一个小学 / 三个村共用一个童年 / 三个村的动物越来越少 / 消失的还在继续消失 / 陪伴童年的狗牛比童年的数量似乎更少 / 动物越来越孤独 / 童年越来越单调。”

现在的乡村再也没有了牛耕地，也没有了猪圈，多的是狗。也许世相变化太快，现在要人仗狗势，让强悍的生灵来看家护院，来陪伴老弱病残。我想，如果我们失去故乡，给我们留下的是一代人的痛，而要是失去童年呢，这些孩子从小就接受流浪和孤独，那我们就失去了明天，因为明天是孩子们的。

“没有故乡的人是不幸的，有故乡而又不幸遭遇人为的失去，这是一种双重的不幸。”虽然生养我的故乡依然存在，但她也最终难逃那逐渐蔓延的乡土的沦陷。其实故乡还在，母亲去世经年，早就断了还乡的愿望。母亲在的时候，我就曾体悟到失去老家的痛苦，我说的是我的母亲。在母亲的晚年，我曾把母亲接到所谓的城里，在我居住的三楼上，母亲如囚徒。这样的楼房，没有了土地平旷，屋舍俨然；没有良田美池桑竹之属，阡陌交通，鸡犬相闻。这样的楼房，春天与燕子毁约，不再接纳这玄鸟。即使回到毁容的故乡呢？燕子也是旧巢无觅处了。母亲在这钢筋水泥里，如住牢笼，邻居变成了猫眼里的瞭望，门是安全门，窗是防盗窗。贼是难入，人却难出。

有一次我下班回家走到楼下，蓦然一惊，看到了母亲在窗口的茫然的眼神，母亲在张望。囚犯每天还有放风的时候，母亲一月半月也没有到楼下挪动半步。楼的雷同使母亲惧怕,怕走出家属楼,再也分不出子丑寅卯的差异,找不回返回的路。

秋天了,母亲说,在楼里,听不到一丝老家的声音,老家该掰棒子了吧?我知道暮年的母亲寂寞了,过去城里的街头还有人卖蝈蝈,而今这风景也绝迹了。我走出城市很远,在野草蔓生的瓦砾间捉到了几只促织,夜间,就放到母亲的房间。蟋蟀入我床下,促织一叫,我所住的楼房好像安静了,多好的秋声,天地间好像一下在肃穆寥廓了。

但我知道这是对故乡秋天的模拟,是故乡秋的赝品。

故乡沉沦了,蟋蟀的鸣叫也成了绝响。我不知道蟋蟀到城里的感受,但看到街头的一棵棵被移栽的大树,那些委顿的焦黄的树枝,看到那些打着点滴的树,那些吊瓶满身的树,如五花大绑,我哭了。

老家的村口也曾有几株明代的柿子树, 有四百年的历史,但前几年被一些树贩子连根移走了,说是上万块钱。就如吹灯拔蜡,老家的历史记忆成了空缺。有一年,我回老家为母亲上坟,看到移走树后留下的大大的树坑,如枯干的泪眼,无助无望。我童年留恋的柿子树,老家的指示物种和地标,那曾荫庇故乡多年的古树没有了,只剩下裸露的斑驳的树根。

我心里一阵揪痛,我想到台湾老兵的故事,如果他的灵魂还乡,他走到村庄看不到母亲曾在村口属望的柿子树,那将会上演怎样的情景?

我看到很多脱离故土进城的古树由于水土不服而死掉,我曾想写一篇大树的悼亡词。看到那机声“隆隆”中的大树被移栽进城，真想对着街头喊一声：“停！”

让他们回到他们的故乡去！

让他们回到他们的本源，给乡间的鸟兽以栖息。

我想到《伊耆氏蜡辞》用作悼亡词给那些大树最恰如其分：“土反其宅，水归其壑。昆虫毋作，草木归其泽！（土回到你的地方去，水回到你的沟里去。虫不要吃我的庄稼，草木回到你的河边去！）”

我想那昆虫就是那些树贩子吧，移栽进城的大树和没有故乡的人一样，是痛苦的，整日煎之熬之。

在韩国，超市货架上出售大米的时候，如若袋子上印着“身土不二”的字样，则价格要昂贵不少。身土不二？是的，身土不二，这是一个深植中国的外来词。它强调一株树也好，一根草也好，一枝一叶，还是一个人，最好不要离开自己的土壤，一个人的身子骨不能与生存于斯的土地分离，吃本地产的食粮，才有利于身心。

中国有句话：“一方水土养一方人。”其实，水土是有脾性的，不是什么人都养的，只有故乡的水土才养人。故乡除了给你生物的DNA，还有精神的DNA，这看不见的DNA序列的排列有排他性。

四

没有故乡的人，没有根基，没有身世。

叶赛宁说:“我抵达故乡,我即胜利!”

“归去来兮,田园将芜,胡不归?”是千年前的陶潜在时空外呼唤如今疲惫的心灵么?

其实对沉沦的故乡来讲,连荒芜也不配,只是一片钢筋水泥的狰狞。

我看不见灵魂的归路。

谁知道树的呼吸？

一

不是悲悯，而是一种本能的折射，我看不得一切的受难者，无论人即或动物乃至植物。母亲在的时候，常说我泪窝子浅，不适合做贼，不适合做官，心不硬。

有一次我到一个新开发的小区看望朋友，小区楼宇俨然，在无数的水泥森林挤压里，突然就发现在小区的中心处假山处，一棵可环抱的柿子树，被挂着吊瓶如垂死的病人在输液，而树冠的枝条大多被砍去，光秃秃的吓人，像受了古代的髡刑。

这是一棵远离故土的树，被进城的古树。她的四周都是坚硬的钢筋水泥，没有了乡间的那些依靠与乡亲，没有了鸟鸣，就如发配一样，如沧州道上的林冲，是的，她们也是五花大绑进城的，来的时候，是坐的囚车一般，人犯罪是被发配到荒凉，树却被发配到喧嚣，城市的喧嚣，她们陌生的喧嚣。

这棵树才进城不久，如苍颜的农民工，还未能适应城市里的伦理，手足无措，她孤独地立在那里，当旁边有儿童的滑板呼啸而过，她无动于衷；当有口红的浓艳抱着宠物走过时，她还是无动于衷。

我理解的这树，是有尊严的，她不愿在这钢筋的森林里俯就，她的皲裂的皮层，她的隆起的疙瘩和纹理，是乡村筑出来的铁一样的外表和品质，她的浓荫是给乡下的农人的，她的枝条是为那些鸟儿预设的。

但是如今的她作为一个乡间的土著，离开了为之服侍的泥土，根离了土，土离了乡，树斩了根，她怎能不死？她是坚守家园的农夫，很少有农夫背叛土地，也很少有树木从土地上逃亡，无论是风的扑打还是雨的狂躁。

她在乡间的土地上站立着，但后来电锯来了，斧头来了，囚车来了，城里的男人来了，于是屠杀也来了。乡村的泥土上，留下电锯撒下的白惨的骨粉，她被肢解，被搬运，头颅被砍了，胳膊被砍了，手脚残疾了，发梢残疾了，她的动脉静脉都裸露开来，她进城了。

但她注定水土不服，她注定患了思乡的病痛，在高楼的阴影里，她如何张望，也看不到乡间的黄昏，她即使能和偶尔路过的麻雀搭话，喉咙也是嘶哑的，声带早已毁坏。

看到受刑的柿子树，我的心一阵抽搐，我想到了我母亲在城里的不适，母亲害怕高楼，她在楼里生活就如牛羊被圈养。记得有一年，母亲在我家住，我从外面回来，看到母亲趴在窗台向外张望,苍老的脸在玻璃上如枯萎的萝卜,当时我的泪就下来了。

今天看到这棵柿子树,我默默在心里说:对不起。但我确实无能为力,一棵树也是一个人,但树们又总是弱势群落,时时处在被杀戮被践踏的位置。在我的老家,我曾亲眼看到亲耳听到故乡无数村庄的村头昼夜不息的电锯轰鸣声,在公路边上的木材加工厂和木器制造厂一家挨着一家;那些每天都往城市运输的汽车机动三轮车大车小车毛驴车上的三合板五合板和胶合板,如山如丘,如云如怒;那些路边一年四季都歪歪扭扭赫然竖着的出树收购树的联系人电话和QQ的广告牌。于是,我想到了目前故乡的荒芜,甚至连祖坟的树木也逃脱不掉被砍伐的命运的缘由了。绿树村旁合,只有到孟浩然的唐诗里去找了。

傍百年树,读万卷书,是我的理想,想孔夫子曾在满是杏树的林中筑坛讲学,那是何等的景色?我要是在一棵树下与树一起能听夫子的布道多好,过一种傍书而居的生活,过一种树下弦歌不辍的生活,那是幸福的。我猜夫子是爱树的人,等他死后,他的学生,把家乡的树都带来,一棵一棵都栽种到老师墓地的四周来拱卫夫子,如一个个垂手侍立的学生,等待父子的耳提面命。有姓李的李树,有姓白的白杜,有姓杜的杜仲,这些树如子路、冉有、公西华侍座。

在我的老家,过去是把有些年岁的树当作神灵的象征,有的树被缠绕上红的绸布,摆上香案,谁家有了病灾都会到树下祷告,一年四季树下香火不断。我想那是供奉的神么?毋宁是供奉的绿，是对树的敬畏与崇拜，入骨入髓。

不轻易毁掉一株树，不轻易折断树上的一根枝条，这不是迷信，是一种道德的高坡。

多年前我曾读到一个树的故事，我感到另一种文化的高度如烙铁镌刻在我的内心，时时让我反顾，那是一株红杉树，红杉树是跟恐龙一个时代的植物。那是一株十八层高的红杉树，长在美国，人们为她取了一个美丽的名字：月亮。然而一家叫作太平洋木材公司却决定，为了经济利益，砍掉她。

就在这时候，一个叫朱丽娅·希尔的少女做出了一个惊人的举动：她要把这棵已经有一千岁的红杉当作自己的家。她爬上去，在这棵树的顶端搭了一个离地 60 米的平台，那就是家了。在两年的时间里，女孩风餐露宿，成了一名地地道道的“树人”有巢氏。人们给她取了诗意的名字——“月亮上的蝴蝶”。但是诗意的背后却是长达 738 天的守望与抗争，木材公司的冷漠，使得这个美丽的女孩被搁置在大树上两年，吃住在树上，拉撒在树上，洗漱在树上，即使冬季，即使炎暑，最恐惧的是飓风来临，她经常是用安全绳把自己牢牢地拴在树上。人们为女孩的举动所感动，大家从四面八方赶来，声援她，支持她，人们为女孩的举动所震撼，但我有时就环顾自己的周遭，我们有这样的女子么？有这样的举动么？我们也有很多的勇士，多的是到珠峰到沙漠的死亡地带，但很少就为了身边的一棵树，一座建筑，拼却了身家性命，如果是有人用自己的身躯去挡一棵树的被砍伐，一座老屋的被扒去，很可能被看作是疯子，被看成是异类。

其实，这是一种对生命的呼应，对生命的呵护，对我们人类早已犯下的错误的救赎，树是对我们有恩的，如乳汁。我们往往忘却了，正如我们不再记得乳汁的味道。如果没有了树，那大地上还能有什么存留呢？树没了，水怎么能涵养土地？没有了树，鸟怎能筑巢，氧气怎能孵出？没有了绿色，没有了水流，我们的脚下还有什么？

树是一种生命，也是一种历史的记忆，我知道桓温北征的时候，对树的感慨中的怆然，“桓公北征，经金城，见前为琅琊时种柳，皆已十围，慨然曰：‘木犹如此，人何以堪！’攀枝执条，泫然流泪”。(《世说新语·言语》)万物皆流，无物常驻，时空错置，人树俱老，青壮与白发，这巨大的反差都在“木犹如此，人何以堪”八个字里袒露无遗。《诗经》有“昔我往矣，杨柳依依。今我来思，雨雪霏霏”。这不是诗句，是心头的滴血。

晋太和四年(公元369年)，大司马桓温率五万兵马，北伐前燕。大军从姑孰(今安徽当涂)出发，途经金城(今江苏江乘县附近)。这一年，距他出任琅琊内史(晋朝北方领土丧失后，在南方设立侨州、侨郡、侨县，以示恢复之志。琅琊就是侨郡之一，治所金城)的时候已经整整三十七年，距他离开金城，升任徐州刺史的时候也已经二十多年了。岁月无情，当年的豪侠少年已届暮年，故地重游，想必是没有说出的比说出的要多得多。于是，我们就听得了桓温的“木犹如此”的悲怆，看到他的两行热泪的肆流。数百年后，南宋辛弃疾在《水龙吟·登建康赏心亭》中写道“可惜流年，忧愁风雨，树犹如此。倩何人唤取，红巾翠袖，揾英雄泪”，再现其泫然。我知道，辛弃疾泪有上游，这上游就是桓大司马的眼窝的英雄泪。“攀枝执条，泫然流泪”，我们看到的是这跃然纸上的真性情，是壮志未酬的落寞，是“木犹如此，人何以堪”的不甘。千载而下，这泪仍是热的，我知道有这样的一句诗：我是流浪许久的一行泪，老找不到一副脸颊来安置，那就找一株柳树吧。

二

日本九州福冈市准备拓宽一条道路，以解决交通拥堵问题。此事需要砍伐一排樱树，一棵含苞待放的樱树已被锯倒。第二天，附近一棵樱树上出现了一首诗：好花堪惜，但希宽限二旬；容得花开，艳此最后一春。诗，迅速成了街谈巷议的焦点。不久，樱树上又出现了一首诗：惜花心情，正是大和至性；但愿仁魄长存，柔情永在。落款是市长进滕一马。最后，道路拓宽了，而那排樱树也保全了下来。

没有树，也就没有水源、没有氧气、没有小鸟、没有蝴蝶，如果这些都没有了，我们还会存在么？即使我们还存在，那我们存在的意义又是什么呢？孤独并不可怕，可怕的是整个人类都孤独，没有伴侣，没有动物植物，没有河流，没有花草，是这些物质养活了我们，繁衍了我们，我们不知道感恩，不知道敬畏，我们只知道攫取掠夺，只知道贪婪。

我非常喜欢一部以色列的电影《柠檬树》，这是人与国家对峙的故事,这更是柠檬树和国家对峙的故事,一个寡妇捍卫自己的柠檬园,就是捍卫一种记忆,捍卫一种价值。

寡妇萨玛,这个巴勒斯坦普通的妇人,她丈夫十多年前去世,靠着从父亲处继承的柠檬园为生,辛勤劳作把儿女抚养大,儿女离家后与长工胡升老头一同经营果园,日子艰难但也简单平静。

直到搬来了新邻居——以色列新任国防部部长,这一份平静才被打破。先是邻居家架起瞭望台、设立感应器、围起栅栏、派驻军队,然后是一个大雨天,一份要求砍掉柠檬树的通知被送到了萨玛手中。为了守护脑海深处与父亲有关的树的记忆,萨玛在律师齐哈德的帮助下踏上了艰辛而漫长的起诉之路,就如秋菊打官司。

影片中,柠檬树不只是萨玛的生命,最使我感动的是长工老人胡升老头在法庭作证的证词:

> 四十年来,日出,日落,萨玛和我种植这片土地与柠檬树。不仅是浇水、施肥,树同人一样,它们有灵魂,有感情,需要人跟它讲话,需要温柔的照顾。我不用耕作机,仅以我的双手。这片土地是这里最肥沃的,不,不只是这里,是全世界最肥沃的。

老人的这证词感动了所有的人,是树的灵魂感动了所有的人,也感动了银幕下的我,法院最终的判决是萨玛不必砍去所有的树,但必须将一半的树修剪至三十厘米高。

萨玛在法庭上站了起来:“你的提议羞辱了我,羞辱了先父和我的亡夫。我的树是真实的,我的生命是真实的。你们已经在四周筑了围墙,还不够吗?”

是啊,树是真实的,如亲戚如友朋,砍掉头颅的树还是树吗?

影片中有这样一个细节,当萨玛偷偷翻过围栏去给柠檬树浇水时,守卫的士兵发现了,好心地叫萨玛快回去,但是萨玛听不懂希伯来语。士兵用仅知的阿拉伯语问萨玛的名字,萨玛也用他能听得懂的话说起幼时往事:“小的时候,我父亲曾经带我到以色列的集市上卖柠檬。”

这是冷酷中的温暖,是种族冲突下良善的人的美好的愿望,战争真的能把人性隔绝么?树是有记忆的,砍树是可耻的,砍寡妇的树更可耻。

呵护一株树吧,我知道,在20世纪60年代,现代化浪潮席卷瑞典斯德哥尔摩的时候,当时的市政当局如我们现在的拆迁,雄心勃勃地推行旧城改造,当时有一项“百万工程”的计划,每年要建成十万套现代住宅。在城市郊区,一排排新的火柴盒式的房子拔地而起,一个个新的居民区出现改善着人们的居住环境。这本是一件受人欢迎的大好事,但市政当局在此鼓舞下,进而要对城市进行全面改建,现代化高唱凯歌如横行的螃蟹一路向东推进,从中心火车站到达了国王花园。

斯德哥尔摩人也逐渐生出怀疑,这样下去,斯德哥尔摩会变成什么样子?还是人们所熟悉的斯德哥尔摩吗?人们开始议论，在各种场合发表批评意见，但还是在忍耐着。这种忍耐终于在 1971 年得到总爆发。这一年，斯德哥尔摩市政当局做出决定，要在国王花园里建成一个地铁站。这件事成了压在骆驼背上的最后一根稻草。一群年轻人组织了一个称为“城市的选择”的运动。人们上街示威游行，认为他们的城市已到了一个生死存亡的关头，要求市政当局收回成命，市政当局认为示威者是胡闹。这年的 5 月，当局不由分说，派了一队工人到国王花园来锯树，做开工前的准备。

隆隆的电锯声成了最后的动员令。人们向着隆隆的电锯声聚拢过来，高喊着保卫家园的口号，来阻挡那些钢铁的牙齿。市政当局也被激怒了，他们派出骑着高头大马、拿着警棍的警察去为工人开路，要强行锯树。示威者见此，就立刻相互通知，人越聚越多。就此，开始了一场大规模的运动。

市政当局中谁也不敢下死命令让警察前进了。最后只好命令工人和警察先退下，再作计议。为了防止当局再把工人派来，特别是晚上乘无人时偷偷地把树锯掉，造成既成事实，示威者们日夜坚守在花园里。有些人还搭起帐篷，拉起吊床，住在树上。5 月里，处于北纬六十度的斯德哥尔摩才是初春,夜里的气温冷得让人牙齿直打战。但这些年轻的示威者裹着冬衣，弹着吉他，挂起了“拯救斯德哥尔摩”的横幅，誓与那些老树共存亡。发生在 1971 年 5 月的这个事件正如这些活动者所说，救了斯德哥尔摩。它给处于现代化疯狂中的斯德哥尔摩市政当局一个当头棒喝，使他们清醒过来。

今天,这些保护国王花园古树的人成了瑞典人心目中的英雄。很多历史书都记载了这件事,人,往往是短视的,未来所谓的现代化,把历史割裂,把树砍去,把老城推平。几十年前,塞瑞亚广场北面的那五排现代主义的火柴盒们有很多人欣赏,作为时代的骄子,在斯德哥尔摩市中心拔地而起,傲视群楼。但在今天的瑞典人眼里,它们却如一块疮疤,奇丑无比。在斯德哥尔摩人心目中,这五座塔楼,就像一张漂亮脸蛋上的五块黑痣。我们知道,如果当时没有人及时站出来制止,就不只是五块黑痣,而是整个斯德哥尔摩被毁容了。

看看我们身边的城市,有几个不被毁容? 当毁容的城市只留下一个名头时,这样的城市是伪饰的虚假的也是半死不活的,我要追问当城市被毁容,城市的魂魄还能找到么?假使北京没有了故宫,没有了颐和园,那还是古都北京么?但是古都曾有过一段被毁容的岁月。1953 年,林徽因因肺病几乎说不出话,但为了保住永定门城楼不被拆,她曾指着北京市副市长吴晗的鼻子说:“你们拆去的是有着八百年历史的真古董……你们迟早会后悔,那时你们再盖的就是假古董!……”梁思成与主拆派据理力争,在会场上痛哭失声。

一直到 1957 年,梁思成还在抗辩:“拆掉北京的一座城楼,就像割掉我的一块肉;扒掉北京的一段城墙,就像割掉我的一层皮!”

三

尊重一棵树吧，当我在无论哪个城市的街头或者乡村的路旁，每每看到一棵大树，我都会伫立下来，死死地盯住这株绿色，为这片土地上的人与树致敬。

其实，唤起我自己对树的感觉的，缘于去年的一次经历。去年的5月，当我到敖鲁古雅达阿龙山玛丽亚·索部落时，看到了老猎人安道正坐在一堆木柴的前面，那时午后，天蓝得让人不敢相信，猎人安道的脸是酱色的，他的身边是一柄劈柴的斧头，很安静。

人们说安道老人最擅长打制猎刀，但他一天一天都不说一句话，当时身边是斧头，并没有猎犬，但大家说猎犬是他最亲近的伴侣，他和猎犬同一碗吃饭，共用同一双筷子，人吃一口饭，狗也吃一口饭，晚上也和猎犬同眠一张床。

当同行的人拿起斧头在安道老人面前笨拙地学着劈柴时，老人笑了。也许在老人看来，文明人也在退化吧。人们告诉我：安道老人用作烧火劈的柴，都是在森林找的枯死的树，鄂温克人从不伐还生长的树做柴烧。鄂温克人从来不会破坏一棵树、污染一条河。在鄂温克人的眼中，这些都是神灵的赐予。他们相信万物有灵魂，这些灵魂是可以互相转化的，人是自然的一部分，鄂温克人把动物植物当成和自己一样的物种，他们有了烦恼，可以对着大树诉说，他们通晓鸟儿的语言，他们不贪婪，他们平和地对待自然。

鄂温克人视树为生命，他们火塘里的柴，都是用风倒木劈出的柴火。砍伐鲜树作为烧柴那是一种罪过，森林中那些枯干的树枝，被雷电击中的树，被狂风击倒的树，被山洪冲下的树，他们把这些失去生命的树弄来做柴烧。鄂温克人不像汉族人砍那些还活得好好的树，那些还活着的树就被汉人砍下，劈成木柴绊子，垛满了房前屋后还有院子里，像炫耀，他们不理解这种贪婪。

在森林生活的鄂温克人离不开树，他们对树木充满感激充满敬畏，鄂温克原始神话里有："开地之初，在大地的黄色肚脐上，单立着一棵大树，树上有八条繁茂的树枝，树干一立穿过三层天，树皮和树疖都是银的，树液闪着黄金色的光芒，果实像巨大的酒杯，树叶像张张马皮。从树梢经过树叶流淌着神圣的黄色泡状液体，人们饮过它就得到了大福。"

在鄂温克的传说里，是神树养育了人类、赐福了人类，神树是给予鄂温克人生命的树，鄂温克人对树木最根本也最原始的观念，就是把树看得像是养育自己的母亲。东非万尼卡人就认为："每毁坏一株椰子树，就等于杀害了自己的母亲。"

鄂温克人把树作为祭神的圣所，他们认为神的灵魂寄居在某棵大树中。比如鄂温克族猎民信奉的"白那查"山神。"白那查"的形象是在大树上绘制的一个长须老人的模样。在狩猎途中，猎人从"白那查"旁边走过时不能喧哗，否则对狩猎不利。鄂温克人认为一切野兽都是"白那查"饲养的，猎获野兽是"白那查"的"恩赐"，因此，遇绘有"白那查"神的大树，要用兽肉献祭，还要摘枪卸弹，跪下磕头，祈求保佑。如果猎获了野兽，还要涂一些野兽身上的血和油在这神像上。

这是鄂温克的古老传说：很久很久以前，有个酋长带着全部落的人去围猎。他们听见大山里传出各种野兽发出的各种各样的叫声，就把这座大山包围了。其时天色已晚，酋长就让部落的人就地安歇。第二天，部落的人开始缩小包围圈，一天很快又过去了，到了日落时分，酋长问部落的人，让他们估计一下围猎了多少种野兽？这野兽的数量又是多少？没有一个人敢回答酋长的问题。大家知道，预测山中的野兽，就跟预测河里游着的鱼和森林里开多少朵花一样，谁能说得准？就在大家沉默的时候，有一慈眉善目的白胡子老人开口了，他不仅说出了山中围猎的野兽数，还给这些野兽分了类，鹿几只，狍子几只，兔子几只。等到第二天围猎结束，酋长亲自带领人去清点围猎的野兽的数，竟然与那老人说的一模一样！酋长觉得老人非同寻常，打算问他点什么，就去找老人。明明看见他刚才还坐在树下的，可现在却无影无踪了。酋长很惊异，就派人四处寻找，仍然没有找到他。酋长认为老人一定是山神，住到树里去了，于是就在老人坐过的那棵大树上刻上了他的头像，这就是“白那查”的来历。

在这次鄂温克人居住的森林里，我第一次看到了长着眼睛的白桦树，我压抑着像看到梦想一样的激动，让朋友帮忙为我留影。

在我的感官中，白桦是一种异域的风情，在俄罗斯画家列维坦的名画《白桦林》前，曾莫名地潸然落泪，为那种美，为那种秀劲挺拔的树干上，诗意般地围裹着一层厚厚的、白光闪闪的银色。多么纯洁的银色!它使你联想到《这里的黎明静悄悄》里的那些女兵，它使你联想到纯真圣洁，联想到爱人。

俄罗斯民俗学者费德科说："只要你走进白桦林，就会知道桦树对俄罗斯人意味着什么。其他任何一种树都无法带给你那种纯洁、孤傲和完美的特殊感觉。我认为这就是俄罗斯灵魂的写照。"

普希金在给友人的书信中，曾描述过去南方旅行看到白桦树时的那种喜悦：我们穿过了一道道山岭，首先令我惊讶的是白桦树，北方的白桦树！我的心为之战栗。

这次在鄂温克人家，我看到随处的白桦的物件，那种欣喜可以用断路来形容，我一时头脑空白悸动，为这与美的片刻的逢遇。

白桦树是鄂温克族人生活的影子。小桥是白桦搭的，猎人坐骑的马鞍是白桦做的，渔人的船是桦树皮做的，一间间尖顶、形似帐篷的"撮罗子"是白桦树翻皮搭建的，院墙也不是砖石垒的，而是清一色的白桦树"木栅子"，甚至吃饭用的桌子、凳子及碗筷，也是桦木或桦树皮做的。在鄂乡小孩子生下来，也放到白桦做的摇篮里挂在树上。

白桦的汁液，像乳汁哺育着鄂温克人，他们用猎刀在白桦树根那里轻轻划一个口，插上一根草棍，摆好桦皮桶，桦树汁就顺着草棍像泉水一样流进了桦皮桶里。那汁液纯净透明，清甜非常，喝上一口，满嘴都是自然的带有树的气息的清香。

鄂温克人打猎、捕鱼、挤奶用的制品是用桦皮做的；餐具、酿酒具、容器、住房、篱笆、皮船，甚至人死后裹尸也是用桦皮做的；鄂温克人许多的服饰也是用桦皮做的，如桦树皮帽、桦树皮鞋。

桦皮船行驶时轻巧无声，就像一条鱼，白白的，所以在水里行走不会惊走水里的鱼和岸边林中的兽。

在白桦林，我抚摸着白色树干上那一只只黑色的“眼睛”。感到了她们在手的抚摸下忽闪忽闪地动，传说用红丝巾遮住白桦树身上的“眼睛”，这样，就能让情人不再看其他的人，而一生一世只爱自己。我想用刀子在白桦的皮上刻上一个人的名字，但怕破坏了那种圣洁，只好做罢。

离开了白桦林，我看到了身后的一只只眼睛，在注视着我。

四

鄂温克族是一个信萨满的民族，他们认为，天地万物都有神灵，人们要谦卑敬畏，即使是一朵花的开落，一丝的风声，一声的鸟啼，一声的雷鸣，一片的雪花，一片的桦树叶子，甚至一粒星子，都有神在远方看着主宰着。于是，这就有了火神、山神、风神、雷神等等。

其实他们敬畏的就是一个神，这个神的名字就是自然，鄂温克人对自然充满敬畏，顺从自然，不背拗，不狂妄，不贪婪，不过分索取，于是受到敬仰的神就赐予他们更多，让他们得以世代繁衍，生生不息。

他们相信万物的轮回，人的前世可能是熊托生的，虎托生的。于是，鄂温克人认为他们和熊啊鹿啊，灰鼠啊猎鹰啊，都是出自一家，对它们，只有饥饿时，不得不打猎时才出手。他们认为，鄂温克人和花啊草啊树啊浆果啊野菜啊，也是出自一门，只是为了充饥时，才去采摘，于是手下就小心翼翼，就充满爱意。

鄂温克人对森林怀着的是感恩，这使我想起了被称为“红人”的印第安土著，我的记忆里有一篇名叫《西雅图的酋长的演说》，那可以是鄂温克人的宣言，和鄂温克人一样的大自然的信徒，都是那么古老，那么有着金子一样对待自然的品质。

对我们民族来说，这片土地的每一个部分都是神圣的，每一处沙滩，每一片耕地，每一座山脉，每一条河流，每一根闪闪发光的松针，每一只嗡嗡鸣叫的昆虫，还有那浓密丛林中的薄雾，蓝天上的白云，在我们这个民族的记忆和体验中，都是圣洁的。

我们是大地的一部分，大地也是我们的一部分。青草、绿叶、花朵是我们的姐妹，麋鹿、骏马、雄鹰是我们的兄弟。树汁流经树干，就像血液流经我们的血管一样。我们和大地上的山峦河流、动物植物共同属于一个家园。

溪流河川中闪闪发光的不仅仅是水，也是我们祖先的血液。那清澈湖水中的每一个倒影，反映了我们的经历和记忆；那潺潺的流水声，回荡着我们祖辈的亲切呼唤。河水为我们解除干渴,滋润我们的心田,养育我们的子子孙孙。河水运载我们的木舟,木舟在永流不息的河水上穿行,木舟上满载着我们的希望。

如果我们放弃这片土地,转让给你们,你们一定要记住:这片土地是神圣的。河水是我们的兄弟,也是你们的兄弟。你们应该像善待自己的兄弟那样,善待我们的河水。

印第安人喜欢雨后清风的气息,喜爱它拂过水面的声音,喜爱风中飘来的松脂的幽香。空气对我们来说也是宝贵的,因为一切生命都需要它。

如果我们放弃这片土地,转让给你们,你们一定要记住:这片土地是神圣的。空气与它滋养的生命是一体的,清风给了我们的祖先第一口呼吸,也送走了祖先的最后一声叹息。同样,空气也会给我们的子孙和所有的生物以生命。你们要照管好它,使你们也能够品尝风经过草地后的甜美味道。

这是美国政府要以十五万美元换取印第安人八千平方公里土地时,红人酋长发表的演说,这是一种忠告,也是一种深情,对离开的土地的深情,他们的爱不傲慢,他们的爱是谦卑,他们懂得躬身对待草木、溪流、虫豸,万物都是平等的,谁比谁高多少?谁比谁嗓门大?

如果我们放弃这片土地,转让给你们,你们一定要记住:这片土地是神圣的。你们一定要照顾好这片土地上的动物。没有了动物,人类会怎样?如果所有的动物都死去了,人类也会灭亡。降临到动物身上的命运终究也会降临到人类身上。

告诉你们的孩子,他们脚下的土地是祖先的遗灰,土地存留着我们亲人的生命。像我们教导自己的孩子那样,告诉你们的孩子,大地是我们的母亲。任何降临在大地上的事,终究会降临在大地的孩子身上。

我们热爱大地,就像初生的婴儿眷恋母亲温暖的怀抱一样。你们要像我们一样热爱它,照管它。为了子孙后代,你们要献出全部的力量和情感来保护大地。

我们深知:大地不属于人类,而人类是属于大地的。

是啊,在敖鲁古雅鄂温克人眼里,森林不属于人类,而人类是属于森林的,大家都是森林的子民,有话好好说。

在森林拍照的时候,一个同伴在一个立的树桩上坐一下,就被同行的通鄂温克风俗的人叫了起来,说这是犯忌讳的,在鄂温克人眼里,那是山神爷才能坐的。

鄂温克人在森林里有很多的禁忌,我想,鄂温克人的那些禁忌是不能称为迷信的,应该是一种敬畏。人有敬畏之心是好事,这样做任何事都不会太放肆。犹太作家以撒·辛格说:“就人类对其他生物的行为而言,人人都是纳粹。”我想,这里面是应该排除鄂温克人的。

鄂温克人猎熊也有很多讲究，打熊不能打头，剥皮时还要不停地念叨：熊大哥，冬天来了，我需要一副手套过冬啊。说完再割熊掌，割熊耳朵时要吹哨，模仿站干林被风吹过的声音，割熊腿的皮子还要念叨：有了手套我还要一双靴子来暖脚啊。当然，还要解释一下熊皮的用途，因为寒冷还需要一床熊皮褥子来御寒，就连吃熊肉时，也有讲究，大家围坐一圈“嘎嘎”地模仿乌鸦叫，意思是想让熊的魂灵知道不是我们在吃你的肉，而是乌鸦。

多么可爱的举止啊，永远有着神秘、天真的一个族群，他们的行为像孩童，有着我们现代人消失的诗意烂漫。

这种天真在流失，这种生活成了绝响。

在森林里，我见到了一棵树枝挂着红绿布条的树，鄂温克人称为神树，鄂温克人在树下祈祷祭拜，有了心事向她倾诉。

鄂温克人相信森林里每一棵树都有灵魂，她护佑着每一个鄂温克人，在森林里，当鄂温克人在路上遇到挡道的树，要是无法绕开的话，就会围着树祷告，求树宽恕，然后才敢砍伐。

这样对待树的习俗，在所谓的文明人看来是愚昧，但我却称之为生命敬畏的哲学。鄂温克人在森林里生死，与树终老不离不弃，鄂温克人实行树葬。人死后，将尸体包裹后挂于树上或放在支起的木架上，任凭风吹日晒，待皮肉烂掉后拾骨埋葬。

鄂温克人就如一棵树，老了，就和森林的树木做伴，尽快融化于这片森林！

在敖鲁古雅，我听到一个传说，有个人患了绝症，想用上吊的方式结束自己的生命，但他不想让一棵生机勃勃的树为自己殉葬，害了这棵树，因为鄂温克人的习俗是：凡是在树上吊死的那个人，一定要连同他吊死的那棵树一同火葬。

于是在一个夜里，他找了一棵枯干的树，吊死了。我听到这个故事，落泪了，我想到里尔克的《严重的时刻》里写的：

此刻有谁在世上某处哭
无缘无故在世上哭
在哭我

此刻有谁在夜间某处笑
无缘无故在夜间笑
在笑我

此刻有谁在世上某处走
无缘无故在世上走
走向我

此刻有谁在世上某处死
无缘无故在世上死
望着我。

是啊，我想，这个吊死的鄂温克人在看着大家，若世间没有了这样的爱意，这世界该多么荒寒！

我知道，人死后埋葬的地方栽上一株树，可以是白桦，可以是落叶松。没有墓碑，没有坟头，有的是与美一同的生长，有的是节俭，人死如树落叶的静美，快快地回报给土地，融进土地，把自己变成一棵树多好，这是另一种轮回，死不再是可怕，死是一种生，死不再是虚空，死是一种生长。这是一个懂得死，也懂得生的民族。这是一个洁净的民族。这是一个敬畏树的民族，也是一个敬畏火的民族。人说，一棵树可以造出无数的火柴，一根火柴可以毁灭无数的森林，于是鄂温克人为防止烟头可能会毁掉森林，就发明了一种烟：口烟。它是用碾碎的烟丝、茶以及碳灰三样东西调和而成的，这样的烟不用火，把它们捏出一点儿，塞到牙床上。

在敖鲁古雅的那棵神树下，我双手合十，然后说了一句：久违的亲人！

然后拍了一棵神树的照片，带回我遥远的南国，让神树时时提醒我：人，要有所敬畏，无论是遇到一棵树，还是遇到一根草。

但我忽然想到了《红楼梦》中的王熙凤“我从来不信什么阴司报应的，凭什么事，我说行就行”。

于是感到了一阵寒战，从这片土地的遥远处传来。

灵魂何处？

如果说没有灵魂，那么我们的肉体为何时时处在无尽的撕扯中。

——题记

一

在根河的座谈会上，我说出自己心灵的困境和生存的困境。其实我知道，这是说给窗外的无边森林和白云，还有激流河，还有那震撼我竟然有一百一十公里蝴蝶公路走廊的翻飞和斑斓，还有最后的鄂温克狩猎部落，还有一个固执的不下山的老人玛丽亚·索。

有一次上班途中，儿子突然问起我老托尔斯泰逃向苍天之事。儿子问这话题时，其实他就已洞穿了我。

走。逃走。逃向何处？虽是春天，我感到了一场暴风雪的升腾。

它是怎么旋转来的，这一场暴风雪？

一百年。超过了一百年的暴风雪，从历史深处一个叫阿斯塔波沃火车站旋起。一个老人，在临死前，猛然从床上折起身子，用毋庸置疑的坚定喊道：“走，应该逃走！”

是啊，在八十二岁的那年，那是 1910 年的 10 月 27 日，老托尔斯泰给妻子留下一封信，在雪夜中静悄悄地乘着一辆马车，由医生和女儿陪同，秘密悄悄地离家出走。82 岁的老人在颠簸的途中病倒了，最终只好弃马车，匿名改乘火车，末了实在无法，就躺倒在那个叫阿斯塔波沃火车站一座小红房子里。

1910 年 11 月 7 日，托尔斯泰离家出走后的第 11 天。

在阿斯塔波沃火车站站长的那座红房子的狭小房间里，与世长辞。红的，白的，雪，房子的颜色，都刺向人的眼。

像一棵树訇然倒塌，森林里所有的树，都感到了震动，感到了失去的巨大的空旷是无法弥补的了。那夜，有无尽的雪，在旋转在升腾，在升腾中旋转，在旋转中升腾。

该堕落的堕落，该升腾的升腾。

“走，应该逃走！”是的，我知道是百年前阿斯塔波沃火车站的暴风雪点燃了我，这种异端的在世俗人眼里的不可思议不可原谅的举止，那他一定是疯掉了，像一棵疯狂的石榴树？还是在海上蹀躞的一叶白帆？

是啊，如果是一株树，那就是石榴树，埃利蒂斯的石榴树，没有被平庸整肃掉的一个树种,在顿河,在希腊,在一切有异端的土壤上,这种树,砍了还发,即使你肢解她,监禁她流放她,她的种子也不会变节,也不会匍匐跪地,在深黑的夜里,沉重和残酷,无孔不入的奴役也许使这样的树种濒于灭绝,但她还是遗世而孑立。

泪眼婆娑的石榴树!

雪,暴风雪,这无望冬天的暴风雪曾摧毁过她的枝干,雪飞旋在世界,也飞旋在我的内心,如煮如沸,迷茫而坚毅,荒凉兼苍凉。

告诉我,是那疯了的石榴树与多云的天空在较量?(较量,是无处不在的。世俗的,意识形态的,亲情的,媚俗的。)

告诉我,是那疯狂的石榴树高声叫嚷着正在绽露的新生的希望?(风雨如晦,鸡鸣不已。未经阉割的,本能的,自性的,未经转基因的 DNA。)

告诉我,在万物怀里,在我们最深沉的梦乡里,展开翅膀的她,就是那疯狂的石榴树吗?(草鸡,苍鹰,屋檐,稗糠与稻谷。泉水的冷凛与清冽,蓝天的寂寥,正好是让翅羽散步的地带。)

是啊, 我把这疯狂的石榴树的意象送给这离家出走的老人,我一直把托翁当成人间的石榴树,有着铸铁枝干的,皲裂皮肤的,有着炸雷劈开的碳化痕迹的石榴树,对抗着天空的石榴树。

“走,应该逃走!”这些话给历史在场的人留下的是沉重,是神启,是慈爱。他说出了,就属于了历史,也许失传,也许永续,是种子，一经播撒，虽钢筋水泥，也有萌发的机缘。

让人成为人，让人像个人，逃走么？逃走岂不是回归？逃走岂不是回家？是的，有时逃走恰恰是回家。

二

也许俄罗斯民族有一种忧郁和偏执，恰恰是这种民族的基因，让我咏叹不已，天国与苦难，挣扎与漂泊，何处能停泊那躁动的心？

我想到了那叶白帆，在海上如翅膀追逐心灵的向度。海的蝴蝶，海的翅膀。

多么温暖的像我的兄弟！

就像饥饿的人在暗夜看到了星光、面包与盐。而心灵一下子被那叶白帆所感动所包围，真的如兄弟，可托付的兄弟：

在那大海上淡蓝色的云雾里，
有一片孤帆儿在闪耀着白光！……
它寻求着什么，在遥远的异地？
它抛下什么，在可爱的故乡？……
波涛在汹涌——海风在呼啸，
桅杆在弓起了腰轧轧地作响……
唉，它不是在寻求什么幸福，
也不是逃避幸福而奔向他方！

下面是比蓝天还清澄的碧波，
上面是金黄色的灿烂的阳光……
而它，不安的，在祈求风暴，
仿佛是在风暴中才有着安详！

在大学里的元旦晚会上，我朗诵过这首莱蒙托夫的《帆》，渴望，无望，热血，不安。我是一个出生在黄壤平原深处的人，到大学还没看到过船，更不用说一叶帆，但我的性情里却有一种对白帆和湛蓝的渴望与亲近。我在苦寒里走来，童年、少年家境拮据，青年时期饥肠辘辘。父母是农民，父亲靠在集市为人用笤帚清扫垃圾和污秽，半乞讨半做面饭生意供我读书。父亲是没文化的人，谈不上文化人的眼界和思维方式，没有文化人的爱好和趣味，只是把一个锡制的小酒壶揣在衣服里，闲暇时饮酒。但父亲喜欢我读书买书，喜欢我到场院的麦秸垛或者草庵里，或是夏日纳凉的夜晚，听我吟诵那些遥不可及的事物，比如莱蒙托夫、罗曼·罗兰、白桦、密西西比河的老黑人。如此的不可思议，就是这些平原以外的东西来抚慰我狂躁的心。

也是这些东西，吸引着目不识丁的父亲。

记得在初中时的麦秸垛里曾读康·巴乌斯托夫斯基的《碑铭》，那是和白帆一样蛊惑我的碑铭，那些人类的精神骨血，少年的脑海里一直回旋着的是千百年来，拉脱维亚渔夫在“魔鬼的锅子一般翻腾着”的波罗的海。那些层层烟雾笼罩的海边，有一小小渔村，远远地就能看见，一块巨大的被波涛包围的花岗岩石上，刻有一行古老的铭词——

纪念那所有死在海上和将要死在海上的人。

碑铭。碑铭。不是刻在石上，是刻在我的肉上嘎嘎有声的铭词，这种灼这种震撼一直在，像骨头里混合的玻璃碴子。死和要死的人，这在中国文化里是多么忌讳的字和词汇，但她说出了一种必然，人都是要死的，有人思考过死了，有人来不及思考也死了，这是每一个生存者无法摆脱的宿命，是最本然的规定。死是规定着生的，所谓的向死而生向死而在，比未知生焉知死，把死悬置，给我的撞击更烈，他们刷新着我的眼睛。

神秘。海是一种神秘的宿命和勾引。到大海上和倒在大海上都是致命的诱惑和冒险，但是，即使人们知道这海里的危凶，总会有一些不安的灵魂终究要到那里去，与幽暗的波涛为伍。大海是蛊惑，她诱惑的就是那些想安顿想安静心灵的灵魂。是啊，也许死才是一种解脱，是一种价值，但将要死的这路途恰恰是灵魂麇集的冒险路途。

白帆，无疑会从血管里起航，然后通向大海。

从血管里起航，归程在哪里？故乡？异乡？

这叶白帆将在哪儿停泊？我想到了一部书《野草》，一个人。过客。短暂的生命，无涯的长途，渺小与虚无。心事浩茫连广宇。

是啊，必须走，走向命定的大海，光阴无乃大海乎？人都会倒毙在光阴里，时间是线性的，愈来愈快了，还有多少能挥霍？

该诀别的就诀别，该抛下的就抛下，从血管里起航，删繁就简的岂是委顿，岂是恐惧？遵循血的呼啸。光阴如海，残阳如血。你是一叶白帆。张开的、搏杀的白帆。蝴蝶的翅膀也可扑火。

但是大海呢？现在的大海不再是大海，现在的大海还有那些神秘和蛊惑么？还有命定的启示和未知么？大海早被人类涂抹得不成样子，还有森林这些能作为诗意栖居的地带都被人为地堵塞了，人类生存的家园被连根拔起。我想到这次到大兴安岭中心地带，看到的满眼的绿色的次生林，那种绿色使我陶醉，但也为没有看到那些原始森林而悲伤，为最后的鄂温克狩猎部落再也无猎可狩而哀伤。

为什么我的眼里满含泪水？

三

这次到大兴安岭深处最令人难忘的是见到了玛丽亚·索，这鄂温克族最后的山神。这位九十四岁的老人，被要求搬到山下去过舒适而“幸福美满”的生活，并且拿出一张纸说，同意下山就按手印，还发搬迁费。全乡 231 名鄂温克人都按了手印，只有玛丽亚·索没有按。在她的世界里，茫茫的原始森林才是鄂温克人的归属。

选择如何的活法？不同的人有不同的抉择，太多的人选择的是逆来顺受，选择的是放弃抗争。如果一个走到今天的人，还会想起托尔斯泰，想起高更的塔希提岛，活得还像个人而不被一些所谓的名缰利锁奴役自觉成为奴才，那他就会从托尔斯泰的那个小火车站的红房子受到启示：自由，心灵的自由，你必须成为你自己，从被命名的遮蔽的重轭下解脱，那样你才能重生。除了自己其他都是靠不住的。

自由和独立，没有比这更重要的。独立有时比自由更迫切。

我知道森林的毁坏，对狩猎的鄂温克来说是一种苦难，这种苦难是属于全人类的。一种文化消失于无形，整齐划一的山下的生活，对山林里的鄂温克人来说，是斩断其森林的根与血脉的链条，玛丽亚·索不认可，但命运逼迫着她成为最后一个坚守的标本。

这是一种进步？还是一种悲剧？他们原先的狩猎生活不再重现，不得再拥有猎枪了。为了保住自己的猎枪，有个写诗的鄂温克人背着自己喜爱的猎枪翻山越岭，跟追他的人捉迷藏。后来被人堵到悬崖边，诗人也没有放弃，抱着枪闭眼跳了下去，幸好有一棵大树挂住了他，才没有摔死。继续逃，最后跑到了一个打猎点，看到了在那守候着他的人，那人立正后向诗人敬了个礼说："兄弟服了！"

一种文化消亡了，有谁为这种灭失痛哭？

这个诗人说："狩猎文化消失了，适合工业文明，工业文明带来另一个世界，如果在高度文明的世界有人向我开枪，那就开枪吧。"

开枪，向我开枪吧。我向中弹的弟兄敬礼。有谁为诗意收尸呢？

一位作家曾采访玛丽亚·索,有一段话听来令人震撼:

> 过去,打猎、放驯鹿的地方挺大的,方圆上千里,一直到黑龙江省呼玛县境内都去过。不管多远的路,我们都牵着驯鹿走。那时,到处都有狍、鹿、灰鼠子。现在不一样了,到处都有人,到处都有偷猎的人。这才过去几年呀,可现在我们连自己落脚的地方都没有了,放自己驯鹿群的地方也没有了!现在,还把我们的枪收了,就像把我们的饭碗打碎了……现在最紧要的事就是给驯鹿划出个地方来。我要讨回我们的森林,讨回我们自己的猎枪。一想到鄂温克人没有猎枪、没有放驯鹿的地方,我就想哭,做梦都在哭!

是谁把森林弄丢了?失去森林的鄂温克人,失去猎枪的鄂温克人,用什么来填充内心?那只有用酒来麻醉死去家园的苦痛,我知道玛丽亚·索从来不喝酒。她五个子女中的两个都是醉酒后意外身亡的。她恨透了这种夺去了她亲人和无数族人生命的东西。所以大家喝酒也就得背着她,偷偷喝,她无力制止这种偷喝。

驯鹿的鄂温克只有二百多人,近二十年来,很多鄂温克青壮年因为酗酒而身亡。“在林区,敖鲁古雅猎民善喝的事实几乎是人人皆知的,他们当中有人下山买酒,酒还没有带上山,半路就被全数喝完的事情常常发生。至于喝醉了酒在森林里面被冻死的、掉进河水里面被淹死的情况,也不在少数。更早的时候,林区伐木的工人拿着两瓶白酒就可以换得猎民的猎物或者鹿茸,只因为猎民们爱酒如命,只要有酒喝,一切都可以给你。”据说正宗的雅库特鄂温克人已不足五十人,由于他们常年在野外居住,好喝酒,有些人的生育功能都丧失了。如果以前喝酒是为了驱寒壮胆和节日,那么现在,喝酒更多的是为了排遣寂寞,他们用喝酒来打发时间、麻醉自己,掩饰着内心的痛苦。酒,是他们的追悼。“活”其实是一种站立的死,文化的死。嬗递的苦只有靠酒的踉跄步履和愤怒来表达。

我想到了历史上一次印第安酋长的演讲,1851 年,这也就是美国历史上第一次出现飓风灾难记录的那年,当时在美国西部发生了一件载入历史的事件。当时的美国政府用 15 万美元强行购买八千平方公里印第安人的土地,并逼迫这些生于斯长于斯歌哭于斯埋骨于斯的印第安人立即迁出,当时的首领西雅图酋长为此发表了一篇血泪的控诉。以致后来的殖民政府用了一种特殊的方式来表达他们对这个酋长的敬意,将这片新兼并的土地建立起来的城市,用他的名字来进行了命名——这就是西雅图。

这是一个自然之子的诉说,这文字里有着土地的灵魂,有河流和大地的那种恒远的气息,这文字给了我们什么?人类曾有这样一段记忆,曾有一段这样的思索和伦理生活,那是天然的接地气的,所有的喜怒哀乐,所有的想象和创造都不违背自然,这种刻骨铭心除了西雅图酋长,如今恐怕是空落无多,美国也是诞生梭罗的国度,那种自然的诱惑,那种让梭罗在瓦尔登湖魂牵梦萦的幽灵是什么？他这幽灵的魅力是如此地执着，这幽灵变成了归宿，今天，重温西雅图酋长的诉说，我想到了所谓对文明的践踏。

工业化的车辙通向的是怎样的歧路，她能够折身而返么？行行重行行，无为在歧路，颠颠簸簸，这条路能通向一个个福祉的地带么？

酋长一百年前的声音和我们的什么部位遥相呼应？

我们怎能买卖天空和大地的温暖？这主意真是奇怪。

若空气不再清新，流水失去晶莹，你还能买下些什么？

对我们来说，大地方寸皆为神圣。在我们的记忆和经验中，每一根闪亮的松针，每一片沙滩，每一缕幽林中的薄雾，每一块空地和那嗡鸣的小虫都是神圣的。那枝条上流淌的树液，也渗透着我们红人的记忆。

白人死后魂游星空时，早忘了出生之地。而我们死后，永不会忘记这片美丽的大地，因为大地是红人的母亲，我们和她互为一体。芬芳的百花是我们的姊妹，鹿、马和大鹰是我们的兄弟，山岩峭壁、草地的汁液、幼马的体温，还有人，都属于同一个家庭。

所以当华盛顿的大统领传话来说，要买我们的地，他对我们要求的实在太多了。大统领说，会留一块土地给我们过舒服的生活，这样他就成了父亲，来照顾我们这些孩子。

似乎这意味着，我们会考虑你的购买建议。但这并不容易，因为这是我们的圣洁之地。那河川里闪亮的流水不仅是水，而是我们祖先的血。如果我们卖给你们这地，请务必记得这地是神圣的，也请你们务必教导你们的子孙这地是神圣的，并且告诉他们那清澈湖水里每个幽灵般的倒影都在诉说着我们族人生命中每一件事和每一个记忆，那呜咽的水声是我们祖父的声音。

河流是我们的兄弟，他为我们解渴，载运我们的独木舟，滋养我们的孩子。如果我们卖给你们这地，请务必记得并教导你们的子孙，河流是我们共同的兄弟，并像对待自己兄弟一样善待河流。

我想白人不能体会我们的想法。每一块土地对白人来说都是一样的，作为大地的陌生人，他可以趁夜拿走他想要的任何东西。大地不是他的兄弟而是仇敌，他要逐个征服。他满不在乎地侵占父亲的坟地，掠夺儿女的土地。父亲的安息之所和儿女出生后应得的，他都可以不放在心上。在他看来，母亲、大地、兄弟、苍天都可以像羊群或玻璃珠那样被买卖和掠夺。他的贪欲将吞噬大地，留下荒漠。

我真的不明白。我们的路和你们如此不同。你们都市的景象刺痛着我们红人的眼睛，你们白人的城市没有安静之所，没地方去听那春天树叶的舒展和小虫翅膀的沙沙声。城市的噪音只会伤害我们的双耳。听不见夜鹰孤独的哀鸣和夜间池塘边青蛙的辩论，生活还有什么意义？作为一个红人我真搞不懂你们。印第安人更喜欢掠过池塘的温柔风声，更喜欢风本身的气息，午间雨后清新的气息或那充满松香的气息。

万物共享的空气对红人来说是珍贵的，兽、树、人都因之而同呼吸。而白人却从不注意他呼吸的空气，像对已经恶臭麻木的死人一样。如果我们卖给你们这地，请务必记得空气对我们来说是珍贵的，空气与它供养的万物共同分享自己的精神。

风给我们祖先第一口气，也带走他最后一声叹息。如果我们卖给你们这地，请务必记得保持其独立和神圣，让来此地的白人都能感受到那被草地百花熏甜的风。

如此我们才会考虑你的购买建议。如果我们决定接受，我有一个条件：白人要像对待兄弟一样地对待这块土地上的野兽。

作为野蛮人我不明白，为什么成千的野牛会被火车上的白人射杀后腐烂在荒原上。

作为野蛮人我不明白，怎么冒烟的铁马会比我们在维生时才杀的野牛还要重要。

人和野兽有什么不同？如果所有野兽都没了，人将因精神寂寞而死。因为凡是发生在野兽身上的事很快就会发生在人身上。万物都是相连的。

请务必教导你的子孙，他们脚下的土地是我们祖先的灰烬。让他们尊敬大地，请告诉他们大地因我们亲族的生命而得滋润。像我们那样告诉你们的孩子大地是我们的母亲，任何降临在大地上的事也会降临在人类身上。人若唾弃大地，也就是唾弃自己。

我们知道：大地不属于人，人属于大地。我们知道：万物如同血缘联结家庭一样是紧密联系的。万物都是相连的。

即使白人的上帝跟他们像朋友一样一起行走交谈，也还是不能免除其共同的命运。我们毕竟都是兄弟，我们会看到的，我们确信白人终有一天会发现我们的神和他们的神是同一个神。

或许，你们认为拥有他就像你希望拥有我们的土地，其实你们办不到，他是所有人的神，他的怜悯对红人和白人是平等的。对他来说，大地为至宝，伤害大地就是冒犯神。白人终将消失，或许比其他任何种族都要快。污染你自己的床，总有一天你将窒息在你自己的垃圾里。但是在你朽坏时上帝的力量会点燃你闪亮的光芒，也正是这力量把你引导到这片土地，而且赋予你统治这块土地和红人的权力。

这样的命运对我们来说是个谜，因为我们不明白何时野牛被杀光了，野马被驯服了，人迹遍布了森林，电话线破坏了山冈美景。

灌木丛在哪里？消失了！

鹰在哪里？消失了！

生活结束了！偷生开始了！

请原谅我在这里过多的引用吧，面对着自己的内心，面对着茫然的鄂温克人，我想忠实地引用，不做改头换面的手术，不阉割，不阐释，不转述，就如一颗钉子嵌在文字里，这样我的心会舒服些。一百多年了，这演讲里的朴素的真理，这里面的现代的罪恶还在拉锯式地争斗，人们还没有理解这位印第安酋长的忠告。

看着身边的河流在消失，森林被砍伐，雾霾在肆虐，人类还需要交多少学费，付出多少沉重的代价才能清醒啊。财富如果在罪恶里累积，这样的人类注定是无望的，人不只是肉体，肉体的放纵起源于精神的放纵，怎样的精神才对得起自己的热血啊？才对得起到世上走一遭的命运啊？

自然的悲剧就是人性的悲剧，热火朝天地无尽地对自然的掠夺和开发，我们的历史将走向何处？

自然不是人的私产，人和自然不是对立的，人是自然的人，但后来人们把自然当成了生产的资料，当成了奴役的对象，自然是有修复功能的，但由于人类的贪婪，自然修复的功能紊乱了，崩溃了，物种开始灭绝，自然的困境是工业发展的必然。自然不是人的私产，自然是人类的家，我们要学会节制，不是掠夺，不是铺张，毁掉自然的是人类，毁掉人类的不是自然，而是人类自己。

人们对待自然，仅仅是关注空气关注绿色关注水流，这还是物质的问题，而忽视了人们对自然的归属，缺少精神和情感，人是自然的孩子。众多的孩子中的一个。

失去的家园，让我们却感到了无边的孤独，我们的精神被挤压，肉体放纵后的疲惫无法平衡心灵。人们的身体的覆盖不再褴褛，但精神却是褴褛破碎，踏上了财富的地带，满面暴发户浅薄的欣幸，但回望来路，那无边逶迤的是沼泽是沙砾是瘴雾。

四

在根河的座谈会上，我说出了自己心灵的困境，为解脱，我离开了生育我的血地。

这种诀别，不是少年，也非青年，而是开始在暮气的中年，现在的血开始倦了沸腾，少了偏执也少了坚定，但该清除的要清除，那些虚誉，那些无聊的拍马，言不由衷的话语腐蚀的心灵，累了，倦了，唯有一种苍凉而已。

于是走，走出温暖的沼泽，令人舒服到不自觉的沼泽，走出恐惧，在独自面对自己心灵的时候，才可看出自己从孱弱到坚强的运行轨道。

八十二岁的老人，是过客么？是，也不是，他的逃向苍天虽只有短短的十几天，但他的矍铄，是壁立的绝顶，他的义无反顾、不要后路的决绝，他的只想用最后的气力证明给你，给内心，给独一的自己。

人最重要的是无时无刻不要丢了我的在，哪怕只是一天的生命个体,也要有自己的喉头的呼喊,过多的从众,压抑了你,限制了你局限了你塑造了你,你的面具成了你的本质,你的皮肤成了血液,血液成了污浊的水,载不动许多愁。

过去的一段成了不可回首,沧桑过后,懂得了简单的美与张力,也懂了自己的内心的安妥才是正道。

谁能使心安妥,是宗教还是爱?是艺术还是无边的星空?夜空中的萤火虫,曾让我苦痛的童年有了对美的直观和渴求。就像蒲公英的小伞的方向,使我知道自然之精灵的本质:繁殖,远方的繁殖,基因的领地。这给了我对物种的敬意。

是宗教还是爱? 是艺术还是无边的星空? 她在哪里? 追寻了多年,依然是在望不到头的遥远处招摇。

不曾离家,却要离家,没有父母的故乡,以后在几千里外再谈论这片土地,也许再没有了波澜,把异乡当成了故乡,故乡也就成了异乡。

这就是沧桑,这就是命定。

暴风雪,暴风雪在历史的深处旋转,层层叠叠,无以复加。

雪地上的马车的车辙,那老人的咳嗽,隐隐在放大。这车辙是火焰也是象征,是坐标也是驿站。

是什么幽灵在呼唤我,也许至今我还未能扯清,但是,总觉得自己已感到应听从自己内心召唤。在内心的深处,有个声音执着地呼唤着自己的子民。

究竟她是什么?是纯真、激情、渴望、皈依自然,还是倦后的宁静? 是"异乡"的美还是别一种的蛊惑?

尼采说:不会蜕皮的蛇会死。于是曾经沧海的托尔斯泰出发了。

曾经沧海,曾经沧海!

除却巫山,除却巫山!

于是, 我知道了老托尔斯泰以激烈的出走换取内心的安稳,于是,他也就和故土一拍两散。

一拍两散最好,与其相濡以沫,不如相忘于江湖,这是一种失传的绝美和大美,做不可复制的,做不可重复的,你的只属于你,也只能属于你。

从那场暴风雪领悟了,那场暴风雪就百年没有灭绝,这不是文字的,不是听到的,也不是模仿的,她是你自己的了。

也许你走向的是荒凉,不,是苍凉。

我知道,那好心的人为鄂温克人建立一个个居民点,不是也就阻断了鄂温克人回到森林的路么?我想应该提出一个森林伦理的概念, 这概念的中心就是森林存在的合理性精神性,森林的伦理是上帝赋予大地的一种神性,但我们必须等失去这种神性才想到了恢复? 人可以造一架飞机,但人无法创造一粒树的种子,无法造出一只麻雀,要是等大地布满疮痍,河流在大地完全干涸坼裂,那留给人类的时间也会是愈来愈少。

走出森林的鄂温克人给人的启示, 这是人类必然的命运么? 走出了就再也回不去了。只有无边的荒凉么?

回不去的还有老托尔斯泰! 百年前的暴风雪在旋转中升腾。

我深深感恩这百年前的暴风雪!